相遇

格非 著

译林出版社

图书在版编目(CIP)数据

相遇/格非著.—南京：译林出版社,2022.11
(格非作品)
ISBN 978-7-5447-9276-9

Ⅰ.①相… Ⅱ.①格… Ⅲ.①中篇小说－小说集－中国－当代②短篇小说－小说集－中国－当代 Ⅳ.
①I247.7

中国版本图书馆CIP数据核字(2022)第117367号

相遇　格　非／著

责任编辑	管小榕
装帧设计	金　泉
校　　对	戴小娥
责任印制	颜　亮

出版发行	译林出版社
地　　址	南京市湖南路1号A楼
邮　　箱	yilin@yilin.com
网　　址	www.yilin.com
市场热线	025-86633278
排　　版	南京展望文化发展有限公司
印　　刷	南京爱德印刷有限公司
开　　本	850毫米×1168毫米 1/32
印　　张	10
插　　页	4
版　　次	2022年11月第1版
印　　次	2022年11月第1次印刷
书　　号	ISBN 978-7-5447-9276-9
定　　价	68.00元

版权所有 · 侵权必究

译林版图书若有印装错误可向出版社调换。质量热线：025-83658316

目 录

迷舟 / 1

青黄 / 31

风琴 / 57

雨季的感觉 / 81

马玉兰的生日礼物 / 114

锦瑟 / 123

戒指花 / 163

褐色鸟群 / 179

初恋 / 213

凉州词 / 220

相遇 / 231

蒙娜丽莎的微笑 / 275

迷舟

一九二八年三月二十一日，北伐军先头部队突然出现在兰江两岸。孙传芳部守军三十一师不战而降。北伐军迅速控制了兰江和涟水交接处的重镇榆关。孙传芳在临口大量集结部队的同时，抽调精锐之师驻守涟水下游棋山要塞。棋山守军所属三十二旅旅长萧在一天深夜潜入棋山对岸的村落小河，七天后突然下落不明。萧旅长的失踪使数天后在雨季开始的战役蒙上了一层神秘的阴影。

引子

萧接到师部给他的秘密指令是在四月七日的上午。师部让他率三十二旅驻守棋山对岸的小河村落。这个仅有几十户农家的村落像犄角一样突出在涟水拐道的河口,是一个理想的防御地点。按照师部的命令他必须于九日凌晨潜入小河村,尽快查明那里可以知道的一切详细情况。师部提醒他:既然我部已注意到这片没有遮掩的神秘区域,同样,北伐军对它也不会无动于衷。就在萧准备渡船出发的前夕,发生了一件意想不到的事。

四月八日,闷热的午后阳光使人恹恹欲睡。萧在涟水岸边的柳林里骑马独行。他经过棋山北坡谷底一片炫目的军用帐篷时,一匹枣红色的马追上了他。

警卫员拽住马的缰绳斜侧在萧的左边。阳光正对着他,他的双眼不能完全睁开,警卫员在还没有完全安静下来的枣红马上挺了挺身体,迅疾地举起右手掠过帽檐:

"有一位老太在旅部等着见你。"

萧继续稳稳地朝前遛了几步才拨回马头。天太闷热了,凉风越过山脊,从他的头顶上滑过,北坡谷底的空气是凝固的。警卫员还站在原地,他没有伸手拭掉脸上不断滚动的汗珠,而是怔怔地看着萧,等待着他的答复。

"你想个法把她支走——"萧不耐烦地挥了挥手,警卫员驱马朝前走了几步,压低嗓门怯怯地说:

"她,说是从小河来的。"

萧漫不经心地扫了他一眼,没有搭腔。他已经策马朝旅部疾走,警卫员在离他十丈左右的尘土中紧紧跟随着。战争使他厌倦了那些令人心烦的琐事。他知道,因为战争中的阵亡,士兵的家属突然出现在指挥所里是司空见惯的,这些捏着写有儿子或丈夫姓名字条的陌生面孔会提出一些荒唐的要求：索取遗物或打听士兵临终前的种种细节。由于这支没有番号的部队从来没有保留任何阵亡将士的名册，这些可怜的百姓常常在下级军官的叱骂声和枪托的威逼下悻悻离去。尽管萧所在的师是一支精锐的嫡系部队，他也不得不常在供给奇缺的情况下在前沿阵地作战。他的部下有时像夜与昼一样更替得非常彻底，一群仅玩过鸟枪的庄稼人也被临时招募来履行最艰巨的狙击使命。在这几乎和以前一样寂静的午后，对即将开始的大战的某种不祥的预感紧紧地困扰着他。

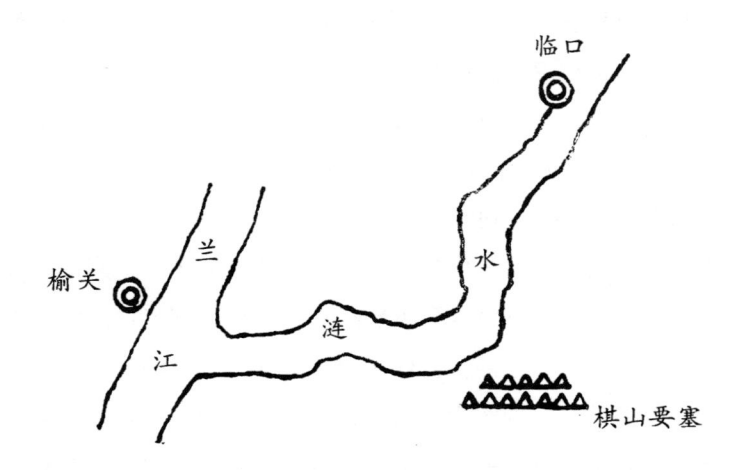

萧捏着马鞭走进旅部临时指挥所时，一眼就认出了这位来自故乡的老人。她是村子里的媒婆马三大婶，他离开家从军只有短短的几年，这个风流热情充满活力的女人一下子变老了。马三大婶对于村里大部分青壮男人的诱惑和慷慨大度曾引起女人间无穷无尽的纠纷。在战争的间隙中,她常常成为萧对故乡往事回忆的纽结。马三大婶是来向他报告他父亲的死讯的。

他的父亲一天傍晚在灶下生火,呛鼻的回烟使他想起很久没有捅一下烟囱了。这位七十八岁的老人颤巍巍地拿着一根绑满稻草的竹竿爬上了屋顶。他在踩碎了三片瓦和两根烂椽后,摔死在灶屋的水缸里。萧在媒婆尖细的嗓门几乎是滑稽地描述了父亲的死之后,显得格外的平静。他没有丝毫突兀的恐惧和悲痛的感觉。他简略地回忆了一下父亲生前的时光,就向警卫员要来一支烟抽。他划火柴的手指有些颤抖,他知道,那不是源于悲痛而是睡眠不足。萧旁若无人地走出了指挥所,朝着系马的一棵老杨树走去。萧在解马缰的时候听到了身后脚步踩乱草丛的声响,那是警卫员不安地跟了出来。萧回过头狠狠地瞪了他一眼,警卫员不由得止住了脚步。

已是黄昏时分,他独自一个人骑马从北坡登上了棋山的一个不高的山头。连日梅雨的间隙出现了灿烂的阳光。浓重的暮色将涟水对岸模糊的村舍染得橙红。谷底狭长的甬道中开满了野花。四野空旷而宁静,他回忆起往事和炮火下的废墟,涌起了一股强烈的写诗的欲望。他的父亲是小刀会中为数不多的幸存者,也是绝无仅有的会摆弄洋枪的头领之一,他的战争经历和收藏的大量散佚在民间的军事典籍使萧从小便感受到了战火的气氛。萧的梦中常常出现马的嘶鸣和隆隆的炮声。终于有一天,他走到父亲身边询问他为什么投身于一支失败的队伍。父亲像是被碰到了痛处,他的回答却是漫不经心的:从来就没有失败或者胜利的队伍，只有狼和猎人。母亲是一个谨小慎微的女人。对她来说，连绵不断的战争和孩子们的突然长大使她寝食不安。他哥哥去黄埔军校前夕，母亲哭得死去活来，她大声叱骂丈夫因放纵和对于战争荒唐的预料而将儿子送上绝路。她突然变得专横和坚强起来。她将瘦弱的兄长和两只山羊一起关了三天。第三天深夜萧偷来了坚固的木栅栏门锁上的钥匙。他哥哥几乎没跟他说什么话就踏着月光走了，当时他的父母正在熟睡。后来，母亲担心萧会走上与他兄长相同的道路，就雇来一只小船将他送到了繁华的榆关镇，让萧跟他的一位表舅学医。那是一个炎热的夏季。萧从哥哥出走的一连串麻烦中积蓄了经验。当萧准备跟着孙传芳的一位部将当勤务兵时，他穿着浆得笔挺的衣衫回到村子里。他无声的告别使母亲误以为他是去邻村相亲。

暮色四合，凉爽的晚风吹来了涟水河潮湿的气息。他的白马在山头不安地躁动着，四蹄刨着泥土。和他遥遥相对的村子已经淹没在黑暗之中了。在他的白马跃下山坡的时候，他想起了前些日子在师部开会时听到的战报：三月二十一日攻占榆关的恰恰是他哥哥的部队。

第一天

萧和警卫员是拂晓渡河的。他们在船到达对岸时听到了村中传出的第一声鸡叫。萧将小船划向岸边垂落下来的枝叶繁盛的晚茶花丛，那是藏船的好地方。汩汩的流水轻轻地摇动着小船，一只黑色的水鸟倏地飞出，沿河岸低飞而去。萧在挂满露珠的藤蔓中觉察到了一丝凉意，浓郁的花香和水的气息使他心中充满了宁静的美妙遐想。他对这个美丽的村落不久以后将给他带来的灾难一无察觉。

　　萧上岸后经过一片密密的竹林进入他所熟悉的村舍。村子的背后是西沉的弦月，东方曙河欲晓，在井边打水的女人没有认出他来。偶尔也有一些早起的老人咳嗽着从他身边走过，消失在薄雾里。村民对陌生人早已没有了兴趣，他们只对补锅的风箱、弹棉花的马头木弓和换麦芽糖人的笛声感到亲切。萧横穿过那些狭长的弄堂和茅舍，没有人打量他，只是引起了经久不息令人战栗的狗的狂吠。萧平静的心中泛起了一层涟漪，但他很快又在桃花和麦苗的清香中陶醉了。

　　萧家的宅子在村子的最西边，他远远地看见屋子的门是关着的，走近才发觉开着的门上挂着一匹黑色的孝布。他掀开孝布走进院子时，他的母亲正巧手里擎着一盏煤油灯，两个黑影突然挑起门帘闯了进来，把她吓了一跳。不过，那盏煤油灯她还是紧紧地握着。当她认出长着一撮漂亮胡子的儿子时，才把灯扔在了离她大约有一丈远的阴沟里。母亲足足打量了一袋烟工夫，她发现儿子完全地变了。他的眼神和丈夫临终前的眼神一模一样，深陷在眼眶里的眼球没有丝毫新鲜的光泽。丈夫从屋顶摔进水缸在她心中引起的不祥的预感又开始泛滥起来，她将儿子领进灵堂的时候又烧掉了三沓黄纸。她的举动不是出于对丈夫的哀悼而是为儿子消灾。萧在父亲的棺木前重重地跪下了。他宁静的心绪没有被灵堂的肃穆气氛扰乱,在他看来,父亲从他的那支队伍消失后隐居在涟水之北的村舍之日起就已经死了。他唯一感到内疚的就是离家前对母亲的欺骗和轻蔑。他凝望着母亲瘦削的肩膀,大梦初醒似的意识到了战争带给他的变化。他感觉到像是有一根纤细的鹅毛在拨动内心深处隐藏的往事,这种感觉转瞬即逝。他站了起来,深深地吸了一口气,空气中弥漫着一股香灰和黄纸的气味。

母亲发现儿子面容苍老,头发蓬乱,就给他找来了一把木梳和剪刀,强迫他将自己收拾干净了。萧若有所思地问起父亲的灵堂为何这样冷清,母亲说,父亲后半生几乎足不出户,不爱结交俗人。由于战争,远近的亲戚早都没有了音讯。家中空余的房屋和后院她只是在重阳节才去赶一次耗子,现在潮湿的地面上也许已经长满了水草和苔藓。萧对母亲说话时的啜泣无动于衷。萧又询问母亲关于葬仪的一些事,母亲像是没有听见,半晌没有回答。萧深深地吸了一口气,就此沉默了。

这是他和母亲最长的一次谈话。

午后,萧和警卫员查遍了村子的每一个角落,没有发现一个异乡人,他暗自庆幸北伐军还没有注意到这个涟水之北偏僻的村落。这个村子至少已有一千年没有受到战火的侵扰了,村民们相信它的宁静会像日复一日流逝的涟水向远处延续。他们丝毫没有联想到在清晨引动狗叫的两个陌生人和战争的瓜葛。

在傍晚牧童的牛蹄声中，在屋檐下的阴影逐渐拉长的井边，人们只是传说着经年未改的往事。太阳快落山的时候，萧准备去涟水河面察看地形，警卫员向他报告说，一个来历不明的道人在村子中央的扇形晒场上，他算卦灵验使那里的人越聚越多。

萧和警卫员从人群中挤进去的时候，晒场上的人出于对陌生人的恭敬，给他们让开了一条缝。老道正在预测村子的凶吉。他的牙齿几乎全脱落了，说话含糊不清。他的打满补丁的长衫上积了一层厚腻的油垢。他的面前铺着一面旧黄的旗子。由于墨迹的渗透，旗子上"爻、兑、震、巽"的字样已经模糊不清。老道盘腿屈膝坐在沙地上，他的脚边堆放着龟壳和蛇皮以及治疗跌打损伤的膏药，另外还有两座可以转动的轮盘和一只撒满黄米的畚箕。

老道沉吟了片刻，然后咕哝了一阵谁也无法听懂的话，朝等着预知村舍未来的虔诚的村民挥挥手："天蝎南游，双鱼北走，摩羯安西，处女嫁东——战争已经过去。"

萧的腮边挂着轻蔑的不易察觉的笑意。他觉得人们总是生活在幻觉里。对于他来说，未来已经悄悄地向现在延伸，战争已经开始了。对村民的怜悯并没有扫除萧对自身迷惑的阴影。他同样也生活在一种幻觉里。今天拂晓他踏上薄雾中的小船，遥望对岸熟睡的村子，曾涌起一种莫名其妙的激动。他不知自己急于回家是因为父亲的死，还是对母亲的思念，或者是对记载着他童年的村子凭吊的渴望。他觉得像是有一种更深远而浩瀚的力量在驱使他。

晒场上的人陆续散去了,天慢慢地黑了下来。萧觉得老道不像是北伐军的密探,在老人收拾包裹和杂物的时候,萧不经意地在道人脚下扔了一枚铜板。道人没有理会那枚在沙地上无声滚动的铜板,也没有停止拾掇,他抬头瞥了萧一眼:"客官莫非有意算一卦?是婚姻还是财路?"

"生死。"

萧说。他点燃了一支烟。越过那些低矮的紫穗槐树丛,他的目光注视着远处涟水河面弥漫着的空蒙的蜃气,道人在掐算萧的生辰八字时,天已经完全黑了下来。

"当心你的酒盅。"

道人含糊地说了一句。

当天晚上,警卫员拎来了两瓶土烧和一包牛肉。像往常一样,警卫员在萧的面前放了一双竹筷,一只陶瓷酒杯。他坐在萧的侧面,两手垂放在桌沿上。萧将酒杯推到警卫员的面前并给他斟了一杯酒,自己点上了一根烟。

警卫员像个姑娘一样翻动着细长的睫毛,偷觑了他的长官一眼,迟疑地端起了酒杯。萧又从警卫员的眼睛里看到了道人双目诡谲的光芒。

警卫员一定看穿了自己的胆怯,萧想。尽管他的警卫员是一个未谙世事的孩子,他还是感到了一种按捺不住的烦闷和惆怅。

母亲推门进来的时候,萧看见母亲身后一个女人秀颀的身影迅速趑入灵堂冥幽的暗光中。

第二天

　　昨天在母亲身后消失的那个女人激起了萧无穷的联想，当时他像是在夏季的热风中闻到了一阵果香那样贪婪地吸了一口气。在第二天举行的他父亲的葬仪上他们再次相遇时，他才认出她来。

　　那天晚上，萧在灵堂喧嚷的哭泣声中进入了梦乡。午夜之后，一只调音的胡琴将他惊醒。村子很久没有死人了，这些为死人吹奏丧曲的乐师失去了往日的默契，技艺的荒废使他们只能摆弄出一些断断续续的嘈杂的音响。萧从床上坐起来的时候，不协调的音乐使他一连打了好几个喷嚏。萧借着从朽蚀的窗骨中泻进来的月光，发现怀表的指针指向三点。葬仪正式开始的时候，萧就紧跟在那些乐师的后面。他还没有完全从睡眠中醒来。月光被疾速移动的乌云遮住了，他的脚步有些蹒跚。晚风中混杂的刺树和青草的气息在他周围酝酿着。他注视着远处影影绰绰的山影，回忆起他在表舅家度过的那个炎热的夏季。

　　由于哥哥的猝然从军，在母亲的威逼下，他随一只过路的小船来到了涟水和兰江交接处的榆关，跟他的表舅学医。他的表舅是一个温良敦厚的中医。他平素四乡浪迹，行医谋生。妻子在一次难产中死去后，他苦于女儿无人照料便在榆关临江的街面上开了一爿药铺。萧来到榆关的最初一段日子里，总是处在极度的不安和焦躁之中。他在临江而筑的竹楼里翻阅一本本发黄的医药典籍时，只有人体的插图偶尔能引起他模糊的兴趣。在夏季炽热阳光的辐射下，他从窗口远眺江面静止的帆影，耳畔常常响起杂乱而急促的马蹄声。随着日晷的长短伸缩，时间悄悄地流走了，他的舅父发现他对药理和书籍的兴趣不大，就让他学习针灸。这天晌午，天空突然布满了阴云，隆隆的雷声使他在竹楼里坐立不安。他的表舅出诊未归，萧正在一只冬瓜上练习扎针的时候，表舅的女儿走上了竹楼的书斋。她是上来找一把红纸的雨伞的。在她拿了伞要下楼的时候，她看见萧一针接一针地将冬瓜戳出一汪汪清水，就走近萧的身旁，给他示范针灸的扎法。那天萧从渡船踏上榆关码头的时候，她和表舅来接他，他错过了一次认识她的美丽的机会。由于对母亲的怨恨和炎炎烈日的蒸烤，他看都没有看她一眼。现在，这个叫杏的姑娘用食指、拇指、中指捻动那根细长的银针，萧忽然觉得喉头涌出了一股咸涩的味道。他的眼睛无法从她那白皙细长的手上挪开了，那根针像是扎了他的脉上，他闻到了屋子里越来越浓的清新的果香。杏几乎没有和他说上几句话就离开了竹楼。她走后留下的气味像是凝固在这个竹楼内。在萧这整个夏季漫长的独坐中，这种气味一直没有消失。

表舅按照他行医的经验苦心孤诣地给萧安排了一次次的练习。他扎了两个星期的冬瓜后，表舅让他试着在一只兔子身上进行练习，他觉得心绪突然变得比先前还要糟。手里这种活蹦乱跳的动物要比冬瓜难以伺候。他当着表舅的面，只能小心翼翼地将针插入它的颈脖和肚子；表舅一旦走开，他立刻不知轻重地乱捅一气。他几乎每天都要弄死一只兔子。表舅在萧面前的摇头叹气越来越频繁。他终于放弃了让萧学针灸的念头，开始让他学习搭脉。使他的表舅感到意外的是，萧只用了两个小时就学会了。

夏末的一个中午，表舅在书屋午休的时候，他来到了竹楼下的院子里。杏在银杏树下的一张躺椅上睡着了。她手里拿着一本关于节气传说的书，那本翻开的书在她胸脯上起伏着。萧痴骏地坐在离她很近的竹凳上，凳子发出的吱吱嘎嘎的响声使他吓出了冷汗。她另一只手在椅背上无力地垂着。萧能听见自己粗重的呼吸，涟水的河面上传过来划船的桨声。一只困倦的白蝴蝶在他眼前飞过，他轻轻地碰了一下她纤柔的指尖，然后将手搭在她的脉上。他觉得她乳白的皮肤下血流得很快。她一定不会醒来的，他想。

她真的就没有醒来。

在以后动荡的戎马生涯中，他躺在静谧的山洼里注视满天星斗、吞嚼草根和树叶苦涩的汁水时，也偶尔记起了那天午后令人窒息的空气中飘飞的时间。他回想起他的指尖轻轻抚过她光滑的手臂，解开她领口的第一只纽扣时令人心醉的一幕，突然觉得杏也许是醒着的。这个念头从此没有离开过他。

现在，他又闻到了那股果香。

当棺木在墓地上停稳后，送葬的队伍缓缓朝这个开满梨花的低矮的土坡围过来，萧似乎觉得杏就在这个稀稀落落的人群中。他的脊椎骨上像是爬上了一条冰凉的水蛇。葬仪之后，他从母亲的口中知道，杏已于月前嫁到了小河村，她的丈夫三顺是一个兽医。这个能掀翻一头黄牛的青年对兽医这一职业有着发狂的嗜好，他通读《医学词典》《本草纲目》，另外还专门研究过很少有人读懂的《黄帝内经》。他在榆关镇的街上和萧的表舅邂逅之后，老人立刻被他渊博的学识吸引住了。当这位老中医得知三顺将给人治病的方法移植到畜生身上并取得成功后，不由得感慨相见恨晚。他们在街角的一爿茶馆里谈到深夜，这次偶然的相遇便促成了他美满的婚姻。

父亲的棺木轻轻地安放在撒满铜钱和黄纸的墓穴中。一个拄杖的老司仪递给萧一把铁锹，萧铲了一块泥土撒在父亲的棺盖上。萧突然觉得背后有一种灼人的目光在打量他。他稍稍地偏转了一下视角，转过身，看见杏穿着孝服站在母亲身边。杏的背后是空荡荡的田野。一棵孤零零的合欢树上憩息着一只喜鹊和一只绿头翁鸟。

墓地上参加葬仪的人陆续散去。杏和母亲在墓前栽下几棵湘妃竹和一棵雪松。萧站在一片黄灿灿的油菜地旁，杏和母亲之间无言的亲密使萧的心头掠过一阵宽慰的意味。萧从口袋里掏出一盒火柴走到墓前，把剩下的被露珠打湿的黄纸烧掉。他用一根棍子将那些在灰烬中卷缩的纸片挑起来。四月的风吹起了这些纸片，有几团灰白的纸烬随风滚到了新栽的雪松旁和杏的脚下。杏正弯下腰用脚踏平树根的新土，她将那些吹过来的纸灰踩进土里。顺着纸团滚过来的方向，她抬头瞥了他一眼，很快。萧蹲在杏不远处的侧面，除了杏秀顾的身体轮廓外，他的眼前一片空白。

他们回村的时候，母亲和杏走在萧的前面。警卫员也许还在熟睡，萧听不到背后跟随着的熟悉的脚步声，有点不习惯。但他眼前的天空却陡然变得开阔起来，他似乎觉得一切都在他的视野之下。

他们谁都没有说话。在他的背后，太阳刚刚升起。

第三天

葬仪结束后，村子又恢复了往日的宁静。清新的阳光在中午前后渐渐地增加了它的热度。眼前正在农闲季节，麦苗还没有抽穗，柳树的稚嫩的叶子还没有完全舒展开，耐不住闲暇的农人漫不经心地给桃树和桑木剪枝。午后，村子比夜晚更加宁静。杏去村后的茶林采摘雨前茶，她瘦削的身影在远处闪闪发亮的沟渠旁成为一个静止的黑点时，另一个人也走过村后的木桥，依她的原路朝茶林走去。

这是漫长而又短暂的一天。萧依旧起得很早。马三大婶来到他家院子里的时候，萧正蹲在阴沟旁用盐巴刷牙。警卫员还在熟睡。由于前天晚上的贪杯，出殡的时候，嘹亮的号声和人群的嘈杂没有惊醒他。眼下战情急转直下，部队的每一个将士都感到空前的疲倦，萧平素对下属总是极其严厉，他性情温怜的一面总是被深深地藏匿着。萧曾一度对这个不谙世事的年轻人的反应迟钝表现出极度的恼怒，但战争使他周围的一些熟悉的面孔相继离去之后，一直跟随在他身边的警卫员就成了他在纷飞战火中唯一的伙伴。他在渐渐容忍了警卫员的愚钝的同时，发现自己和这个沉默寡言的下属的关系日见亲密。马三大婶是来借一只细眼的筛子的。她说去年积陈的菜籽生满了白虫，她准备把这些菜籽筛净后送到油坊去。马三大婶拿了筛子没有立即离开，她正想对萧说些什么，萧的母亲从地里锄草回来，她的头巾上落满了湿漉漉的花瓣。马三大婶忙着和母亲搭讪，从院子里盛开的木槿说到了涟水的涨落。马三大婶和母亲说话的时候，不时地朝萧瞥过来几眼。尽管这位昔日的媒婆已经失去了往常的秀丽姿容，但她的诡秘的眼风依然使萧回想起了她年轻时的模样。马三大婶从遥远的山村嫁到小河村来的那一年秋天，她的丈夫突然跟一只过路的船走了，从此一去没有了音讯。村里人都在传说他是看上了船上一个洗碗碟的女用人才走的。知道底细的告诉她，她男人是耐不住眼下越来越紧的饥荒去投了军。这样的猜测被证实是在三年以后，她丈夫的尸首被几个陌生人送了回来。村里的女人用眼泪来安慰这个本分的小媳妇的同时，村里的男人也用另外的一种方法来安慰她。没过多久，村里的女人就和她反目成仇。这个几乎和村里的所有女人结下了怨仇的年轻寡妇和母亲却相敬如宾。萧记得他的母亲常常带他到河边她孤零零的小屋里去。女人间的许多事萧当时没法理解。一天深夜，母亲大口大口地吸着纸烟卷和马三大婶相对而坐。她们低低地叙说着早已消逝的往事，大部分时间，她们彼此不说话，各自揣着心事，陷入了冗长的回忆。墙根油蛉的鸣叫陪伴着她们。萧在这两个羊羔子一般亲近的女人的静默中感到无聊。他伏在母亲的膝上进入了梦乡。天快亮的时候，巡夜人的敲更声提醒了她们。萧清晰地记得马三大婶俯身吹灭桌上摇摇欲灭的油灯时垂向桌面的软软乎乎被青衫包着的乳房，以及黎明中的晨光渐渐渗入小屋的情景。

马三大婶替母亲掸了掸头巾上的花瓣，母亲回里屋去了。马三大婶把萧带到屋外。他们站在墙旮旯的一株盛开的杏花树前，马三大婶朝四周扫了一眼，压低了声音说：

"三顺今天去涟水上游很远的水域捕鱼去了，两天后才能回来。"

马三大婶说完，就提着竹筛走了。萧感到一种难言的羞涩。这种羞涩在他模糊地懂得了男女之事后母亲在一个澡盆里给他擦身时也感到过。女人们往往把复杂的事想得太简单，而把简单的事想得过于复杂。萧伫立在墙角，他渴望从媒婆那里得到更多的关于杏的消息。马三大婶的背影逐渐消失了。他悻悻地回到屋里。他坐在院内的两盆天竹旁，注视着天空缓缓移动的流云，处在一种极度兴奋和茫然不知所措的心境中。这种心境一直到他瞥见杏提着竹篮从河边的柳林里往村后走去才消失。

小河的村后是一大片辽阔的平原，平原的尽头被一线黑魆魆的防风林遮住了。杏的茶林在离村子很远的一个土丘上，土丘的东边是一条深陷的大沟壑，沟壑水底长满了青草。萧远远地看见杏的身影在茶林里湮没了。四下里空旷而寂静，正午的阳光使草尖和麦苗的叶子微微卷起垂落着，追逐野鸡的猎人和黄狗在涟水河弯曲的河道上懒懒地走。萧看见猎人在一个捡牛粪的老人身边停住了，像是向老人借火。那条黄狗就举起前足舔老人的裤管。他们聊了几句，就各自走开了。微弱得几乎使人难以觉察的风吹过来浓郁的茶香。

萧重新陷入了马三大婶早上突然来访所造成的迷惑中。他觉得马三大婶的话揭开了他心中隐藏多时的谜团，但它仿佛又成了另外一个更加深透的谜的谜面。他想象不出马三大婶怎会奇迹般地出现在鲜为人知的棋山指挥所里，她又是怎样猜出了他的心思。另外，杏是否去过那栋孤立的涟水河边的茅屋？在榆关的那个夏天的一幕又在他的意念深处重新困扰他。

褐黄色的土丘像是清澄的水中露出的光秃秃的沙洲。萧在接近土丘的时候，杏几乎没有觉察到。从沟底贴水而飞的雨燕惊动了她。

萧轻轻地将她扳倒了。

在墨绿茶垄阴凉的缝隙中，他闻到了泥土的气息。他的激动不安突然消失了。他匍匐在被太阳烤得恹恹欲睡的大地上，听到了由远及近轻轻搏动的浑厚的地声。一阵和煦的风吹过，他默默地记起了一支古老的民谣。这种静谧安详的感觉没有维持多久，萧又重新被一种漫无际涯的深深孤独融解了。杏在他怀里啜泣着。萧觉得这哭声和她紧紧扣在他腰间的双手仿佛将他的骨髓都吸尽了,他浑身冰凉。她紧闭着双眼,就像熟睡了一般。他越是用力抱紧她,她就仿佛离他越远。他觉得自己深陷在一个巨大的泥潭里,他的挣扎只会耗尽他的生命。他浑身被热气笼罩着,与生俱来的分离的经验在年轻女人的怀中迅速地蔓延了。萧体味到了一种从未有过的紧张和疲惫。

　　一只水牛的犄角在沟壑的拐弯处出现了。随后出现了另一只角。牧童坐在牛背上,用光着的脚丫驱赶着牛虻。

　　放牛的少年没有注意到他们。

第四天

　　这天,萧像是梦游一般地走到了杏的红屋里去。
　　三顺还没有回来。傍晚的时候,涟水河上突然刮起了大风。

第五天

　　雨是深夜下的。萧在梦中听到了预示着涟水春汛的雷声。他醒来的时候,到处都是鸟叫,吸饱了雨水的硕大的刺树花蕾沉甸甸地落满了被骤雨冲刷得净朗的沙地。诱人的花香和雨后的骄阳使萧有了钓鱼的渴望,他将父亲久已不用的渔竿从床底下翻了出来。用燕竹做成的渔竿已经发霉,它衔接处的铁皮也已经布满了潮湿的黄锈。萧从院里找来了鸡毛,将它剪成漂在水面上的鱼符。萧在整理鱼线的时候,警卫员从屋外的树根下找来了一小瓶蚯蚓做鱼饵。很快,他们来到了涟水河边。

小河位于涟水的下游。涟水在汇入兰江之前的拐弯处,水势并不平稳,那些漂浮在水面上的菜叶和柳絮静静地顺流而下,只是在经过一些水底布满凸凹石块的水面时,才突然被卷进漩涡。在涟水的石码头洗衣的妇女看见萧在对岸一处流水很急的地方垂下渔竿,都忍不住地笑出声来。她们说,萧离家才有几年,竟连钓鱼的本领也忘得一干二净,在那样的水面只能钓到水草。

萧没有听到妇女们的议论,却听到了一向沉默少言的警卫员的忠告:

"这里水很急。我们还是往下游走走,找一块平静的水域。"

"在流水很急的地方能钓到箭鱼和梭子[1]。"萧说。

警卫员不再吱声。萧点了一根烟,他知道在这样的水域钓鱼需要很大的耐心。他记得父亲生前常在涟水河边这块水面垂钓,从日出到日暮,他几乎天天空竿而归。萧坐在那片被榛树覆盖的浓荫之下,凝视着从村子上空飞过的雁阵和静止不动的云朵。他的视线渐渐移到了村西的一堵成直角的红墙上。那是杏的家。萧知道他只有坐在这个位置才能让目光越过那堵红墙,清楚地看见院内的一切。

---

[1] 梭子:体呈狭长形的一种凶猛鱼类,鹦鹉嘴。

太阳已经升高了。空阔的院子里寂然无声。堂屋的门关闭着,有几只雏鸡在廊下啄食。昨天夜里,萧离开杏的院子时,杏倚在门边痴痴地看着他。南风掠过水面,在竹林里引起了一阵簌簌的喧响。遥远而冷清的星群中是一弯朦胧的晕月。杏衬衣的纽扣没有扣上,头发披散在肩头。萧凝望着她,料峭的春夜使他一连打了好几个寒噤。杏将黑漆大门掩上的时候对萧说,如果三顺今夜不回来,她明天就在院里晾衣服的绳上挂一只竹篮。

春阳温和地照临水面。萧不安地眺望雨后的院落。他没有看见院内晾衣服绳上挂上竹篮,却突然发现马三大婶正在河对岸村子的柳丛里向他招手。

"你找来的鱼饵太小了,而且是黑色的。"萧对警卫员说,"在这片水域鱼走得快,很难发现黑色的蚯蚓。走吧,我们回去。"

警卫员迷惑地看了萧一眼,他也正待得无聊,无风的天气使他昏昏欲睡。他帮助萧收拾渔线的时候,像是对旅长的反复无常感到茫然不解,又像是丝毫没有猜透旅长的心思。来到小河的短短的几天里,萧所经历的一切,他也似乎毫无察觉。

简直是个孩子。萧一边往回走,一边平静地想。

马三大婶咕咚咕咚地吸着水烟,将萧拉到一处无人的地方,好久没有说话。萧看到了她畏缩胆怯的目光正处处躲闪他,她踮着的小脚也有些颤抖。媒婆压低了粗哑的嗓门神色慌张地告诉萧:他和杏的事发了,昨晚杏的哭叫声惊动了四邻。

三顺是昨天深夜回来的。那是萧刚刚离开后不久。姗姗来迟的雨开始零星地下了。这个深夜归来的精明的兽医几乎是一踏进院门就嗅出了气氛的异常。他身上散发出来的浓烈的鱼腥气和连日捕鱼带来的疲惫并没有妨碍他细心的揣测。他将笨重的渔网搁在院里的鸡埘上,没有理会杏给他端来的烫脚的水盆。杏蹒跚的脚步和脸上还未消失的红晕激起他心中狐疑的涟漪。他将杏带到里屋,放下了窗帘。杏的双腿轻轻地战栗着,她温爱地摸了摸他长满粗硬胡须的两腮,推说去灶下生火做饭,正要离开里屋,三顺一把拽住了她。他轻轻地用手一推,杏倒退了几步就坐在了床沿上。三顺麻利地给杏脱掉了衣服和鞋子,将她抱起来扔在床上,随手放下了帐子,吹灭了桌上的油灯。杏在黑暗中听到了解皮带的声音,这种声音没能给她带来往日的兴奋,却使她预感到了灾祸的来临,她不由自主地哭了起来。当三顺潮湿的身体一接触到她的肌肤,杏的身体立刻就像触电一样变得僵硬。

萧从口袋里掏出了所有的铜板放在马三大婶手里,他并不是想付给这位连日奔波的老人酬劳,而是为了让她在说话的时候能安定下来。马三大婶的手握不紧这些铜板,她的手指像小兽一样跳跃着,有两枚从指缝中落到了沙地上。

三顺用粗麻绳将杏吊在了梁柱上,他打断了六根柳条之后,杏说出了萧的名字。邻人被杏的哭叫声惊醒,已是子夜时分。他们拥进了那堵红墙的院内,里屋的门上了闩,他们从门缝里看见杏赤裸的身体被吊着,就开始砸门。门是新银杏木做成的,他们砸扁了门上两个巨大的铁环，门上裂开了一道口子，有人想从门上的裂口伸手进去拨动门闩，但他们突然停住了。从门缝和裂口朝里看的人都屏住了呼吸。人群圈外的人根本不知道屋子里发生的一切：三顺用一把劁猪用的小刀在油灯上烤了烤火，在杏的下腹处迅速地剜了一下。动作熟练得像从木瓜里往外掏瓤。杏已经无力叫喊了。她的身体剧烈地抽搐了几下，就昏过去了。

马三大婶的水烟早已吸完了。她像是被自己的叙述惊得目瞪口呆，又像是对这个一向老实巴交的年轻人荒唐的举动感到永远的意外。今天清晨，几个好心的女人将昏迷不醒的杏用小船送到了她娘家——榆关。对于这件事，村里人并不感到新鲜，将不贞的女人阉了送回娘家是常有的事。马三大婶没有告诉萧更多的实情，其中最重要的一点就是：

已经在村里失踪的三顺曾四处扬言要杀死他。

第六天

尽管萧知道三顺已经在村里失踪了，昨天下午，他还是拎着手枪到杏原先居住的红墙内转了一圈。院内依旧空阔。就在他准备离开这幢散发着奇异果香的红屋时，他发现有一个人影在竹林里闪了一下，他下意识地捏紧了手枪。枪内共有六发子弹，他现在变得异常暴躁，直想找个人将这六发子弹射出去。

竹林的稠密的叶子像是打了个寒噤似的动了一下,警卫员从里面走了出来,萧长长地舒了一口气。

当他们回到家里时,警卫员极其小心地提醒萧是不是该回棋山了,因为大战即将开始。萧愤怒地用手枪的枪柄重重地敲了一下桌子。母亲被屋里的声音惊动了,推门走了进来。她已经知道了村子里发生的一切,她想找个机会和儿子谈一谈。她惊恐地看见萧愤怒地瞪着警卫员,她走到桌边将手枪抓过来顺手塞进离她最近的一只抽屉内。

萧站起来,一言不发地走了出去。母亲小心翼翼地跟出来。她觉得一定得和儿子谈一次,因为她相信:既然三顺扬言要杀死她儿子,他一定会做到的。她深知这位异姓家族后代的秉性。三顺的父亲原来也是一个本分的打鱼人,他曾经为一次微不足道的口角挑起了一场三四十人的格斗。萧没有意识到母亲跟着他。他走进父亲生前的书房,就将房门关上了。

在父亲葬仪之后,从来没有人走进这间阴暗的尘封的屋子。萧点亮了桌上的油灯,挑亮了灯芯,灯芯上积满了灰尘。萧坐在父亲的写字桌前,凝望着父亲的那张挂在墙上的半身像。画像的边缘糊上了一圈黑框。黑框是用一方幔布精心剪成的。他仿佛看见了母亲在油灯下细心缝制的身影。这个村子里的人还不知道世上早已发明了照相术,他父亲的像是请一位卖膏药的郎中画的,这位江湖画师把父亲的眼眶画得浅了一些。另外那套马褂也似乎太不合身。他能够从这张走了样的画像中看出画师在他父亲的眼神上耗费了匠心。这种深透而坦然的眼神是他曾经非常熟悉的。在他离家出走的前夕,父亲正躺在院子里的藤椅上阅读一个姓梅的古行吟诗人的诗抄。父亲的后半生几乎天天都要捧起这本诗抄。他知道哥哥去黄埔军校曾得到父亲无言的赞许,他渴望父亲能像往日一样看穿他要从军的意图,从而给他指点。那天他围在父亲的身边踯躅了好久,父亲没有注意到他。这时,他从庭院的门中看见了远远的被太阳照得炫目的涟水河,河滩赭黄的沙地,沙地上搁浅的小船,和他一起去投军的一个同伴正在向他招手。那是黄昏时分。他一直没有弄清他给孙传芳的一个部下当勤务兵的时候,父亲是否也表示了默许。后来在频繁的战事中,他越来越怀疑自己是不是在无意之中违背了父亲的意愿。

父亲褐红色的坐椅被磨成了浅黄,雕花红木制成的高大的书架依然明澈得能照见人影。他随手拿起桌上一本父亲临终前的手稿翻着,那手稿压在一柄刻有"涟水糯墨"的砚台下。在他翻阅的一瞬间他突然看到这本父亲用来临摹汉魏碑帖的毛边纸簿中抄录了父亲写给兄长的一封书信。由于毛笔吸墨不多,字迹显得过于苍劲、粗砺。萧在这封信的最后几行发现了自己的名字。

"至于萧,"父亲写道,"我不再奢望能见他一面,他的军队不久就要覆没。我现在不像以前一样担心,担心听到他的死讯。"

萧觉得自己的脊椎像是被针刺了一下。尽管他的父亲在字里行间并没有多少责备他的意味,他还是感觉到了耻辱。他在父亲的桌前呆呆地坐着。下午的时光像沙子一样流走了。他天生的高傲和倔强使他强迫自己镇定起来，他像是第一次从小河这些天浑浑噩噩的梦魇中苏醒过来，本来他已不再期待什么了，现在，强烈的好胜欲望使他想立即赶回部队。他回忆起不久前看到的一份前线的战报，孙传芳的部队在北伐军的攻击下已濒于彻底崩溃的边缘。七十二师、三十一师的不战而降在本来就军心涣散的将士中投下了无法消除的阴影。萧似乎感觉到一种不祥正向他袭来，但这种感觉很快就消失了，他的任性和醉心于幻想的秉性使他寄希望于不久后开始的战役。他想，既然自己已没有其他出路，他只有铤而走险。他不知道这种荒唐的愿望是出于对父亲的怨恨和嘲笑，还是乞求父亲的在天之灵对自己的错误抉择给予原宥。他决定立刻赶回棋山。

就在他站起身准备离开父亲书房的瞬间，他意念深处滑过的一个极其微弱的念头使他又一次改变了自己的初衷。

他想到了杏。

他的眼前出现了杏那温柔而迷惘的目光，像是一阵清冽的果香在他面前飘拂而过。他回忆起在榆关过的那个炎热的夏天，临水而筑的药房竹楼。他想起了在纷飞的战火中她影子重重叠叠地闪现的时刻，想起了他来到小河的这些天给她带来的灾难。一种深深的原罪感在他的心头暗暗滋长了。

傍晚的时候，萧告诉母亲他今夜将去榆关。母亲对儿子的话没有感到意外。她知道自从萧去榆关学医的时候起，他的灵魂就被那个表舅的女儿悄悄地偷走了。她坐在桌边没有说话，无神地看着萧，身体有些颤抖。警卫员喝得酩酊大醉，他像是朦朦胧胧地知道了萧要去榆关,他挣扎着伸直了双腿,准备从床上坐起来,但他刚刚微微抬起了头又重重地摔在床上,沉沉地睡去了。

榆关离小河有二十里水路,一个晚上来回足够了。萧走出院门的时候,天已经快黑了。他走过村子中间的空空荡荡的扇形晒场,看到了上灯时分涟水河边零星的渔火。他深深地吸了一口气,加快了步子,他的耳畔传来了渐深的夜色中舂米的木桩敲击石臼的声音。

他来到涟水河边,正要去那片洒满夜露的晚茶花丛解开船缆的时候,黑夜中像是有几十个黑影迅速地在他身后闪了一下。萧回过头,看到了三顺和几个他不相识的人手持杀猪刀朝他逼过来。

黑影慢慢地朝前挪动着步子,九寸长的刀子在他们手里跳跃着。萧已经退到了河边,他能够清晰地听见涟水静静地流淌的水声。他徒然地将手按在腰中空空的手枪皮套上。由于一阵忙乱,他出门时竟忘了带手枪。那支装有六发子弹的手枪此刻正关在卧室桌子的抽屉里。三顺没有走上来,他倚在一棵刺树下,嚼着树叶,准备冷静地看着他手下的人将萧围起来捅死。突然,他吐掉了嘴里嚼烂的碎叶,迅速地朝萧走过来。他像是突然想起了什么。

"你的那个警卫员呢?"

围着萧的几个黑影也像是猛然醒悟过来,他们立刻撇下萧钻入丛林,四下小心地搜索起来。他们现在相信,警卫员似乎应该就在附近。三顺用刀尖支起萧的下巴：

"你的那个警卫员在哪儿？"

"他喝醉了。"萧平静地说。三顺从鼻子里轻轻地哼了一声，没有再说什么。不一会儿，钻进丛林里去的人又一个个闪了出来，他们身上沾满了蛛网和露水。这时，月亮从云层里出现了，他们彼此能够看清对方的脸，三顺知道他手下的人没有搜出什么。

他满心狐疑地打量了一下萧，他对萧回部队不带警卫员感到茫然不解。他的目光紧盯着萧的脸，忽然他的嘴角浮现出一丝不易为人察觉的神色：

"你是去榆关看那个婊子吧？"

萧没有搭腔。他安详地看着跟前已经发生的一切，同时，他也明白那个阴冷恐怖的将来已经悄悄地来临了。

沉默又重新包围了他们。过了许久，萧听到了一声轻微的长叹，三顺已经将手里的那把杀猪刀扔进了涟水河，转过身径自走了，他在进入丛林前又回过头来朝他手下的几个人摆摆手：

"放了他。"

也许是萧对于一个已经废掉的女人的迷恋感染了他，也许是他内心深处莫名其妙的喜怒无常，三顺放弃了杀死萧的想法。

当萧朦朦胧胧地想到了这一切的时候，那些人已经在夜幕中消失了。

第七天（结局）

萧从榆关赶回小河已是次日凌晨，在天边泛出的紫红色熹微的光亮中，他依旧在那片晚茶花丛拴好了小船。迷蒙的水雾遮住了村子的轮廓，水牛在河边的柳树林里喷着响鼻。这是一个凉爽的清晨。萧轻轻地穿过弄堂的时候，狭窄的深巷里回荡着他的脚步声，蜷缩在村里竹篱旁的狗没有吠叫，它们显然把他当成了熟人。萧不禁回忆起第一天来到这个村子时几乎是完全相同的清晨，昨晚在河边幸免于难使他在黎明的和风中感觉良好。

萧来到自家的院门前，母亲已经起来了，她正在清扫院子。萧和母亲打了个招呼，径直朝里屋走去。

他跨进房门的时候，警卫员坐在桌边等他。他正在感叹这个一贯贪睡的年轻人第一次起得这么早，警卫员迅速地拉开抽屉，抓起那支手枪对准了他。

萧起先还以为警卫员在和他开玩笑，但是他立刻从警卫员嘴角的一丝冷笑中感到了情况的不妙。接着他听到了这位一向不善言谈的警卫员迄今为止最冗长的一段话：

"三十一师弃城投降后，我就一直奉命监视你。攻陷榆关的是你哥哥的部队，如果有人向他传递情报，整个涟水流域的防御计划就将全部落空。在离开棋山来小河的前夕，我接到了师长的秘密指令：如果你去榆关，我就必须把你打死。"

萧似乎已经闻到了火药硫黄的气味。他强迫自己镇静下来，但由于连夜奔波的疲惫和突如其来的死亡威胁造成的紧张，他的双腿失去控制地剧烈颤动起来。他觉得自己的所有神经都绷紧了，喉咙几乎像被一团棉絮塞住了，他要说的话全被堵死在意识深处，这无异于是自己承认了背叛。最后他用不连贯的声调说了一句：

"你可以把我押回去，让师部审问我。"

警卫员狡黠地一笑："在你的军营里枪毙一个旅长会扰乱军心的。再说，大战即将开始——已经没有时间了。"

萧没等警卫员说完，敏捷地蹬翻了那张桌子，一侧身跳出了里屋。他冲到院子里的时候，他的母亲正在把院子门关紧准备抓鸡。萧像是一只疲狼窜到了院门边，已经来不及拔闩了。他无可奈何地转过身。

警卫员握着手枪走近了他。

天已经突然亮了。黎明的暗红的光消失之后，天空飘飘洒洒地下起了小雨。面对那管深不可测的枪口，萧眼前闪现的种种往事像散落在河面上的花瓣一样流动、消失了。他又一次沉浸在对突如其来的死亡的深深的恐惧和茫然的遐想中。他回忆起道人闪烁其词的忠告，现在，迫使他跨入地狱之门的似乎不是盛满美酒的酒盅，而是黑乎乎的枪口，他莫名其妙地感到了一丝遗憾。他看见母亲在离他不远的鸡埘旁吃惊地望着他。她已经抓住了那只母鸡。萧望着母亲矮小的身影——在抓鸡的时候她打皱的裤子上沾满了鸡毛和泥土,突然涌起了强烈的想拥抱她的欲望。他在听到枪声的一刹那,感到有一股湿乎乎的液体贴着他的肚皮和大腿往下流。

　　警卫员站在离萧只有三步远的地方,非常认真地打完了六发子弹。

青黄

九姓渔户作为一支漂泊在苏子河上的妓女船队早在四十年前就已经消亡了,民间有关它的传说却经久不息。《麦村地方志》(一九五三年版)是这样描述这个故事的:九姓渔户在官兵的追逼和当地帮会的骚扰下,它的最后一代张姓子孙在一天黎明从麦村上了岸。令人疑惑的是,这部由三个私塾先生编纂的书对那个"天空中飘逝着各种颜色"的黎明做了极其详细的描绘,但对于这几个船民上岸后的情况却语焉不详。在最新出版的《中国娼妓史》(谭维年著)一书中,对九姓渔户模棱两可的论述部分完全是对《麦村地方志》的拙劣的抄袭。在谭维年教授头脑清晰的好些日子里,他为人的风度和著述的严谨曾使我默默地仿效过,可是现在呢?一旦他所论述的对象和麦村、九姓渔户这些字眼连接在一起,就会连续不断地出现错误。在那些飘忽不定的字句中间,我仿佛看见了谭教授在痛苦的晚年穿着肥大的马裤跨过一只火盆的滑稽身影。和许多其他学者一样，谭维年在那本书的第四百二十六页上，同样提到了那个颇有争议的名词——青黄。按照他的理论，传说中把"青黄"一词解释为一个漂亮少妇的名字"至少是不谨慎的"，至于有些人将它说成是春夏之交季节的代称更是荒诞不经。凭着先天的预感和固执，他认为"青黄"是一部记载九姓渔户妓女生活的编年史。他声称，如果不出意外的话，这部书依然散落在民间。

正是基于这样一个充满魅惑的说法，我决定再次到麦村去。在临走之前，我在一家私人酒店里碰到了谭维年，我向他谈起了我的计划。像往常一样，谭教授听完了我的话立即对我做了一个不耐烦的手势：

"你到了那里将一无所获。"

一

埃利蒂斯说，树木和石子使岁月流逝。对于一件四十年前发生的事，人们不至于忘记得那样快。来到麦村三天后的一个傍晚，在苏子河边的一片低矮的榛树林里，我遇到了一个正在给羊圈加固木栅栏的老人。他和村里的许多人一样，对于那件"不光彩的事"不愿重新提起。悲伤的阴影重叠在他的脸上，使他的皮肤看上去像石头一样坚硬。我在那圈散发着羊膻腥的木栅栏前踯躅了好久，老人才开始和我搭上话。他在回忆往事的时候，显得非常吃力，仿佛要让时间在他眼前的某一个视点凝固或重现。他说话时齿音很重，喉音浑浊不清，这使我在记录时遇到了一些麻烦。在我听不清楚的地方，我让他稍作停顿或是重复一两遍。

那条顶着凉篷的破船是在黎明的时候到岸的。那时正巧碰上了仲夏时节的梅雨。那天早上天气有些凉，那个姓张的人带着一个瘦弱的女孩沿着泥泞的谷道艰难地朝村子里走来。从天空东南角刮来的大风把他们吹得东倒西歪。村里几乎所有的人都看见了他们。在他们身后，停泊在岸边的木船上燃起了大火。竹篷在火中燃烧，爆出清脆的声音，这是一个精明的外乡人。他也许担心村里的人不肯收留他们而放火烧掉了那条船。

这个疲惫不堪的中年人来到村里的时候，看见所有的大门都向他们关上了，心中忧伤，挨着他的女儿在雨中站立了很久。中午的时候，人们隔着门缝看见村头的一个给人摆渡的艄公将他们领走了。"直到现在，"老人回忆说，"我还不知道他的名字。他的女儿好像叫小青。现在她已经老了，在后村住着，也不叫这个名。"

"以后的事呢？"

"以后的事我也不怎么清楚。他们来的时候是端午节的前三天，也许是前四天，因为老艄公的船在端午节那天翻了，死了三个人。人们都以为灾祸是这两个外乡人带来的。那个中年人一直不大说话，很少笑，好像有什么心事，也许是对村子里的水土不大习惯。"

老人对我间或提到的"青黄"这个词没有丝毫的反应。他在叙述往事时给人造成的一个奇怪的印象是：他在揭示一些事情的同时也掩盖了另一些事。最后，在我打算离开他之前，他补充说："我几乎每天傍晚都要到苏子河边去挑水，我有时看见这个外乡人坐在门前的一只矮凳上，呆呆地看着他的女儿在一块长满蒿草的山坡上捉蝴蝶。但在大部分日子里，在太阳落山的时候，那扇旧松木门板早早就关上了。他也许是一个很好的父亲。又过了两年，他的女儿像是一下子长大了。"

现在，苏子河在我的脚下静静地流淌，河面微微透着凉意。这条河的边缘散落着一些破旧、坍塌的棚屋，有些房子的搁栅和屋顶都深深地陷了下去。眼下正是初秋的季节，田野上看不到耕作的人群。人们聚集在墙边晒着太阳，等待着棉花成熟。村里的人（包括那些四处走动的黄狗）对我的到来没有表现出什么兴趣。事实上，我第一天到达麦村的时候，他们费了好大的劲才模模糊糊知道了我的来意，然后，他们把我安置在村东的一家面粉加工厂里。这里的机器在一个星期之前坏了，被送到离村几十公里之外的集镇上去修。

我回到那座房子里，又闻到了麦屑令人窒息的粉尘的气味；我想，这是一个缺乏热情和好奇心的村子，不仅是那个可怜的姓张的人，任何一个来这里的外乡人都会感到孤独。时间还很早，我就在墙边的一张木床上躺了下来。就在昏昏沉沉地进入梦境之际，我突然记起了一件往事。尽管这件事讲起来也许并没有什么特别，但是，里面有一些地方想起来总让人感到哪儿不舒服。

二

九年前的一个炎热的黄昏,在通往麦村的大道上,我遇到了一个换麦芽糖的老头。当时,他坐在路边排水沟高高的土坎上,一棵楝树的阴影罩住了他。

他的模样看上去像一个正经的手艺人,面前摆着的两只竹篓由于日晒雨淋,颜色已转成灰黑。他手里握着一根竹笛,忧郁的目光像是在期待着什么。在他对面,西斜的夕阳将大片开阔的黄麻地染得橙红。我注意到他并试图和他说话,完全是因为他的神态吸引了我。我有一种无法说明的感觉,他仿佛整整一天都坐在那里,慢慢地吸着旱烟。当我在他身边停下来,察觉到岁月在他脸上留下的各种痕迹时,我才知道他是多么苍老。

他说他叫李贵,在横塘住。在我的记忆中,"横塘"是一个古典词学教科书中常提到的地名。他说他大约在今天早上就迷了路。"这里的一切似乎已经被什么人修改过了。"我挨着他在那棵楝树下坐了下来,他将手里的旱烟锅递给我。

"你的笛子好像没有膜孔。"我说。

"不过,它能够吹响,可现在我已经吹不动了。"

老人轻轻地抚摸着笛管,注视着远处蜿蜒的大路和它尽头的村落,像是已经听到了它的声音。

"你是本地人吗?"老人问。

"不,我路过这儿。"

随后,我们似乎找不到合适的话题来闲聊,便陷入了沉默。我觉得这一切都非常自然。最后,老人提出能否和我一起进村借宿,我答应了。

天完全黑下来的时候,我们沿着印有深深车辙和凹槽的大路朝村里走。我们穿过一堵泥砌的院墙,在最先发现亮光的地方停下来敲门。住在这座房子里的是一个外科郎中,他仔细地打量着我们,询问了一些他想知道的枝节,最后勉强同意我们留宿。他把我们带到西厢房的一间堆满干草的屋子里,拨亮了墙上佛龛里的油灯。他的脸上流露出乡下人那种特有的担心和警觉的神情。在临走之前,他说他今晚要到外乡去出诊——那里一位妇女患了湿疹。

我和老人挨着草垛斜躺了下来,我们听见外科郎中在这座房子其余的门上都上了锁,然后他就走了。接下来就发生了一件奇怪的事。

半夜时分,天空突然下起了大雨。我从梦中被雷声惊醒。院子里空荡荡的,大门被风吹开了,咣当咣当碰撞着土墙。我住的这座厢房的窗子也没有关紧,有几缕雨丝飘到了我的脸上,我起身关窗的时候,在一道刺眼的闪电中,似乎觉察到情况有些不妙。我摸到门边,重新点亮了那盏油灯,我突然发现那个换麦芽糖的老人不知在什么时候已经离开了屋子。门边的两只竹篓还在,我想这个老头也许到屋外去解手什么的,肯定没有走远。可是外面这么大的雨……到处是溪水汇集的哗哗声。在飘摇的灯光下,我看着刚才老头睡过的那堆干草上深深的窝痕,心中掠过一丝胆怯。

时间仿佛过去了很久,我在昏沉的睡意中,听到了厢房的门被轻轻推开的声音,那个老人拎着一双破布鞋,赤着脚出现在门口,他的裤管挽过膝盖,露出一截与他的年龄和身份都极不相称的白皙的小腿。他的身上沾满乌黑的泥水。他倚在门边,突然对我笑了一下。他的笑似乎在暗示我:他所做的事没有必要向我做出解释。他走回到原先睡觉的地方躺了下来。在微弱的光线中,我看见他的一只脚拇指被玻璃碎片或铁钉之类的东西划破了一块,正向外渗着血。

雨很快就停了,我毫无睡意。整整一个晚上——直到现在我都在思索着这件事。第二天早上,那个郎中夹着一把油纸伞回到了家里。他的神情非常沮丧,他说那个妇女死了。我说我大约还要在他家住两天,郎中答应了。晌午的时候,换麦芽糖的老人挑起他的竹篓向我告辞。我看见他的身影迈出了门槛,走上了苏子河上那道窄窄的木桥。许多年的光阴已经把他缩小、磨光,就像流水使石块销蚀一样。在我的印象中,他好像是一个可怜而又忠实的人。后来的事似乎证明了我的判断。一九六七年冬天,我从洛州换乘长途汽车到阿川去,无意之中,我在行车路线图上发现了横塘这个站名。当我办完事从阿川返回时,我决定到横塘去一趟。我不知道为什么要去看望这个老人,也许是为了找到我在他身上失去的一种感觉,或者是消除掉一些莫名其妙的恐惧的意念。我下车后不久，就在一片竹林背后的小溪谷里找到了他。我记得那是一个阳光灿烂的中午，一个漂亮的姑娘在门前的池塘里为他拆洗被褥。在以后的日子里，我常常去洛州一带了解那里的方言，偶尔也去横塘看看这个老人。渐渐地，那里的人（尤其是那个姑娘）便把我当成他的一个忘年的朋友。

三

　　我的调查一无进展。时间的长河总是悄无声息地淹没一切，但记忆却常常使那些早已沉入河底的碎片浮出水面，就像青草从雪地里重新凸现出来一样。在麦村的日子里，我白天像游魂一般四处飘荡，追索往昔的蛛迹，却把一个又一个的黑夜消耗在对遥远过去的悬想之中。一天清晨，我来到了九年前曾经借宿过的那个外科郎中家里，那间堆满干草的厢房又一次使我陷入了雨夜的回忆——在我看来它只不过是一个微不足道的插曲，看不出它和九姓渔户的故事有什么关联。那个外科郎中只是稍稍思索了一下便认出了我。

　　他对那个"影子一般的矮个子男人"没有太多的了解。他说，那时候，我还很小。有一次那个外乡人患了疥疮，我跟随父亲到他河边的棚屋里去过一回。他看上去非常健康，没有人料到他会死得那么早。我记得他曾续娶过一个名叫二翠的女人。

这个在我看来还算漂亮的女人并没有使这个外乡人开朗起来，阴影在他脸上似乎永远不会散去。当时，村子里流传着各种各样的说法。有人说他在那个装满妓女的长长的船队上生活了近三十年，至少和一百个女人睡过觉。

"河里的鱼一旦上岸便会渴死，"外科郎中这样说道，"在他来到麦村的第十二个春天，光阴刚好转过一轮，一天晚上，二翠披头散发出现在我家的窗口，我记得当时我母亲长长地叹了一口气说了一句：'那个倒霉的人死了。'夜晚非常寂静，那个女人的哭声和尖叫惊起栖息在刺树上的成群的喜鹊。第二天早上，我和母亲到河边的棚屋去看死人，当我们赶到那儿的时候，棺材的盖早已被钉死了。那口棺材本来是老艄公攒钱买下的，现在睡在里面的却是另外一个人。小青呆呆地坐在路坎上，丧父的悲痛使她的脸色变得非常古怪。中午的时候，人们匆匆忙忙将那个姓张的人安葬了。那天下着黄梅时节断断续续的小雨，我记得雨水把漆黑的棺材浇得锃亮。事后，当二翠向人们描述那个晚上的情景的时候，手指依然禁不住地颤抖：'他几乎一下子就断了气。'"

外科郎中用棉球擦着那把带有木柄的手术刀，显得有些心不在焉："我从来没有和那个外乡人说过一句话，他的心思……也许……他的女儿……有几次黄昏的时候，我随父亲从外乡出诊回来，看见他带着小青划着一只小船在苏子河边的芦苇丛里打转。他或许一直怀念着水上的生活。"

当我询问起有关"青黄"这个词的种种传说时，他的回答几乎使我吃了一惊。"在这一带我没有听说过这个词,不过,它也可能存在。在九姓渔户的船上,妓女一般分为两类,'青黄'会不会是那些年轻或年老妓女的简称?女人们总是像竹子一样,青了又黄。"

临走之前,外科郎中把我送到门外。他好像突然记起了一件事,告诉我有一个叫康康的青年住在村中的祠堂里:"他也许会给你讲一些别的什么事。"

四

站在那堵行将颓圮的院墙下,我对一只木制的稻箱凝视了很久。这是一座很大的院子,隔着墙头上那些在风中摇摆的马齿草,我能看见村后隐隐约约的一线青山和大片大片洁净的田野。秋风挟着半黄的树叶飘进院子,带来了寒冷的消息。

"这就是那个人的棺材。"康康指着稻箱对我说。看上去他是一个直率的青年人,他蹲在井边的一只碌碡上,手里摆弄着一些沙钵残破的陶片,他对我拐弯抹角的提问显得很有耐心。

"那年夏天,暴雨断断续续下了二十多天,村子里的房屋和树木都浸在了水中。村里的人都逃到了山上去避水。几天后,雨停了,大水慢慢退去。一天清晨天刚亮,我站在这座祠堂的阁楼上，看着在水中露出的林子和房屋发愣。突然，我发现不远处有一个黑乎乎的东西朝这边漂过来。我下了楼，蹚着水朝它走了过去。那是一口棺材。它也许是用上等的木料做成的，样子看上去很结实。棺材吸泡了雨水变得非常沉，我和弟弟费了好大的劲才把它弄到了家里。当天晚上，村里的郎中到我家来，看见停在院中的棺材吓得跳了起来：'我还以为又死了什么人。'起先我们不知道它从哪里漂来，我想一定是大水冲垮了村外墓地的围栏，把坟墓托浮了起来。墓地离村子至少有一二里路，奇怪的是它像一只认路的黑狗一样径直漂到村里。第二天我和弟弟来到墓地上，果然看见墓地外侧的那个坟被洪水冲开了一个巨大的豁口，露出了一个长方形的深深洞穴，那坟包看起来像一颗开花的棉桃。事后，我们才知道它是那个姓张的人的坟墓。我和弟弟用土把那个洞穴填平，然后把坟包重新堆得像馒头一样圆。那天夜里，我们全家围着那口棺材争吵了起来。我的弟弟是一个精明人，虽说他当时只有十七岁，可是已经在邻村找到了一个相好，他坚持要把那口棺材改做成一张大床，留着他结婚时用。最后，我的母亲用眼泪阻止了他。她说：'新婚夫妻躺在用棺材做成的床上就会整夜做噩梦。'在这件事情上，我的父亲坐在一旁始终没有说话。我知道他的心思，他也许想把这口棺材完好无损地保留下来，因为它看上去几乎和新的一模一样。最后，我们还是把它改做成了一只稻箱。在收割的季节里，我们用它来打谷子；其他的时候，我们就把它抬到屋内贮存粮食。"

"你有没有在棺材里看见什么东西?"我问。

"没有,"康康想了一下说道,"那个郎中好像也向我打听过里面有什么钱财。"

"我是说,你有没有看见一本什么书?"

"没有。"

和这个年轻人说话的时候,我注意到他像姑娘一样多变的眼神中掩饰着什么心事。这一点,在他向我描述那场洪水时,我就已经看出来了。

"里面总会有一些东西吧,"我说,"那个外乡人才死了几十年,不会所有的东西都烂掉。"

康康稚嫩的脸上出现恐慌的神色,沙钵的碎片在他手里被捏得咔咔作响。过了好一阵,康康从碌碡上走下来,来到我的跟前,他的声音变得非常低:

"没有,我是说什么也没有,连尸骨都没有。"

我一愣。

"起先我心里也纳闷,这个狗日的外乡人怎么会连一根头发、一根骨头都不见?也许他的墓早已被人盗过了。这件事,除了弟弟和我,谁也不知道。现在我也有些害怕,有时真想把那只稻箱劈了当柴火烧掉。"

那只稻箱拘束地占据着院子的一角,菜畦中的一根牵牛花爬上了赭黄的箱壁。它仿佛是一个早已消逝的生命留下的依稀可辨的痕迹,又像是一句谚语——在民间的流传中保留下来的最精练的部分。

五

重阳节的那一天,我在一个圆形池塘的边上找到了小青。她看上去五十岁左右,美丽的容颜像一支歌谣一样消失了,又如一只鸟永远飞出了它的巢穴,衰老仿佛是一道黑色的屏障把她与以往的岁月隔开。

她蹲在河边的一块背风的干地上,把怀里的一沓黄纸揉皱,然后点着了火。"我在前些天就见到过你。"她对我说。我说:"我想找你谈一件事。"她抬起头,看了我一眼:"你莫非是想从我这儿买几只兔子吧?"我摇了摇头。她笑了。"如果你想买一张床或是几把椅子,最好和我的男人去说。"我知道她的丈夫是一个木匠。

"你在给谁烧纸?"我问。

"……"

"你为什么不把这些纸拿到你父亲的坟上去烧?"

"……"

我递给她一支烟。她接过烟,熟练地衔在嘴里。这时,那堆黄纸已经烧完了。她在一块青石板上掸了掸土,然后坐下来。这个看上去面目慈祥的女人不像我先前想象的那样难以接近,她也许早已习惯了让记忆死去,让痛苦的根在内心深处的荒原里发芽。在沉默中,她大口大口地吸着烟。我觉得她的神情,她的黑颜色的绸布衫,她胸前鼓荡的重重的乳房都浸透在往事中间。她在吸完第三支烟后,开始向我谈起了去年冬天发生的一件事。

那是一个下雪天的早晨,小青像往常一样在灶屋里做饭,她的丈夫坐在堆满木料和刨花的屋子中间。天气太冷了,他的墨绳被冻成了一团,他等待着女人在做饭时把它放在灶壁里烘化。很久没有下过这么大的雪了。隔着半掩的门,她看见自己唯一的儿子在门外陷在雪中玩耍。从瓦缝里漏进来的雪花将干草打得濡湿。她好不容易引着了火,浓烈的回烟弥漫了整个屋子。在烟雾中,她看见儿子推开门浑身沾满雪片走了进来。他好像在父亲的耳边说了些什么,他的父亲正被烟熏得直流眼泪,就一把推开了他。等到小青做完了饭从灶屋走出来,儿子便拽住了她的衣角。他说有一个瘦老头在门外转来转去。小青跟着他走到门外——漫天的风雪中连一只鸟的影子也看不到。小青想,那一定是一个要饭的老头,就没有理他。中午吃饭的时候,她的儿子又一次提起了这件事,他说那个老头长得很古怪。接着,他便一五一十地把那个老头的容貌比画了出来。

"我儿子说起的那个人和我父亲长得一模一样,连穿的衣服都一样。那时,我的父亲已死去多年,"小青说,"我虽然觉得奇怪,但没有细想这件事,只是一整天总觉得哪儿不对劲。傍晚的时候,我儿子就在门前的这个池塘淹死了。他是在冰上玩的时候掉下去的——我想这里面一定有些什么事情,可当我把这件事讲给村里的人听,他们没有一个人相信我的话。"

刚劲的风敲响了林中的树叶,吹得纸烬的碎片四处纷飞。小青木然地看着我,神情肃穆,恍若隔世。我想起了一本名为《图腾与火》的书,书中提到在中国南方的一些省份,常常发生灵魂重现的现象。我想,在乡间,人们往往把接踵而至的灾难归咎于冥冥中的天意,我不知道这个女人的叙述包含多少可信的成分,但显然——她的迷惑和不快立刻感染了我。发生在这个僻静的山村的每一件事,都仿佛是悬在屋檐下的冰锥,每一秒钟,它都在悄悄地变化着。

"你和父亲来到村里的时候,你母亲在哪儿?"我问。

"她或许早就死了,我没有见过她。我父亲也可能不是亲生的——可村里的人都这么看。"

"你父亲好像在村里一直不太习惯?"

"是的,那天我和父亲到麦村来的时候,刚好碰上了这一带的梅雨天气,村中的每一扇门都朝我们关上了……我们只能待在雨中。后来,一个老艄公答应我们住到他的屋子里去——他自己睡在船上。刚来的时候,我们对什么都不习惯,夜晚,我睡在老艄公的屋子里,在梦中都感到床板像船一样在水中摇晃。这个村子里女人很少。老艄公到了六十多岁还没有娶上媳妇……我们上岸的第二天,老艄公把我叫到了他的船上……他把我咬得浑身是血。我回到屋子里就发起了高烧。父亲给我解开衣服,用盐水擦洗伤口……后来,老艄公的船就翻了。"

六

夜晚，我坐在面粉加工厂冰凉的磅秤上，注视着窗外疾速移动的乌云和闪烁的树影，一夜未睡。对于现在看来完全可能是谭维年教授杜撰的那个词，我丧失了所有的兴趣。而传说中那个事件的片断——一排稀稀落落的房屋，一片柳树林，一块空地，却时常混杂着童年的记忆，一起侵入我的梦中。

中午的时候，我在麦村的街角碰到一个看林人。他当时正蜷缩在一扇破旧店铺的门槛上卖茶。从嘴角流出来的口涎弄湿了他的袖管。他注视着天空中压得很低的黄色云层，辨别着他身边发出的各种声音。

"所有的事物都比人活得更长久。"看林人说。对四十年前的事，他能记住"村中每一株山药树的样子和河床里每一粒石子的形状"。正月十七，也就是那个外乡人突然决定结婚的那一天，人们在清晨的时候看见这个姓张的人蹲在苏子河边，敲开河上的封冰，用一把剃刀刮胡子。那时，看林人和母亲正在河对岸的林子里给新栽的枇杷树壅土。到了晌午，他看见一顶花轿摇摇晃晃地从一个山坡下闪了出来，慢慢地朝村子里走。花轿像是从很远的地方来的，轿夫们裹着绑腿，走路的架势看上去显得很累。母亲用手掌遮住耀眼的太阳光，朝村头张望着。"村里好像有什么人要娶媳妇了。"她说。

过了一会儿,花轿在河边的那间棚屋前停了下来。他看见村中的媒婆踮着小脚,比画着手势和轿夫们说着什么。在她身后,小青正把一张红纸糊在那扇泥窗的窗骨上。轿帘掀开,从里面走出一个高个子的女人。隔着飘满薄雾的苏子河,他看不清那个女人的脸。谁都不知道那个外乡人怎么把这个女人弄到手的。看林人丢开手中的铁锹,准备去村中看热闹的时候,听见母亲在身后咕哝了一句:"可怜的人,把婚事弄得像送葬一样。"

麦村的人似乎很容易忘记以往的事,过了几年之后,人们对这个安分的外乡人的态度渐渐变得亲昵起来。一些妇女给他送来了山枣和谷物,老人们也来到那间破屋里帮他张罗着。外乡人的脸色变得晴朗柔和起来。村中祠堂的老倌提出可以在祠堂里增设一个祖先的牌位,让这对新婚的"年轻人"在那里拜堂成亲,但是这个外乡人默默地拒绝了。他执拗地认为他的祖先不在祠堂里而在水中,他拉着那个高个子的女人来到了苏子河边,对着宽阔的水面跪了下来,吻了一下河边的烂泥。

那真是一个漂亮的女人。

晚上,林中的那间木房的门被大风吹散了,看林人准备回村取来一些铁钉将它重新钉好。他提着马灯,踏着坚硬的冻土朝村里走。当他走到苏子河那条窄窄的木桥上时,他看见河边的那间屋子里亮着灯光。那亮光在静谧的黑夜中将树木衬得橙黄。他的心剧烈地跳了起来。"一想到那个晚上的月光,人就莫名其妙地难受。"看林人说。他的眼前一次次闪现出那个女人的模样，脑子里出现了一个"荒唐的想法"。他朝那片灯光走了过去，脚步声越来越轻，最后，他在那扇暗红的泥窗下蹲了下来，捅破了窗户纸。

那年正月，已经开春二十多天了，而天气却像隆冬一样寒冷。刺骨的风从落光了叶子的树梢上吹过，在屋檐和瓦缝中发出低低的回响。那个女人坐在床沿的一边，男人在另一边出神地望着她。过了一会儿，屋子里传出女人上马桶的声音。看林人看见女人掀开帘子出来的时候，准备将裤腰带系上，男人走过去抓住了她的手，女人肥大的黑裤子一下子滑到了地上。

"我一辈子只看见过一次女人的身体，我的心一下子提到了嗓子眼，"看林人说，"现在看起来，女人是一件可有可无的东西。"他端起面前的茶杯喝了一口，抹了抹嘴角又稀又白的胡须，重复了一遍刚才的话："真的，可有可无——这事也许当你老了的时候，你就明白了。"

那时，看林人伏在窗下，在闪闪忽忽的灯光中，他看见那个外乡人把女人的衣服剥得精光，然后吻她，从她的小脚趾开始，沿着她身体的中间慢慢往上。女人的身体战栗着。她的神色看上去有些不对劲。她那老鼠一样可怜的眼睛中，像是在担心着一件什么事发生。男人的动作越来越粗鲁，她的身体颤抖得更厉害。随后，那个外乡人把她抱起来，放在床上。那张破床吱吱嘎嘎地响着，女人的身体像盛在杯中的水一样晃荡着。这时，看林人听见隔壁小青在睡梦中发出的咳嗽声，外乡人像是迟疑了一下，然后开始脱掉衣服，露出瘦蛇一样精赤的背脊。

"不久，我看到了一件让人纳闷的事——那个外乡人上到床上后不一会儿，又从帐子里钻了出来，他沮丧地穿上衣服，走到墙边的一张桌前坐了下来。我从来没有见过他那么可怕的脸色。他点上烟斗慢慢地吸着，女人在床上低声地啜泣。我不知道发生了什么事。原先我想也许是那个外乡人不会干那事，但后来我才听说那个叫二翠的女人屁眼边上少了一个小洞。"看林人说。

就这样，那个外乡人在屋子里一直坐到天明。后半夜，风停了，油灯也快燃尽了，看林人在窗外迷迷糊糊地进入了梦乡。天亮的时候，暖烘烘的阳光将他晒醒。

七

棉花成熟的时节，秋色渐渐地深了。这天早上，我又一次来到了那个圆形的池塘前。枯黄的树叶和草尖上覆盖了一层薄霜，鸟儿迟暮地飞走了。在它孤单的叫声中，空气变得越来越干燥。

在一间阴暗的屋子里，小青正在剥一只兔子。她黑布衫的对襟上也沾上了兔子的血迹。"昨天晚上，有两只兔子给狼咬死了。秋天快要过去的时候，村里的狼多了起来。"小青说。过了一会儿，她问我能不能帮她把炉子生上，我答应了。"我知道你在村子四处打听我父亲的事。他已死了四十多年，我不懂那些事对你有什么用处。"她说。我笑了笑。

"你从哪里来？"小青问。

"城里。"

"城里干那种事的人也一定很多吧？"

"什么事？"

"我是说妓女。"

"过去有。"

"在我们的船上，这种事不算什么，"小青说，"可岸上的人都把它看得很重。我来这里后的四十多年，村里很少有人愿意和我说话。据说外地人经过麦村的时候，也绕着道走。本来，我们船上的人都是一些本分的渔民，后来我们的祖先帮助一个叫陈友谅的土匪打过仗，姓朱的皇帝得到天下后，就下旨不准我们上岸。有一年，这一带发生了严重的饥荒，船上的妇女才开始上岸拉客，慢慢地，船队就变成了后来的那个样子。"

"你父亲死后，那个叫二翠的女人去了哪里？"我问。

"死了。"

"死了？"

老人许久没有说话。她把剥了皮的兔子放在盆里洗净，搁在一只铁锅里，炖在炉子上，回到她原先待着的那个位置坐下。

"二翠是一个善良的女人，她的死完全是因为我。父亲死后，她就被娘家的人接回去了，她的家在二十里外的山脚下。有一年夏天，二翠来村里看我，顺便给我捎来了几件裙子。她在村里住了几天，刚巧碰上了那件事。那天晚上，我和二翠正在桌边剪鞋样,听到村头响起了狗的叫声。二翠说,好像有什么陌生人到村子里来。过了一会儿,狗也不叫了,我们以为不会有什么事,可是墙上石龛里的油灯突然灭了。我起先还以为是风将它吹灭的,正准备将它重新点亮,一个黑影闪了进来。在暗中我们谁都看不清楚他的模样。我感到腰上被一个尖尖的东西顶着,那个黑影把我逼到了墙角。我终于知道那个人要干什么了。那个人抬手将我的衣服轻轻一扯,肩膀上就被撕开了一个大口子。我闻到了一股浓烈的酒气,他将嘴凑到我的胸脯上……"

老人双手交臂抱在胸前,她像是感到有些冷,又仿佛沉浸在那件令人心悸的往事中,脸上露出恐怖的神色。我注视着地上的兔子的内脏,心头一阵冰凉。

"二翠像是被吓蒙了,过了好久她才镇定下来。她从屋子的另一侧跑过来,跪在地上死死抱住了那个人的腿。二翠对那个黑影说:'她还是一个小姑娘,还没有出阁,你一定想干那种事,就和我干吧……'那个人像是笑了一下,稍稍转过身,我感到他手里的匕首在空中挥了一下,二翠的手就松开了。"

"现在想想,"小青说,"二翠当初真不该那样拦他。这种事我从小就在船上看惯了。每天晚上都有一些当官的和商人到船上来,有时候,天还没有黑下来,他们就在船舱里铺上一块草席,抱着妓女滚在了一起。那个男人将我按在地上,那时候,我并没有感到怎样害怕,开始的时候我只是觉得有些疼。在蟋蟀的叫声中,我听见二翠的呼吸变得越来越急促。那个男人走后,她的身体已经变得像铁一样硬了。后来,村里的媒婆有一天来到了我的屋里,她问我是不是愿意嫁人,我说好吧。几天后,我就嫁给了现在的这个木匠。他是一个老实人。"

"所有的事情全都会过去,只有人死了不能再生。"小青说。她走到那个火炉旁,用蒲扇在炉门前扑了几下,炉火渐渐地旺了,屋子里充满了一股兔肉的香味。

这时,太阳已经升高了,屋子里也亮堂了许多。我看见窗外很远的地方,有几个农妇在摘棉花。

"你的父亲是不是写过一本什么书?"我问。

"没有,他不认识字。"

"那么,你们祖上是不是有一些书传下来,比如家谱之类?"

"不知道,如果有的话,也同父亲一起埋掉了,"小青说,"这件事也许父亲知道,可他死得那样早,谁都没有料到。要是活到现在也该有八十多岁了。我总也忘不了他那张脸。我常常到离村很远的集市上去卖花,秋天是金菊,春天是栀子花。每天我卖完花回来,他都坐在门前的山榆树下等我。"

老人用手背揩了揩眼圈,呆呆地看着炉子上冒起的轻烟出神。

"我现在还是非常想他。"小青说,"有一次,我正在洗澡……"

这时,她的丈夫推门进来,小青站起身帮他把刨锤和锯子从肩上拿下来,搁在鸡埘上。木匠径自走到水缸边,舀起一瓢凉水咕咕咚咚地喝完。

"地里的棉花该收了。"他说。

一个黄昏接着一个黄昏，时间很快地流走了，在村落顶上平坦而又倾斜的天空中，在栅栏和窗外延伸的山脉和荒原中，没有留下一丝痕迹。我整日整夜被那个可怜的人谜一般的命运所困扰，当我决定离开这里的时候，我突然有了一种不真实的感觉。这个村子——它的寂静的河流，河边红色的沙子，匆匆行走的人和他们的影子仿佛都是被人虚构出来的，又像是一幅写生画中常常见到的事物。

在我离开麦村回到城里的当天，我在门廊里拿到一封信。信是一个姑娘写来的。一九六七年冬天，我去横塘看望那个叫李贵的老人时，她正在门前的池塘为他拆洗被褥。她在信中说，李贵患了一种"很严重的病"，也许活不长久了。他在临终之前，为了许多年之前结下的一面之缘，很想再见我一次。晚上，我坐在灯下重读了这封信，我注意到信封上的邮戳已经模糊不清了，但依然能够看出这封信是一个月之前寄来的。这个昔日换麦芽糖的老人脸上凸出的颧骨和姑娘深陷的笑靥同时跃入我的眼帘。第二天早上，我踏上北去的火车。

当我在竹林背后找到那座低矮的平房时，已是三天后的中午。老人倚在墙边，在温暖的阳光下打盹。他很快就看到了我，扶着墙站起来，朝前走了几步。

"我知道你会来，"老人说，"前些天，死神和我开了一个玩笑，我在棺盖上躺了一个白天，晚上又醒了过来。"

我们挨着墙根坐了下来。在老人说话的时候，我仿佛看到了一架完好无缺的机器，它内部的每一个零件都生了锈，只是凭着惯性在慢慢运转着。他看上去没有什么病,只是自然的衰老将他带到死亡的边缘。

"我的侄女整天在念叨你,她说你也许由于事情忙不会来了,我想你一定会来。"老人说。那个姑娘正在一根铅丝绳上晾衣服,她转过身朝我笑了一下。

"我最近到麦村去了一次,回来后才看到你们的信。"我说。

"麦村?"

"就是我碰见你的那个村子。"

老人点了点头,他的灰暗的眼珠凹陷在眼眶里,注视着天空下飞过的几只鸟,像是要将一些光在眼前聚集起来。

"有一件事,我一直想问你。"我说。

"什么事?"

"你是不是记得在麦村的那个晚上?"

"记得,我们像是宿在一个郎中家里。"

"后来下起了大雨。"

"是的。"

"那天晚上你好像出去过。"

老人怔了一下,开始猛烈地咳嗽起来。那个姑娘走到他身边,在他背上捶了几下。老人转过身,将一口浓痰吐在了墙边的草丛里。他的嘴角朝两边撇了一下,做出一个笑容:"我从小就患了梦游症,你说的事我一点都不知道,那天晚上我以为一直睡得很好。"

"你确实出去过一次。"我说。

"也许吧。有一次我从梦中爬起来在外面的旷野上走了一夜,第二天黎明我的侄女才在一块麦田里找到了我。"

午后,我正想躺下来休息一下,连日的奔波已使我精疲力竭。这时,那个姑娘推门走了进来。她说天气渐渐冷下来了,风雨将屋顶上的稻草打得又黑又薄,她问我能不能帮她把稻草换成新的,我虽然从来没有上过房顶,但还是答应了。

这件事我干得非常慢,到了晚上,老人披着一件单衣,手里擎着油灯站在屋檐下,他的样子使我联想到一只被蛀虫啃空的核桃壳,我的心中掠过一丝忧伤。

我在那里住了三天。临走之前,老人坚持要把我送到竹林外,一条狗从后面追上了我们。我们走到一处断流的溪谷旁,老人停了下来。

"这一带人很少,每天傍晚我都到这里来散步。"老人说,"在黑夜来临之前,总是青黄陪伴着我。"

"青黄?"

"这是一条良种狗。它的毛色很特别,背上是青蓝色的,肚子的一侧有一个黄颜色的斑圈,看上去像一块膏药。"

我抬起头,看见那条狗嗅着田野上泥土的气息,摇着尾巴走远了。

几年之后,我在市图书馆的二楼翻阅一本编于明代天启年间的《词综》。在这本书的第九百七十一页上,我偶然看到了"青黄"这个词条。

［青黄］ 多年生玄参科草本植物。全株密被灰色柔毛和腺毛。根状茎黄色。夏季开花。

此文献给仲月楼公

风琴

冯金山

此刻，冯保长正从一间伞形尖顶的酒店里出来，走到刺树林边灿烂的阳光下。他没有朝村外看——那里，秋后刚刚被收割的庄稼腾出大片赤裸的金黄色的田野。他注视着脚下的泥沼地，这些铺盖着枯草的泥地在某一时刻仿佛成了一种虚幻之物，在混沌而清晰的醉意中伴着阳光给他以温暖。掉落了叶子的刺树林在河边战栗着，那些树木以及它们的阴影遮盖住了河床的颜色。

冯保长冯金山走到了村头圆形的打谷场上。他看见场地的边缘有一个年老的女人正用长长的竹竿钩落高大楝树上干瘪的楝果。冯保长把目光移向别处，想象刚刚看到的一幕：那些楝树的果子像羊屎一样扑扑簌簌掉在皲裂的地上，一如水珠溅落的样子。冯保长朝前走了几步，又转过身：那根钩竿吊在树枝上，在风中晃荡，树下一只竹凳，楝树的果子撒满一地。那个年老的女人不知在什么时候消失不见了。

这仿佛就是最初的情形。

他看见远处田野上到处都有人在跑，像鼠穴被刨开后慌不择路、东奔西窜的田鼠。这种慌乱的景象伴随着微弱的叫喊在村中立刻有了某种感应。冯保长踉踉跄跄走了几步，才看到了村外官道上簇拥而至的马群。阳光和酒使他的感觉在这时发生了令人惬意的偏差。突然之间出现的鬼子的马队并没有搅乱他宁静的内心，他站在打谷场上一动没动。马蹄声渐近，灾难也渐近。所有的灾难，冯保长认为，它们只不过是一场噩梦，或如大地突然降雪——它们如期而至，却又悄然隐匿。阳光之下，几匹枣红色、青灰色的马在旷野里不紧不慢地走着，从一个高高的土坡上升起来，随后又淹没在谷底，宛如在波浪中行进的小船。

到处都流传着日本要投降的消息。这些消息……冯保长抬起宽大的袖管擦了擦眼屎，沿着狭窄的河床朝村东疾走。他不断调整步伐，像一只正在加速的轮子。他看见老婆正在村东的桑树林边给入冬的小麦下种，老婆的浅红色头巾在桑树末梢上一飘一闪。远处，日本人的马群腾起的细细的尘土渐渐变得清晰起来，刺刀和马镫闪闪发光。秋后一年一度花集的戏队到来正是这样的情形：这些靠卖艺为生的人群会在一个晴朗的午后突然出现在洁净的田野上，他们衣衫褴褛，牵着瘦弱的小驴——那些用黄色或银色的锡箔装饰的队伍，在锣鼓铙钹的声音中边唱边跳来到村里。他们在小孩的簇围中毫无生气地表演，一旦得到谷物便立即收锣赶路。冯金山像一只笨重的猪在刺树林里奔跑着……在某种意义上，冯保长是这样一个人：在平淡无奇的日子里他只是一个迟钝的酒鬼；灾难一旦降临，他所有的感觉都会变得锐利起来，正如粗砺的砥石使钢刀变得锋利一样——他将精力中最杰出的部分积攒起来，用来对付那些接踵而至的灾难。

冯保长跑到村头的一堵低矮的土墙边停了下来。他感到眼前的情景包含着某种滑稽的成分：他的老婆依然沉浸在一种由熟练的操作而产生的莫名其妙的诗意之中，她的左手以相同的姿势来回摆动，谷种均匀地撒在地里。冯金山压低了嗓音朝女人的方向吆喝了一声。他的喊声在寂静的空气中传得很远。冯金山看见自己的女人怔了一下，她浅红色的头巾微微左侧，像一只受到惊吓的小鸟聆听树林里的风声。在长满衰草的土墙的背后，冯金山仿佛看到了老婆安详忧郁的目光。女人用手掌遮挡住强烈的光线，朝村里张望了一会儿，一切又回复如初。

骑兵终于来到了女人的身后。

这些身材矮小的士兵像泥塑一样在马背上颠簸着，马群不安地刨动四蹄。那些渗着血污的绷带、绑腿，静伏的树木和低低的云彩在女人身后构成了一幅微微抖动的背景。

"喔唷……"女人叫了一声。也许是那些马的嘶叫惊动了她，冯金山看见她手中的畚箕被抛出了好远，那些金色的麦粒在空中散开,像夏天黄昏的田野上无数飞动的蚊虫。女人的身体向上急速反弹了一下,便摔倒在地里。冯保长看见女人宽大的臀部富有弹性地撅起来,裤子的皱褶上沾满了潮湿的泥浆和草茎。接着便是毫无目的的徒劳的奔跑。女人迈动着小脚在桑树地里东奔西撞的情形使他想起了围猎。冯金山看见几匹灰色的马高高抬起了前腿,露出纽扣一般整齐的马奶子跃过沟渠。几匹马在浓密的桑树林里遛了一阵,将他的女人圈住。

现在,阳光中土墙的阴影笼罩了他。这些天,不断有日本人即将投降的消息传来,这些消息……冯金山开始呕吐。日本人的到来有些使人猝不及防。这个在他身边蜷伏的孤单的村落经历了无数次蝗灾和祸乱,现在已经变得疲惫不堪了……前些天,赵财主的家眷躲往城里也许就是一种不祥的征兆。冯金山感到背脊一阵冰凉。

在腐沤的酒的香气中,冯保长看见日本人推着他的女人朝村里走来,她的一只鞋不知什么时候掉了,露出楦头一样的小脚。她的目光向那些刺树遮掩的屋顶上空搜索着,不断在马前摔倒。一个日本兵抽出雪亮的刺刀在她的腰部轻轻地挑了一下,老婆肥大的裤子一下褪落在地上,像风刮断了桅杆上的绳索使船帆轰然滑下。女人的大腿完全暴露在炫目的阳光下——那片耀眼的白色,在深秋的午后,在闪闪发亮的马鬃、肌肉中间,在河流的边缘,在一切记忆和想象中的物体——澡盆、潮湿的棉絮中间,在那些起伏山坡上粉红色的花瓣中蔓延开来,渐渐地模糊了他的视线……女人哆嗦着,双腿绷得僵直……两腿的空隙中是一些毛茸茸错杂的马蹄……在几天之前,冯保长在昏暗的酒店里跟老板的女人调情。在漆成黑色的柜台后面,那个风骚的女人跟他谈起了女人的小脚。"所有的女人必须夹紧两腿才能走路……男人总是渴望那些大腿的力气。"那个女人说。冯金山隐伏在土墙的背后,他灼热的双颊感到土墙苔衣冰凉的气息。在强烈的阳光照射的偏差之中,他的老婆在顷刻之间仿佛成了另一个完全陌生的女人,她身体裸露的部分使他感到了一种压抑不住的激奋。

那些人和马队拖着黑色的沉重的剪影,在渐近的黄昏中进了村。

王标

现在,稠密的黑暗在树丛潮湿的簇叶之间,在山谷的深处聚集着。秋天的风敲响了树木光溜溜的枝条。一些草垛和屋舍,宛如深黑色巨大的鸟的阴影静伏在远处的旷野里。在很久以前,王标就想象着这样一次伏击,一次真正的伏击:那些类似于神话中的马匹在子弹嵌入富有光泽的皮囊时发出凄厉的叫声;马蹄的掌心铁撞击着山谷飞溅的碎石,那些盲目而又傲慢的士兵从马背上跌入深陷的坑槽;血腥和硝烟的气息裹挟着黎明的天空中无法捉摸的浮尘在山谷中飘浮——现在,一切都淹没在寂静的黑暗之中。聂老虎沿着浅浅的沟壕猫着腰蹿到了王标的面前:"天就要亮了,时间像是出了差错。"王标扫视着那条由碎碎的乱石铺成的大路——在它的尽头,东南角的天空透出一丝紫灰色的光亮。他撩开衣襟擦了擦黝黑的枪管上的露水,看了聂老虎一眼。在他高大而模糊的身影的两侧,几个抱着长铳的年轻人正伏在草丛里打盹,他们已经在冰凉的山谷里守候了一夜。"你去将那些杂种统统弄醒。"王标说。聂老虎的身影在他面前闪了一下就消失了,随后,四周响起了一片慵懒而杂乱的呵欠声。几天之前,在一处僻静的山坡上,王标面对着这伙刚刚召集的人马,就隐隐地预感到了以后发生的一切。这些老实巴交的庄稼人逃避了老婆的纠缠,聚集到他的身边。他们拖着猎枪在被风吹倒的野草丛中东倒西歪地躺着,睁着迷惘的眼睛注视着王标和他的副手大麻子胡六。"打鬼子的方法和打猎其实是一样的。"胡六说。寒冷的风爬过山脊,在白杨树的顶梢响起连续不断的啸声。王标一动不动地注视着在清晨的微光中已经变得依稀可辨的石子大路的拐弯处,那里有几只小鸟在啁啾……这时大麻子胡六像个幽灵突然闪到王标的左侧:"来了……树篱的后面……"

王标拉着胡六在沟壕里趴下,他看见一行重叠的阴影沿着石子路朝这边慢慢移动。嘈杂的脚步声夹杂着叽叽喳喳被惊动的鸟的鸣叫在空中滞留了很久。王标看见四周一支支闪闪发亮的枪管像栅栏一样在沟沿上铺开。现在,黑夜的大幕已经悄悄地拉开了……秋后的田野像一个修剪了枝条的花园慢慢呈现出它原有的轮廓,王标看见那片灰的人群的侧影逐渐清晰……就在两个人影一先一后栽入路面上早已挖好的坑槽（像房屋的倒塌）时，他听见人群中传来的女人的怪叫。有些事情在王标看来是不可想象的，就像母亲在世时常常提起的："在地里撒下荞麦的种子，却收获了一袋芝麻。"许多年前的一个下雪的冬天，父亲扛着一只野猪回到家中。他正准备将那只血肉模糊的猎物卸在地上的时候，野猪沉重地喘息了一声，咬住了他的脖子……王标懊丧地将手里的驳壳枪放下。"球！"他听见大麻子胡六低低地咕哝了一句。

那是一支迎亲的队伍。在日占时期，这一带几乎所有的迎亲仪式都在夜间举行。王标领着他的那伙沾满尘土的人马朝那片树篱走去，空气中弥漫了一股墙粉的气息。那些装饰着大红剪纸的货担，那些半新旧的绿色的被褥、镜子、梳妆台、马桶和圆形的脚盆搁置在坑槽的边缘，迎亲的人群簇拥着新娘头上鲜红的遮巾摇摇晃晃地向后退缩。两只稚嫩的灰色小驴驮着印有蓝色花纹的坐垫撒开四蹄在石子路上跑远，沿途洒下一堆亮晶晶的粪蛋。

那两个深陷在坑槽里的人，一个老头和一个年轻人已经爬了上来，他们全身覆盖着厚厚的粪便，脸上被竹尖扎破的地方正朝外渗血。老头两腿颤抖着朝王标走过去，王标记得他是邻村王庄的一个佃农。

"刚才的情形可把我们吓坏了。起先，我们还以为遇上了土匪。"聂老虎嘿嘿干笑了两声："你怎么知道我们就不是土匪？"老人脸上的笑容陡然消失了，有如大地突然封冻。王标朝聂老虎瞪了一眼。在道路的另一侧，他看见另外几个人正提着猎枪朝那堆货担走去，他们径自掀开那些马桶或木盆的盖子，拿出染成粉红的鸡蛋和花生。在他们身后，大麻子胡六已经走到了林边新娘的跟前。王标朝那两个冻得瑟瑟发抖的人笑了一下："王庄的？""是，是，"老人回过头朝树林边的那伙人瞥了一眼，"这年头迎亲，偷偷摸摸的（压低了嗓门），就像出殡一样。"

"谁成亲哪？"

"就是村头的那个小木匠。"

王标的眼前浮现出一张秀气而白净的脸，一双粗糙灵巧的手，卷曲的刨花散发着木料的香气在他四周跳动着。这些往年平静生活中细碎的场景在他的记忆中变得模糊而遥远了。这时，王标看见大麻子胡六已经凑到了新娘的胸前。他想揭开那顶遮巾的手被一个涂满胭脂的女人挡住了："兄弟，抽锅烟……"胡六接过女人伸过来的烟锅，又伸手朝新娘头上鲜红的绸布遮巾抓去。

"算了吧，胡六——"王标说，"让新娘唱支歌。"

太阳初升的光亮从山谷背后巨大的岩石上方迸射出来，当黑暗在清晨的空气中被完全驱散之后，沉寂中的房屋、圆包状的草垛，和远处伸展的河流都在裸露的天空中慢慢苏醒过来。王标蹲在一处低缓的土坡上，重温想象中那次伏击的情形：那些四处逃散的士兵，那些正在倾覆之中的马匹……新娘裹着的绸布遮巾被揭开，露出处女天真烂漫的面庞。她的呼吸从嘴唇红色花形的边缘散开，在湿漉漉的空气中浮动。有时，一个人的出现和一个人的消失同样使人感到难受，王标想。正如春天突然在这一带的原野上降临，上涨的河水中散落的深红色的花蕊唤醒了人体肌肤的力量。王标手里捻捏着植物的叶子，感到了姑娘毫无遮拦的眼神……那战栗的腰肢……镶嵌在秋天宽阔的田野上的红色身影收拢在他的腹部，沿着他的哽嗓上升。胡六讪笑着来到王标的身边："这个美人的奶子看上去是一对好枕头。"

这天夜里很晚的时候，一个还俗的和尚告诉王标：鬼子在黄昏时分开进了距离他们的驻地十二里之外的赵庄。

赵谣

连绵不断的琴声在延续……在残存的、被岁月弄得褪了色的漆皮的斑点中间，风琴的琴键像牙齿一样洁白。窗外，整肃、沉静的花园的草坪有一部分被高大院墙的阴影遮盖着。那些剽悍的马拴在落满黄叶的香樟树下，在午后的阳光中喷着响鼻。几个日本人盘腿坐在草坪的一角，他们的背影像是留意着琴声，又像是注意着别处。在老式风琴沉闷芜杂的乐音（伴随着脚踏板吱吱嘎嘎的响声）中，赵谣完全忘记了时间。清晨的时候，那些在日本人的刺刀下牵着枣红色、青灰色的马去河边饮水，或者驮着大捆草料走进赵家大院的农民，神情沮丧地看着他

（在这个僻静的村落被日本人占领之后，所有的东西在一夜之间都像是被更改过了）。他想起家中那些早被辞退的朴实的女佣和园丁。所有和昔日相连的感觉被斩断了——在昨夜的睡梦中，他的脑海里灌满了日语中"风琴"这个词糟糕的发音。清晨，日本人军马的长嘶惊醒了他。一首歌谣在琴键下陷时发出连续的音符有如光阴的消逝。赵谣的眼前出现了如下的场景：那所大学的校园像被冰雪覆盖后的菜园，突然荒芜了；高大的榕树和紫薇树丛的背后是教堂般静默的建筑；那个昔日的琴房——曾经贮满了令人心醉的乐音，在日本人的马蹄声中，在那些想象中开阔的战场上，在枪栓拉开后发出的冰凉坚硬的金属声中，永远关闭了它的大门……一天深夜，他的母亲，一个年纪和他不相上下的女人扭动着腰肢走下楼梯，她狭长的身影在烛光下悄悄漫过琴身。太妙了……她说。赵谣的手停了下来，那些断断续续的余音在桃花木桌椅，在白色的墙壁，在屋内盛开的木槿花丛中被吸走了……过了一会儿，稀稀落落的麻将骨牌的碰击声沿着阴暗的楼梯传出来。几天之后的一个早晨，当他的父亲携带着两房姨太逃往城里时，他似乎已经预感到了日本人的渐近。他不知道自己为什么要留下来——他的四周是一个空旷而沉寂的院落，就像秋季河水退缩后空出的大片裸露的滩土。在临走之前，父亲捧着水烟袋在门槛外转过身来看着他，自相矛盾的浓眉突然错动了一下。"日本人就要投降了……况且，我刚刚从城里回到乡下，眼下说不上哪一座城市比乡下更适合居住。"赵谣说。……琴声在延续，隔着窗口在风中微微抖动的窗幔，赵谣看见一个日本兵站在墙根撒尿。那堵墙的顶端是明朗的天空，云层堆积得很厚……在午睡醒来的时候，赵谣发现自己躺在香樟树浓密的树荫中，温柔的阳光不知在何时离开了他。他想将躺椅挪动一下位置，就听到了突然响起的马蹄声。慌乱嘈杂的人群跑过深巷，村里的狗开始叫起来。赵谣刚好来得及拉开院子的大门，一队日本兵已经拥到了他的屋前。他看见冯保长的女人赤裸着下半身，两条雪白的大腿在强烈的光线下刺得他的眼球隐隐酸痛。在赵谣的记忆之中，时间常常在人们毫无准备的情况下出现错乱。"当你在睁开眼睛之后发现你待在地狱里，人就死了。"他记得家中那个年老的女佣曾这样说过。日本人发亮的刺刀，高大的马身上早已被晒干的血迹，以及散发出来的浓烈的膻腥气，在女人两腿之间战栗的阴影中完全被他省略了。他第一次看见女人成熟的身体。在这伙人身后，赵谣看见冯保长冯金山佝偻着身子从一堵低矮的土墙下像一只老鼠逃往树林，他那荒唐而夸张的身影仿佛成了被日本占领后村庄的某种象征久久停在他的视线之中。那个完全被吓傻了的可怜的女人一下子扑到了赵谣的眼前，抱住了他。赵谣感觉到她的双腿（由于裸露得太久）正用力地夹紧他，像在父母衣襟后躲藏的孩子的脸。她的双手在他赢弱的后背上箍得很紧，像青藤的枝条嵌入树干……赵谣几乎还没有来得及在眼前的场景中镇静下来，鬼子的皮鞭已高高扬起，他感觉到脖子上一阵被火灼伤般的疼痛……

红色的鸡毛掸子拂去风琴上细细的尘土，赵谣揭开风琴的盖子，在那张桃花木椅上坐下来。一个日本兵站在他的身后，他的双手痉挛着，老是按不准琴键。他想起了第一次坐在琴房那富丽堂皇的钢琴边，伸出十指在钢琴上不知所措的情景，那个慈祥的音乐教授微笑着站在他的身边："你想怎么弹，就怎么弹……"他的手指重重地敲击着这架老式风琴丧失了弹性的琴键，耳边灌满了日语中"风琴"这个词糟糕的发音。过了一会儿，当音乐响起，当那匹想象中的神奇的马在起伏的乐句之间跳跃时，他僵直的手指才变得柔和起来……

现在，室内的光线渐渐消退了，那盆木槿花枯萎的花蕾散落在瓦缸潮湿的泥土上。窗外，日本兵拎着酒瓶来来回回走动的屎黄色身影飘飘忽忽，寂静之中传来玻璃器皿碰撞时发出的清脆的响声。昨天夜里，在黑暗之中，赵谣又看见一个女人被带到院中。这个脸上涂满了锅底灰的女人是村头理发匠的女儿，她披散的发丛中是鹰隼一样锋利的眼光。赵谣站在庭院的回廊上，看着自己笔挺的中山装的影子发愣。有时，在灾难中的幸运会成为一种耻辱，他想。晚上，这个女人的尖叫声从楼上传下来，赵谣不由自主地走上了楼梯。一个日本兵抬起枪托朝他的肩胛砸了一下，他就沿着木质的楼梯"骨骨碌碌"滚到了客厅里。随后，他听见女人撕人心肺的哭声和呕吐的声音，床板、桌椅和墙壁撞击着，天花板上的石灰粉末扑扑簌簌掉落下来。

风琴的声音依然在延续……所有的一切，战争、恐惧、屠杀和愤怒都在琴声中变得遥远了。赵谣完全能够感觉到那些昔日挥舞着军刀，在马上东奔西突的野兽听懂了他的曲子，在他由于疲倦或是走神偶尔弹错了某个乐句的时候,窗外那些正对着他的背影就会转过身来……他完全习惯了那种纯粹产生于演奏者和听众之间默契的喜悦,在音乐的间隙,在那些日本人假意或者真心地拍了几下巴掌之后,他的意识中萦绕着一种从未有过的不协调的感觉。一方面,在日本人的刺刀下,那双手毫无感觉地敲击着琴键;同时,那些低沉或激昂的乐音又会在某一个瞬间突然攥住深邃的内心,像盛开在荒草中的一枝带毒的花蕾使他沉醉……他想起了这架老式风琴第一次出现在客厅里的情景——家中年老的仆人压低了嗓门悄悄问他:"那只木匣子里究竟装了些什么东西?"

冯金山和王标

现在,夜色正潮。冯金山沿着漆黑的河道朝村外跑了好一阵,才像一只狗一样停下来喘气。他听见河床淙淙的流水在黑暗的旷野里喃喃自语,静悄悄地隐伏着,在他身体的四周到处流淌。月亮刚刚升起来,在天边紫灰色熹微的光亮中,他依稀看见那片山谷浓重阴暗的外壳。他撇开那条被行人的脚步踩得发白的小路,钻进了矮树林。他的脸、手背和脚踝被树枝、荆棘丛和开镰后庄稼露出的坚硬的残根划破了,汗水浸湿了他的衣衫,冰凉的秋风迎面扑来钻入他的肌肤。

"究竟发生了什么事?"

风琴

村头的理发匠一瘸一拐地来到他的屋前，冯金山叼着烟斗坐在门槛上问他。晌午的时候，阳光隐没在厚厚的云层中，天色阴沉。"日本人抓走了我的女儿……"理发匠说，他走到冯金山跟前，挨着墙脚坐在地上。"我的女儿从村后埋山芋的地窖中出来，到村里找东西吃，在村头碰见了鬼子——我看见鬼子把她掳到了赵家大院。"

"我的老婆也在里面。"冯金山说。

"老婆也就算了。"

理发匠叹了一口气。在屋前的空地上，树叶的残片在风中贴着地面飘动，一只猫在拨弄着空的玻璃瓶。

"这些天，村子里又响起了那种像牛叫一样的声音，那声音真叫人难受，在夜里，我的耳朵、头发，整个屋子里都被它灌满了，我常常在梦中惊醒过来。"

冯金山没有吱声。

从赵庄赶到王标那伙人的驻地约有十二里的路程。冯金山跑到一座窄窄的石板桥上，放慢了脚步。桥上灰蒙蒙的流水斜斜地通向远处夹岸的树林，赵庄飘飘忽忽的灯光已经被越来越浓的黑暗吞没了。风琴的声音像个幽灵一直在背后追赶着他，在那些黑魆魆的坟滩、起伏绵延的丘陵、倒塌的砖窑烟囱的上空萦绕着。在他身边向后飞驰的夜幕中，冯金山不断在一些溪壑和稻田里摔倒，他浑身沾满了潮湿的泥浆和香苞树成熟的花籽。

"鬼子好像跟我们开了一个玩笑，"王标说，"我们在七里店的官道上守候了一夜,连鬼子的影子都没有看到,天快亮的时候,撞上了一班迎亲的人。"昨天中午,王标带着大麻子胡六突然出现在村头的一棵榆树下。起先冯金山还以为是两个染布的手艺人,他们在午后明朗的阳光下一前一后走进了冯金山的院子。"那真是一个漂亮的新娘,"大麻子胡六说,"所有的娘儿们都是骚货,那沉甸甸的奶子真是一对好枕头。"冯金山从床下抱出一个瓦罐,揭开风干的烂泥盖子,给王标斟了一碗酒。"鬼子是那天午后进村的,"冯金山说,"我那天喝得烂醉,好像有消息说日本人就要撤退了。那班人马不知从哪里突然钻了出来,一下子出现在村头——"

"鬼子来了多少人?"

"大约二十来个。"

隔着门帘,冯金山只看见大麻子胡六拎着两支盒子炮,懒洋洋地斜倚在院中的一堆柴火上。"那天下午,我的老婆正在村东的麦地里……""你有没有注意鬼子的那些枪炮?"王标说。"没有,我只看到了一些马……"王标长长地嘘了一口气,像是在盘算着一件什么事。他抬头注视着屋顶筑巢的燕子,有一些枯草和泥块的细微尘粒掉落下来。"这些天,村里有些什么事?"冯金山托腮想了一会儿:"村头的理发匠死了——那天早晨邻居看见他的脖子上被刺刀划开了一个大口子,血流了一床;他的女儿让日本人掳去了;还有,我的老婆……"

冯金山像一只被围困的狼在山谷中跳跃着。在山谷的深处,道路变得非常崎岖,到处都是低矮的藤蔓植物和腐殖的烂叶、野果，以及被雨水冲刷成的深长狭窄的溪沟。大片刺梨树黑色的枝条缠绕着他（在他的记忆中，这些刺梨树在春天开着白色的花堆满了山冈，在秋后结成酸涩的果子）。天刚一擦黑的时候，冯金山在慢慢消失的微弱光线中，看见鬼子灰色的影子正悄悄地穿过赵家大院门前的竹林，朝村西移过去。那些温驯而漂亮的马甩着长长的尾巴走上了通往江边的官道。冯金山远远地跟随着这些马群沉重的影子，过了一会儿，他看见赵谣喝得酩酊大醉跌跌撞撞地走在队伍的前面。他的眼前一阵晕眩。一个巨大的阴谋正悄悄地在寂静的黑夜中潜伏。

　　王标擦了擦嘴角胡须上酒星乳白的泡沫，朝前欠了欠身子，压低了声音："后天早上，鬼子要到江边的船上运东西，我们准备打一次埋伏。"

　　"什么地方？"

　　"多尚庙。"

　　"那儿离村子太近了，只有二里——"冯金山说。"你的村子不会有什么危险，我们把他们收拾得一个不剩。""可是——"冯金山锁紧了眉头，陷入了沉默。过了一会儿，冯金山说："可是——我们这一带到处都是鬼子。"王标大笑起来："你他娘的完全叫鬼子吓破了胆。"这时大麻子胡六挑开门帘走了进来，天已经快黑了。冯金山不再吱声。他注视着对面这个无所顾忌的年轻人，眼前浮现出另一张近似的骄傲的脸——在风雪弥漫的树林里，常常可以看见他提着猎枪踽踽独行的模糊身影。"什么声音？像一个女人在哭。"胡六警觉地问。"有人在弹风琴。"冯金山说。

冯金山赶到王标那伙人驻地的时候，月亮已经升高了。在一处松林的背后，他看见了一排像鸡棚一样低矮的房屋，隔着菜畦的篱笆，他看见那些棚屋旁有一个竹舍亮着灯光，一个和尚从里面走了出来。

"王标那伙人在十几天之前就驻扎到王庄去了。"和尚说。

"王庄？"

赵谣和冯金山

午后，赵谣坐在客厅的窗前，一种强烈的躁动不安的感觉笼罩了他。时间对他来说是凝固不变的，消逝的光阴总是按照同样节奏重现相似的场景，他的双手老是按不准琴键，他不得不把一个曲子的开头弹上二十遍。有些时候，他喘着气，停下来吸支烟。客厅里巨大的玻璃镜映照出他颓唐的脸颊，他的每一根神经都绷紧了。天刚亮的时候，赵谣从屋外的竹林里解完手出来，碰到了冯金山。当时他正拖着一只花白的乳猪走到赵家大院的门前，几个持枪的日本兵拦住了他。在清晨没有完全褪尽的霾气中，他瘦弱的身影显得有些不真实。赵谣想起了成熟的稻田边为了驱赶麻雀而在一根竹竿上挂着的空荡荡的衣服。院前高大的樟木树上弥漫着斑斑点点的阳光，几只小鸟在树丛中鸣咽。他看见一个日本兵在冯保长的身后拍了他一下，冯金山的身体突然朝空中蹿动了一下,像河水深处泛出的一只木质瓶塞。日本人笑了起来,牵过那只乳猪,朝冯金山挥了挥手。他沉重的背影像是被地面上枯萎的草皮粘住了,脚步缓缓移动着。他的心中也许一直记挂着他那倒霉的老婆,赵谣想。冯金山走到赵谣的跟前。这些天冯金山一下子老了许多,疲倦和沮丧似乎在他脸上留下了永远无法抹去的痕迹,他的眼珠像知了一样从巨大的脸壳中凸显出来。在他散乱的目光中,赵谣发现冯金山的嘴角微微努动了一下。他们穿过茂密的竹林,看见了不远处汩汩流淌的河水。他们在河边干涸的沙坎上坐下来,好久没有说话。隔着河岸上的一排枯柳,赵谣能够嗅出河湾的气味,斜斜的光线懒洋洋地依附在像镜子的残片一样颤动的河面上。"我的老婆——"冯金山脸上的肌肉费劲地抽搐着,他的手指已经在草地上抠开了一个浅浅的洞穴。"她一直被关在阁楼上,和那个理发匠的女儿在一起——我已经有好几天没有看到过她们了。"赵谣说。"明天早上鬼子去江边运东西——"冯金山说,一切都是预想中的情形。几个日本人在院中架起了劈柴,尖尖的火苗慢慢地从潮湿的木器中升腾起来,裹着浓烟,把黑色的木屑的灰烬送往空中,有一些树叶烧焦的碎片飘进窗户。现在,樟树阴影像被吞食过的巨大的桑树的叶子,遮住了客厅的一角。令人窒息的烦躁有如不安的睡眠,有如某种记忆的突然消失。赵谣想起了童年时的一个令人费解的梦,在梦中,他看见一条蟒蛇在雪地里一寸一寸地吞食自己的尾巴——如果这样情形一直持续下去,结果又怎样呢?"我的老婆——"冯金山说，"鬼子怎么弄她？"赵谣闭上了眼睛，他的眼球感到那些陡然间消失的锋利阳光的绿色影子像水中滴落的油垢正慢慢地向四周扩散，周围一片漆黑，河水静静地流淌，散发着单调而稳定的气息。在悬浮于河水上空清晰的流水声中，他听到楼板、衣柜、桌椅、整个房间都在剧烈地震荡着，天花板上的石灰噼噼噗噗掉落在地上。女人的尖叫和呻吟每天都会从阁楼上传下来，有时，赵谣觉得这些声音像日复一日的闹钟的鸣叫，渐渐使他感觉中最锐利的部分变得迟钝。"我已经好久没有见到她了——"赵谣想了一会儿，说道。

明天早上鬼子去江边运东西你知道去江边的官道上有一座庙门前有几排紫穗槐那座快要倒塌的房子里到处都是老鼠游击队的王标昨天到村里来他说要在多尚庙打一次埋伏日本人可不是闹着玩的打仗又不是打猎他们接上火村子就毁了那个庙离村子只有二里你想个法让鬼子绕开那儿去江边的路有好几条——

在断断续续的风琴声中，冯金山颤抖的嗓音一直缠绕着他。他看见那条半明半暗的长廊中一个日本人的影子正朝客厅的方向挪过来，那个影子在呛鼻的烟雾中变得影影绰绰难以辨认。当赵谣离开冯金山往回走的时候，在竹林边碰到了一个日本人，他显然已蛰伏在密密的竹林里窥探了好久。他的脊背一阵冰凉。现在，日本人像一堵墙一样在他背后的楼梯口站住了。他不知道背后的这个鬼子是不是在竹林碰到的那个，不过这也许已无关紧要了……他的手老是按不准琴键，他注视着风琴像牙齿一样洁白的琴键，不断重复着一个曲子的开头……他的衣服湿透了，双手僵直……从午后到现在，恐惧和烦躁一直没有离开过他……当他勉强弹完了一个曲子，转过身，他看见那个日本人对他笑了一下，消失在楼梯的拐弯处。

一切都是预想中的情形，就像令人担心的事早晚要发生。傍晚的时候，他被日本人带到了一个宽大的房间里，这儿原本是母亲的卧室。在过去的岁月中，他的母亲一直躺在靠窗的木床上。赵谣注视着那片床板被拆走后腾出的空空荡荡的角落，记忆之中母亲的体香仿佛一直残留在那儿。现在，一切都变得陌生了：朱漆的圆桌上蒸发的菜肴的香味伴随着窗台上飘进来的树脂的气息弥漫了整个房间，墙壁上布满了蜡烛飘忽的影子。一个高个子日本翻译坐在赵谣的身边，在他面前的杯中斟满酒。好久没有像样地吃过东西了，他大口大口地喝着酒，胃中一阵痉挛似的疼痛。所有的日本人都看着他笑，那个翻译将酒杯一次次伸到赵谣的面前，他说话时的语气和神态使人昏昏入睡。他知道自己的处境——日本人的盛宴对他来说意味着什么，他大口大口地喝着酒。日本人的笑有时像桌上烤乳猪的油脂一样凝结住了，他们在暗示……等待着。母亲临终的时候，一个仆人把他带到这间熟悉的屋里。那是一个炎热的夏季的夜晚，他看见成群的蚂蚱和蚊子在尸体的气息中从树荫、墙脚聚拢到纱窗前。时间仿佛过了很久，赵谣感到房间像倾斜在河面上的小船一样摇晃起来，眼前的一切都成了梦境中的事物：杯盘晃动，烛光摇曳，日本人的声音像是从遥远的地方传来，房间突然变得非常宁静。他看得出那个日本翻译的笑是装出来的，他想起来冯金山那张不真实、沮丧的脸也是伪装的，他所有的忧虑和恐惧都是为了那个女人，他大口大口地喝着酒，他的脑袋滑落到椅子的一侧，他看见日本人灰蒙蒙的身影朝他围拢过来，在昏沉的醉意之中，在微微颤抖的烛光椭圆细长的影子中间，他感到所有的东西都没有意义，就像一个钢琴家将一首单调的练习曲弹上多少遍对于他日后腐烂的躯体毫无意义一样……

赵谣和王标

"我好像听到了什么声音，一些鸟被惊动了……"

"传说中那座破庙常闹鬼……"王标打了个长长的呵欠。现在正是午夜时分，那座颓圮的庙宇灰黑色的影子已经出现在紫穗槐丛的背后。王标领着他的那伙人马绕过一排排低矮的树丛，走到了庙前闪闪发亮的池塘边。秋天寒冷的风吹得树叶、枯草纷飞，他们杂乱的脚步声伴随着一些铁器清脆的碰击声，在寂静的旷野里回荡。王标注视着微微战栗的树篱和远处深灰色夜幕的背影，那些转瞬即逝的感觉使他久久回味：扁圆形的紫红色嘴唇散发着幽幽的野果的香气；那些类似于神话中的马匹在子弹嵌入富有光泽的皮囊时发出凄厉的叫声；那一对饱含奶汁的乳房，深褐色的乳头与嘴唇之间白色的水线；她的胸脯在浆得铁硬的上衣上磨蹭着……马蹄的掌心铁撞击着飞溅的碎石，血腥和硝烟的气息裹挟着黎明无法捉摸的浮尘在空气中飘浮。

这是一场真正的伏击。他们已经来到了庙前，在冰凉的夜色中，他们能够隐约看见庙前的石狮和屋顶瓦片被风掀掉后露出的栅栏般的椽子。

现在，王标那伙人已经出现在狭长的沟壑中，黑暗中他们的咳嗽声和油漆桶之类的铁器碰击的声音越来越近了。赵谣趴在庙中一扇透风的木窗前，庙中飘满了烂稻草发霉潮湿的气息。现在，皎洁的月光清澈如洗。那群稀稀落落的人影已经走到了池塘边上，赵谣看见了王标高大的身影，他不紧不慢地在草丛中走着，好像在想着什么心事。看起来他对周围的一切都充满了信心。远处，村落影影绰绰的轮廓依稀可见。那伙人走到了庙前的一块空地上——那儿原来是庙宇的一个宽阔的围院，现在，倒塌的砖墙露出凸凹不平的残迹。突然，他看见走在最前面的聂老虎——这个方圆几十里力气最大的人像一尊泥塑一样挺立不动了，有如正在匆匆行走的路人由于想起了一件往事而收住了脚步。他模糊而夸张的身影在寒风中伫立了一会儿，然后像大山轰然塌下的一角向前跌倒。震耳欲聋的枪声响起来的时候，赵谣看见了老鼠四处逃散在墙壁上留下的黑乎乎的影子。在浓烈的硝烟的香气中，被机枪震碎的砖块和瓦片像雨点一样飞溅到他的脸上。迷蒙的月光下，他看见王标挥动手臂。那伙人簇拥着朝庙前冲了过来，在他们的身体像开镰后的玉米秆纷纷倒落腾出的空隙中，赵谣看见有几个黑影已经蹿到树篱的边缘。

大麻子胡六浑身是血，他拖着那条受伤的腿一瘸一拐地爬到王标的眼前，一把揪住了他的衣领："你他娘的怎么回事？"王标没有吱声。寒冷的黑夜黏附在他的脸上，血腥的空气、硝烟、呼啸的弹流在漫无边际的夜色中四处弥漫，有如大雨初至。在闪闪发亮的池塘的边缘，那几个伏在围埝上的猎手正朝庙宇的方向瞄准，宁静的神情仿佛是在丛林里打鸟……这是一场真正的伏击。在鬼子枪声暂停的空隙，王标意识到自己半跪在一条浅浅的水沟里，残留的溪水和泥污使他的双脚冻得像石头一样僵硬。在天空中消散的硝烟中，他看见身边只剩了十几个人，那些猎手猫着腰大声喘息着朝他围拢过来。四周一片漆黑。王标凝视着寂然无声的旷野，母亲的话依然在他身边延续：在地里撒下麦种，却收获了一袋芝麻。透过纸糊的窗格，他看见父亲驮着沉重的猎物出现在村前齐腰深的雪地里。他的身后拖着一长串歪歪斜斜的足迹。他的身影越来越近，最后终于在他眼前变得模糊不清了。一簇斑驳的马的影子出现在左侧的榆树林里，鬼子的马队带着一缕马刀的亮光开始朝池塘边掩杀过来，钉了薄蹄铁的马蹄在砖堆中发着沉闷的声响。马在奔跑时肌肉的摩擦声，以及皮制品、鞍鞯和金属的碰击声中，俯卧在马背上的闪闪烁烁的骑手像水上的漂浮物上下颠簸着。"喔唷……"王标听见身边有人嘶哑着嗓子叫了一声，仿佛看到戏班舞台上另一出剧目的重新上演。鬼子的马队已经冲到了他们跟前。大麻子胡六摇摇晃晃朝前走了几步。在几声零碎的枪声中，有两匹马在池塘边栽倒了，那些黑影跌入水中溅起高高的水花。"麻子……"王标叫了一声，一股鲜血飞迸到他的脸上，鬼子的马

风琴

蹄掠过他的头顶……随后，一切归于沉寂。

到处都是尸体……天边泛出紫灰色，月亮隐没在光秃树梢的背后，赵谣小心翼翼地跨过那些残缺的肢体——在那些血污和尸体中间，他战栗的双腿几乎找不到一点空隙。在稠厚的血腥中，在被鲜血浇得湿漉漉的草丛中，赵谣看见了一副熟悉的面容：这个本分的小木匠什么时候加入了王标的队伍？在他的记忆深处，在那些飘散着新鲜木料的刨花中间，那张像女人一样稚嫩、柔弱的脸在他眼前闪现了一下，随后消失了。在他躯体旁边，一个鬼子朝空荡荡的油漆桶踢了一脚，"咣咣当当"的声音在初升的黎明中走了很久……

尾声

一九五〇年八月七日，冯金山在留下一份自相矛盾的供词后，以汉奸罪被处决；一九六七年春天，赵谣在一个细雨蒙蒙的清晨被押往刑场。他隐姓埋名在一个偏僻的小镇居住了多年。那年夏天，江南一带发生了罕见的洪水。大水消退后的第二天，赵谣照例来到小学门前修钢笔。他发现日复一日伴随他的音乐课上的风琴声突然中断了。一个学生告诉他，风琴在洪水中淹坏了……早已消失的烦躁和不安又一次笼罩了他。几天之后，赵谣在教室里修理那架陈旧的风琴时，他熟练的动作和惘然若失的神情引起了一个女教师的注意……

雨季的感觉

> 你永远也无法了解,为了让自己对生活发生兴趣,我们付出了多大的努力。
>
> ——安德烈·纪德《人间食粮》

一

镇长很早就从床上醒来了,窗外的雨还在淅淅沥沥地下着。屋子里光线很暗,他的老婆正在灶下煎煮着草药。昨天晚上,镇长的偏头痛又犯了,他躺在凉席上听着屋外的雨声,整整一夜没有睡着,剧烈的疼痛使他的牙齿都松动了,他恨不得将自己的脑袋朝墙上撞。

"快有十年没有下过这么大的雨了,"他的老婆在灶下说,"院子里到处都是泥鳅。"

镇长也记不清这场雨是从哪一天开始下起来的,它仿佛是从一个遥远的年月一直持续至今。镇长将湿漉漉的窗帘拉开,他看见院中的树木和草垛静立在雨中,积水将月季花丛都淹没了。天上的乌云压得很低,它像一块毯子飘浮在屋顶和烟囱的上空,不远处的一幢被雨水围困的草房就像一条颠簸在水上的小船。

"昨天,褚老爷家里派人送帖子来了,"老婆说,"褚家的大少爷这个月的十五号要办婚事,你看看送什么礼物合适。"

"今天是几号?"

"五号。"

"到时候再说吧,"镇长伸了个懒腰,"我现在连镇公所里的事还忙不过来呢。"

镇长穿好衣服,拿起一块毛巾走到门槛边,接住屋檐的泻水洗了洗脸。随后,他喝下了那碗带着栀子花香味的汤药,从门背后拿过一把油布伞,提起长袍的下摆,心事重重地出了院门。

镇长走到镇上的学校边上,听见上早课的学生正在唱歌。新调来的音乐教师段小佛站在窗口,用一根竹箫为他们伴奏。这首由冼星海作曲的《二月里来》镇长已经听过不知道多少遍了。他一边在雨中摸索着道路,一边轻轻地哼了几句。

这座由祠堂改建而成的校舍远远看上去就像一口棺材静伏在树林中,它的背后是大片敞开的田野,即将成熟的麦子在雨帘中腐烂。麦地与镇外的湖沟河汊连成一片,镇上的农民纷纷走到屋外,察看着天色。另一些人则蜷缩在门槛边,没精打采地吸着旱烟,等待着雨季过去。

镇公所矗立在一处狭长的池塘边上。它是一座两层楼的建筑,由于房子过于古旧,墙缝中长出了一绺一绺的野草,雨水一淋,远远地泛出一片青碧。

镇长进了屋,将雨伞收拢靠在墙上。他看见王秘书正急匆匆地从楼上跑下来。

"您早,镇长!"王秘书气喘吁吁地说,"我刚才接到一个电话……"

这个由镇长亲自挑选的秘书一向以沉稳著称,一旦他的脸上出现了慌乱之色,镇长就猜到了有什么不同寻常的事发生了。

镇长跟在王秘书的身后上了楼。他走到自己的办公桌前,找来一块抹布擦了擦桌子上的渗水,然后在椅子上坐下来,双手揉搓着太阳穴。

"电话里说了些什么?"镇长问道。

"昨天晚上,日本人的飞机轰炸了梅李。"王秘书说。

"梅李?"镇长似乎感到自己的太阳穴不太疼了,他迅速站起身,走到对面墙上挂着的一幅地图前,俯下身体,在地图上查找梅李的位置。

"电话是从哪里打来的?"镇长狠狠地瞪了秘书一眼。

"好像是县里打来的,"王秘书的语调有些异样,"我还没有来得及问,电话线就让风给刮断了。"

"日本人干吗要轰炸梅李呢?"镇长自语道。

雨季的感觉

"梅李是日本人从海上进攻上海的咽喉。据说二十八集团军在那里驻守。"王秘书低声答道。

"二十八集团军开进了梅李,连我都不知道,日本人怎么会得到情报?"

"据说是因为那些候鸟——"

"鸟?什么鸟?"镇长刚要发作,他的头又开始疼痛起来。

"是这样,"王秘书迟疑不决地说,"日本人的侦察机发现原来栖息在梅李湖边的一群白鹤突然不见了踪影,他们怀疑那里驻扎了中国军队,因而进行了一次试探性的轰炸……"

"无稽之谈。"镇长兀自笑了起来,"我他娘的又不是小孩。"

镇长想起来,自己曾经去过梅李。那是一个只有几十户人口的渔村,除了终年堆放着的一座座准备运到南方去造纸的草垛之外,方圆几十里荒无人烟。何况,眼下日本人的军队远在河北,他们千里迢迢地派飞机来轰炸梅李听上去简直有些荒诞不经。再说梅李距莘庄镇也不过六十来里,日本空军空袭梅李,莘庄至少也应当听到爆炸声。

"你不会听错吧?"镇长的语调很快平静下来。

"这个……"王秘书支支吾吾地说,"屋外的雨声太大了,电话里的声音有些听不清楚。"

"这件事你没对别人说吧?"

"我已经通知了镇上的保安队,"王秘书说,"我觉得情况紧急——"

"乱弹琴,"镇长的脸憋得通红,"你他娘的什么事都自作主张,还要我这个镇长干什么?"

镇长回到办公桌前坐下,点燃了烟斗,潮湿的屋子里立刻弥漫了一股烟草的香味。王秘书呆呆地站在窗口,显得有些不知所措。镇长没有理会他,他将目光转向窗外。

"王秘书——"过了一会儿,镇长叫了一声。

王秘书吓了一跳:"镇长,您老有什么吩咐?"

"昨天,褚老爷家派人送了一张帖子来,他的大公子褚少良五月十五要结婚,你替我琢磨琢磨,该送什么礼物?"

王秘书虽然年轻,可是对镇子上的人情世故却颇为精通。褚怀仁虽然是靠蚕丝业起家的暴发户,可他在镇上的地位却举足轻重。王秘书知道,如果没有褚怀仁,这个原先靠种植棉花和大麦为业的村落也不可能发展到今天这个地步,不会在一夜之间办起了学校和邮局,铺上通往城里的公路。甚至,没有褚怀仁的提携,镇长说不定还在野外捡破烂呢。

想到这里,王秘书心里有了谱儿,考虑到镇长微薄的家底和褚家煊赫的地位,他建议……

还没等王秘书把话说完,镇长伸手制止了他。这时,王秘书隐约听见屋外响起了汽车引擎沉重的喘息声,从屋檐下刮过的风声一度将它遮没了。

王秘书走到窗边,他顺着镇长的视线朝外窥望,他看见一辆吉普车停在诊所旁的一处断桥边。也许是暴涨的河水冲毁了桥栏,那辆车一时找不到通往镇里的道路。

"下这么大的雨,有谁会开车到莘庄来?"镇长瞥了王秘书

雨季的感觉

一眼。

"可能是县里派人来视察灾情了。"王秘书说。

镇长看见一个穿着笔挺西装的年轻人从车上下来,围着吉普车兀自转悠着,在他不远处的公路上,一个农妇正拿着一段柳条,追赶一头大肥猪。

"王秘书,"镇长吩咐道,"你赶快下楼去看看,如果怠慢了县里的来人,日后恐怕不好交代。"

王秘书刚刚走到楼梯口,镇长又把他叫住了:"你顺便再去一下诊所,给我拿一瓶止痛片回来。"

王秘书走了之后,屋外的雨下得更大了。镇长怔怔地注视着窗外那一片被雨点砸得坑坑洼洼的池塘,心里乱糟糟的。在这个倒霉的雨季,镇子上别发生什么乱子才好。

二

上课铃响过之后,莘庄小学的校长兼国文教员卜侃夹着一大堆讲义走进了教室。他还没有完全从早晨的慵懒睡意中清醒过来。眼下这场罕见的大雨已经持续十一天了,杏树和木棉在雨帘中沉睡。教室里光线幽暗,学生们的脸上浮现出一派树木般的翠绿之色,铺着螺纹砖的地面上积了薄薄一层淤水,年久失修的屋顶有一处在漏雨,雨滴滞重地落在一只木盆里,发出一连串单调而空旷的声响。

黑板在雨水中泛潮，上一堂课抄好的一段五线谱现在已经模糊不清了。吸饱了雨水的粉笔用手一捏就变成了一团黏糊糊的湿粉，卜倪终于适应了教室里晦暗的光线，他清了清喉咙，准备上课。屋外沙沙的雨声以及天空中偶尔滚过的一阵阵闷雷使卜倪不得不提高了嗓门讲课，他似乎觉得讲课的声音不是从自己嘴里发出的，而是来自一个遥远的什么地方。卜倪一度怀疑自己此刻是不是正在做梦……既然雨季使树木和花朵都改变了颜色，人的感觉也会发生某种程度的偏差。

音乐教师段小佛又在隔壁的房间里吹箫了，那首在莘庄广为流传的《二月里来》听来使人黯然神伤。卜校长应着箫声的节拍正念着一篇课文，那是施蛰存先生所写的《梅雨之夕》的一个片段。他念到差不多一半的时候突然停了下来。

他看见教室后排靠窗的那张课桌上有一个位子空着。雨脚噼噼啪啪地敲打着窗纸，渗进来的雨水顺着窗台流向地面。

这个迟到的学生名叫麦泓，是莘庄小学年龄最大的学生。在这样一个阴雨连绵的季节，学生偶尔迟到或旷课是常有的事，但卜校长在讲课时的视线早已习惯了在那处角落停留，这个年已及笄的少女的缺席毕竟使他若有所失。在莘庄一带，男女同校的风习虽已倡导多年，可麦泓早已过了读书的年龄。卜倪的眼前又一次闪现出她那颀长健硕的身影……那是一个阳光灿烂的午后，本镇米行的麦老板手里拿着一封朱自清先生的亲笔信，将麦泓领到了他的办公室里。她穿着一身蓝色的印花长裙，笑容既大胆又轻佻，身上散发出一缕淡淡的檀香木的气息。

雨季的感觉

卜倪久久地注视着窗外的一簇芭蕉树，纷乱的思绪越走越远，当他看到学生们一个个张大嘴巴茫然不解地瞧着他时，卜倪的脸上掠过一丝不易为人觉察的羞怯。

昨天下午散课之后，卜倪正在办公室里修指甲，突然看见麦泓沿着校舍前的一溜花圃远远在跑过来。看上去她好像是在放学回家的途中折返回来的。尽管卜校长出于无意，他还是清楚地看到了她在跑动时上下蹿动的一对乳房轮廓。卜倪感到自己的心脏在怦怦狂跳。麦泓跑到门边，一把拽住了卜倪，差一点晕倒在地上。

卜倪费了好半天的劲才弄明白，原来她的腿上钻进了一条蚂蟥。卜倪让麦泓坐在椅子上，然后蹲下身来，帮她卷起一只裤管。卜校长用一种柔和而又不失分寸的语调告诉麦泓："蚂蟥其实并不可怕，它本身并无毒性，相反它还能将血液中残存的毒素吸出体外……"但卜校长的劝慰之言并没有能使麦泓安静下来，她脸色苍白，双目紧闭，两腿不停地抖动着，嘴里发出一串咿咿呀呀的叫声。卜倪不知从哪里找出一把镊子，试着将那条蚂蟥从她的小腿上夹出来，他的手颤抖得非常厉害，以至于他怎么也无法将蚂蟥夹住。她的那条白皙而修长的小腿上布满了一道道蓝色的血管，卜倪的手指一旦触摸到她那柔滑的绸缎般的肌肤，嗓子里就立即涌出一股咸咸的味道。等到他心慌意乱地将那条蚂蟥弄出来，卜校长的衣服都让汗水给浸湿了。屋外的雨越下越大，窗前一棵刺梨树的枝条在风中不断地抽打着窗纸。他感觉到淙淙的泻水在屋顶的瓦片上流淌，带给他一种想入非非的幻觉……卜侃从一只小瓶里取出一根酒精棉,帮助她擦了擦那处暗红色的伤口。一阵奇痒使麦泓咯咯地笑出声来,她的笑声使卜侃吓了一跳,随后,他也笑了起来。正在这个时候,镇外白居寺里的辨机和尚从廊下经过,他显然是看到了刚才发生的一幕。卜侃正想出门向他解释几句,辨机和尚冲他诡秘地一笑,远远地走开了。

快要下课的时候,麦泓才姗姗而来。她一声不吭地绕过讲台,在自己的位子上坐了下来,双手拢了拢耳边湿漉漉的头发。不一会儿,卜侃又一次闻到了他所熟悉的那股檀香木的气味。

卜校长的目光有些躲躲闪闪,他不敢正眼朝麦泓那边看,哪怕只是偶尔的一瞥,也会在他沉寂的心底激起一圈经久不息的旋涡。一想到自己已年过半百,还像一个年轻人那样容易激动,他不禁感到有些不道德。这种其实是毫无必要的自责助长了他的慌乱,他说话语无伦次,课文也讲得颠来倒去。他的这种反常的仪态不久就引起了坐在前排的一个男生的警觉……

这天傍晚,卜侃在回家的路上,脑子里还在想着麦泓那副沉静而明朗的面容。晚春时节的梅雨如丝如织,使人魂飞杳杳,怅然若梦。他的家紧挨着镇上诊所,隔着一片槐树林和一带狭长的池塘和镇公所遥遥相望。卜侃走到家门口,看见大门紧紧地关闭着,门前一株合欢树的花瓣已让风雨打落得干干净净。卜侃推了推门,发觉里面上了闩,这使得卜校长心里掠过一阵不祥的预感。他用力拍打着大门的铜环,不一会儿,他就听到了老婆的木拖声踢踢踏踏地朝这边传过来。

一个挑着水芹菜的农妇打门口经过,她朝卜侃飞快地瞟了一眼:"怎么啦,卜校长,又和老婆吵架啦?"

"哪能呢?"卜校长莞尔一笑,"内人正在洗澡。"

卜侃进了屋,就拿眼睛朝老婆的身后瞅,同时嘀咕了一句:"大白天关着门干什么?"

谁知他老婆一听这话,火气比他还大:"外边雨这么大,门不关,你想在家里开澡堂子啊?"

卜侃没再吱声。他知道在这个倒霉的雨季,镇上的每个人心里都憋着一股火。卜侃将手里的那把雨伞递给妻子,自己径直来到后院撒尿。卜侃注意到,这些天每当他去小解的时候都会想起那首冼星海的《二月里来》,而且照例会哼上一两句:

二月里来呀好风光,
家家户户种田忙。
……

卜校长唱了开头那两句,就不再往下唱了。他看见院中的积水里有两排脚印清晰可见,它绕过菜圃的竹篱,在围墙的门扉附近消失了。卜侃弯下身子细细察看,从脚印的尺码来看,有一排是男人的鞋子留下的,一想到老婆刚才开门时的异常神情,卜校长心头陡然一沉。

"今天有人来过吗?"卜侃回到屋里,装出一副不经意的样子问了一句。

老婆敲了敲脑壳:"我差一点忘了,今天早上倒是有人来过,不过他不是来找你的……"

"这么说,他是从后院进来的啰!"卜侃酸溜溜地说。

"你的鼻子比狗还灵,"老婆一脸不高兴的样子,"今天早上我还在睡觉,听见有人在敲后院的木栅栏门,我打开门,看见一个穿西装的陌生人站在门外。他没有打伞,浑身叫雨水淋了个透湿。我问他有什么事,他说他是城里一个私人侦探所的探员,来莘庄找褚少良……"

"探员?"卜侃心头一紧,"他说了些什么?"

"没说什么,"老婆打了一个饱嗝,"他在屋里避了一会儿雨就走了。"

老婆的话让卜侃突然想起几天前的一件什么事来,他仿佛觉得这个侦探的出现与那件事有关,可是他的脑子里一片空白,什么也想不起来。在这个寂寞而漫长的雨季,人的记性也好像发了霉。

三

晌午的时候,太阳从厚厚的云层中露出脸来,将天地衬得一片杏黄。雨仍在扑扑簌簌地下着。斜斜的雨幕在炽烈而温热的光线下带着毛茸茸的光边,给湖边那座深黛色的树林挂上了一道豁亮的幻影。这种晴雨相杂的天气在莘庄一带并不少见,可被淫雨围困达半月之久的莘庄居民宁愿将这缕雨季的缝隙中出现的阳光看成是天气转晴的征兆,他们纷纷走出家门,互相报告着雨季即将结束的消息。

褚少良坐在面临天井的一幢阁楼里,正沉浸在十天之后的婚礼将要带给他的安宁而祥和的喜悦之中。屋外的村篱中突然出现的阳光无疑增添了某种喜庆的气氛,它透过一扇猩红的窗格照进屋来,使房内的一切都蒙上了一层暗紫色的光亮。

天井里汪了一层浊黄的淤水,几棵棉桃和天竺树有一半的树干浸泡在水中。屋檐下有一排漆成白色的鸽箱,几只灰鸽咕咕地叫着,将身体挪出箱外,在缤纷的阳光下晾晒着油亮的羽毛。

早在一个月前,褚家大院就在为大少爷未来的婚事做准备了。随着黄梅在青翠的叶脉中悄悄长熟,一场罕见的大雨也不期而至。幽居江南小镇的人几乎每年都要经历这场暮春时节的苦雨,但对于褚少良来说,漫长的雨季毕竟给酝酿之中的婚礼投上了一层阴郁不欢的气氛。他的母亲整天在抱怨家里的水蛭和油蛉,抱怨屋子的各个角落散发出来的腐霉的气味,她曾不止一次地对褚少良说:"要是到了大礼的那天雨还没停,看来我们只能雇几条船去亲家那里接嫁妆了。"

今年的雨季如此冗长,褚少良除了每天在昏昏欲睡的倦意中等待天气转晴,几乎什么事也做不了。他的桌上还堆着一沓尚未发出去的喜帖。婚礼那天所请的客人除了本镇的一些亲戚、乡绅和官员之外,差不多有一半将来自外地。宾客的名单是他的父亲褚怀仁亲自拟定的，褚少良在这串长长的名单的末尾又加上了自己的故旧和同学。由于大雨几乎阻滞了莘庄通往外乡的道路，褚少良不免有些担心镇上的邮差会不会及时地将这些请柬和喜帖发往外地。

几个用人正在天井里疏浚阴沟，一股难闻的腥臭扑面而来。褚少良走到窗前准备将窗户关上，他看见小妹的身影出现在天井边的回廊下。她穿着一件宽大的睡袍，一副刚刚睡醒的样子，她的脸颊上似乎还留着藤条的印记。她一边梳着头，一边懒洋洋地朝他招手。

"哥，家里来了一位客人，爹叫你下来一趟。"小妹说。

"晓得啦。"褚少良应了一声，随手将那扇窗户关上了。

他还有最后一批请帖没有写完，今天已经是五月五号，离婚礼举行的日子只有短短十天的时间了。看来今天无论如何要将这批请帖写完寄出去。书写请帖的任务本来可以由家中的账房一手承担，他平常做事谨慎细致，又写得一笔好字，但褚少良实在想不出有什么更好的办法打发雨季的寂寥，就主动将这件事揽下来。可是这件事并没有带给他想象之中的乐趣，相反到了后来它简直成了一个累赘。他一想到在那批已经发出的请帖之中，可能写错了某人的姓名和地址，心里就掠过一阵难言的忧虑。

当褚少良将那批请帖装入信封，冒着蒙蒙细雨朝镇上邮局走去的时候，他早已将刚才小妹的话忘得一干二净。

镇上的邮局像往常一样挤了不少人。这个邮局从它设立的那天起，就成了镇上的那些爱说闲话的人聚会的场所，他们互相交换着从镇子的各个角落探听来的新闻、隐私和谣传，然后稍加修改传播出去。即便是在不便出门的雨季，人们通常闲坐家中也能详尽地获悉镇子里发生的所有事件的细枝末节。

　　褚少良一踏进邮局的大门，就感到今天的气氛有些不同往常。围坐在邮局大厅的长椅上的那些闲人，除了褚少良所熟悉的几位常客之外，其中还夹杂着几副陌生的面孔。这些人正在交头接耳地议论着一件什么事情，一看到褚少良进来，就全都默不作声了。褚少良隐约感觉到他们有什么特别的事故意瞒着自己。他径直走到邮柜前，将那些大大小小的信封交给柜台里的一位小姐。令他吃惊的是，这位邮递员的脸色似乎也不太好看。昨天下午他来发信的时候，这个女人还冲他满脸堆笑，甚至在接信的同时，还故意摸了一下他的手背。褚少良直到现在还能回忆起他们肌肤相触时所留下来的那种奇妙的感觉，这使他想起莘庄小学的校长兼国文教员卜侃先生曾经跟他说起的一段话来：一个男人到了结婚的时候，世上所有的女人都会变得美妙无比……

　　邮递员称了一下信件的重量，随手扔出来一堆邮票，然后就转过身和身后的一个男同事聊起天来，连看都没看他一眼。褚少良心里说，女人生性就善变，碰上了倒霉的阴雨天，她们的心事就更难捉摸了。

　　褚少良这一次显得有些过于谨慎：他将请帖一张张从信封中抽出来，仔细地检查了一遍地址和日期，一切核对无误之后，才将邮件封上口，推入邮筒。

正当褚少良长长地松了一口气，准备离开邮局的时候，他突然想起了今天晚上每周一次的牌局。他担心镇公所的王秘书也许早被一周的梅雨搅得忘了这件事，就朝柜台的另一侧走了过去。

"先生，我要打个电话。"褚少良彬彬有礼地对一名接线生说道。

"你打哪里？"

"镇公所王秘书。"

接线生很快接通了电话。褚少良拿起话筒正要说话，他的肩头感到了一阵热乎乎的压力，他转过身，看见一个身材魁梧的中年男子正朝着他冷笑。

"先生，请跟我们走一趟。"那个人对他说。

褚少良心头一乱，他感觉到了情况有些不妙，原先混杂在人群中的几个陌生人同时站起身，朝他围拢过来。

"你们想干什么？"

中年男子从口袋里摸出一张证件在褚少良的眼前晃了晃："我们是莘庄保安司令部的，你被逮捕了。"

褚少良下意识地用手捋了捋额前湿漉漉的头发，同时拽了拽西装的领带："长官，你们一定是抓错人了吧？我是褚少良啊。"

那几个便衣彼此对望了一眼，显然没有听明白褚少良的话。

褚少良情急之中赶紧就又补充了一句："我是褚少良，褚怀仁老爷的大公子……"

没等他说完,一个戴着墨镜的人走到他的跟前,朝他脸上认认真真地打了两个耳光。

"妈拉个×!"戴墨镜的人胸有成竹地说,"老子抓的就是你。"

褚少良的眼镜被打落在地上。他感到脸上一阵火辣辣的炙痛,从喉管里涌出来的一股血腥味使他忍不住直想呕吐。正在邮局大厅里闲聊的那帮镇上的居民不约而同地用一种冷冰冰的目光看着他。

褚少良不安地警觉到,也许有一件异乎寻常的事在莘庄悄悄地发生了。难道是保安大队里出现了共产党?早在几天前,他的父亲褚怀仁就跟他谈起过,与莘庄相邻的永庄和大巷都闹起了村民暴动,暴民们打着杀富济贫的旗号,奸淫掳掠,无所不为。它提醒褚少良,眼下的这场大雨很可能会使夏粮颗粒无收,到时候莘庄会不会……

诸少良被那伙人推推搡搡地带到门外,沿着镇上的一条碎砖铺成的街道朝保安司令部走去。他看见街道两侧早已挤满了围观的人群,那些人仿佛预先就知道了他要被捕的消息,打着雨伞在街口迎候着他的到来。对于那帮围观者来说,他们在目睹一场繁盛的婚礼的仪式之前有幸观赏一下新郎被捕的场面,简直有些喜出望外。

莘庄的保安司令部设在湖边的一座废弃的旧园里,这里曾是江南一带颇负盛名的织绣大王谭运长的乡居别墅。褚少良被那伙人带到司令部的门前，他觉察到这里的气氛的确有些不同往昔。一些腰间别着手枪的便衣和军人从门廊下进进出出。摩托车发出沉重的喘息声一辆接着一辆在院外的林荫大道上驶过，溅起了一缕缕水线。

褚少良曾一再恳求便衣们让他给家中挂个电话，但他的建议每次都遭到了冷冷的拒绝。最后，他被带到了朝南的一间不大的空房里，这间潮湿阴暗的房间里积了一层齐踝深的雨水，上面还漂浮着几张沤烂的纸页，看上去简直像一座水牢。

差不多两个小时过去了，褚少良怎么也想不出自己究竟犯下了什么过失，他们为何要将他带到这里。同样，他也不知道那伙人最终将如何处置他。

窗外是一片宽阔的芦苇滩，隔着这片芦苇丛和烟波浩渺的湖面，他能够看得见湖泊的对岸那一带灰蒙蒙的山峦、山谷里密布的银白色帐篷以及覆盖着帆布的炮群。如果日本人从海上进攻上海，那么这支隐伏在山野里的驻军将成为阻击日本军队的第二道防线。

大约在下午三点钟的时候，褚少良听到一阵蹚水的脚步声越过花园朝这边传过来。不一会儿，镇公所的王秘书在一名军官的引领下来到这个房间的铁栅栏门前。军官从口袋里掏出一把钥匙打开门锁，冲着褚少良矜持地笑了一下："误会了，褚少良……"

军官有限的道歉使褚少良多少感到有些不快。今天下午所遭受的不白之冤显然不是这句客套话所能洗清的。他跟在王秘书的身后,经过那道半明半暗的长廊,走到屋外苍翠的草坪上。

"他们凭什么抓我?"褚少良迫不及待地问道。

"保安队抓人难道还需要什么理由吗?"王秘书自我解嘲般的反问了一句,"在这个倒霉的雨季,什么事情都可能发生。"

"镇上究竟发生了什么事?"

"现在还不清楚。"王秘书严肃地对他说,"有消息说,日本空军昨天夜里袭击了梅李。"

……

他们走到镇公所的边上,王秘书对褚少良一拱手:"我在镇公所还有件事没办完,恕不远送了。"

王秘书朝前走了几步又突然转过身来:"别忘了,今天晚上八点到你家打牌……"

四

镇长很快接到报告:今天早晨驾驶着一辆吉普车来到莘庄的那个外地人经查明是一个来自城里的私人侦探。

根据镇上的目击者所提供的情况,这个人三十岁左右,身材中等,穿着考究的西服,手里还捏着一把袖珍手枪。尽管镇长本人由于偏头痛的折磨无意在这件事情上纠缠下去,但事情的发展根本就由不得他做主,镇公所接二连三地得到了有关这个人行踪的详密报告。这些盲目的告密者或盯梢者所描述的事实大相径庭，有些地方甚至还互相矛盾。镇长在综合所有的这些情况并做出自己的判断之前，必须考虑到镇民们的好奇心以及容易夸大事实的惯常习性，同时，他也必须兼顾天气的因素——持续半个多月的阴雨使镇上的居民们的感觉发生了不同程度的偏差。

最先看见侦探的是镇外白居寺的住持辨机和尚。他从清晨的睡梦中醒来就听到了吉普车引擎的嗡嗡声。由于白居寺在江南一带极具名望，辨机和尚将这个人看成是一个外地来的求香问佛者。他穿好衣服正准备亲自来迎接，这个年轻人已经从吉普车里钻了出来。他手里拎着那把手枪围着汽车转了两圈，随后就锁上车门，绕过寺庙外的围墙朝镇子里走去。辨机和尚出于一种与他清心寡欲的形象不太相称的好奇心，跟在他的身后走了一段，他发现这个侦探走到莘庄小学校长兼国文教员卜侃先生的院宅边突然停了下来，他先是对一根探出院墙外的杏树的花枝端详了片刻，随后四下里张望了一下，敲响了后院的木栅栏门扉……

辨机和尚的描述多少引起了镇长的一线警觉。卜侃是一个北方人，他是响应陶行知先生的倡导来莘庄创办实验小学的，因此在镇子里，他的身份最为复杂。他举止乖戾，自命清高，平常除了偶尔与褚怀仁的大公子下上一两盘棋外，很少与镇上居民们来往。

"这名侦探在卜侃校长家里待了足足有两个时辰。"卜侃的邻居，一位中年妇女接过辨机和尚的话继续说道，"今天早上我在院外的篱笆边挖沟排水，看见这个身强力壮的男人进了卜校长的院子。那会儿，卜校长正在学校里上课。他老婆平常在镇子里就是有名的骚货，一瞅见男人上门就魂都没了。诸位想想，一男一女关在房子里还能做出什么好事来吗？何况外面还下着那么大的雨……"

这个女人所关心的显然不是侦探的身份以及他冒雨来到莘庄的目的，她的真正兴趣在于只有女人乐于纠缠其间的男女绯闻。尽管镇长不失时机地遏止了她的话头，她绘声绘色的讲述还是在镇公所里激起了一串笑声。

正在这个时候，镇公所的王秘书推着一辆破旧的自行车出现在门外的树林里。他脸色阴郁地进了屋，径直来到镇长的跟前，在他的耳边悄声地说了些什么。镇长愣了一下，随后朝他摆了摆手。

接下来，莘庄药店的一名伙计提供了另外一些线索。这个身穿西服的侦探在晌午时分来到药店里。当时，阴沉沉的天空中突然出现了灿烂的阳光，可雨仍在不停地下着。伙计听见屋外沉寂多日的梅鸟在树篱间啾啾啼鸣。他正想出门晒晒太阳，却与迎面而来的侦探撞了个满怀。这个侦探从他那里买了六盒人参，一对熊掌，两瓶虎骨绍酒，外加一只樟木漆盒。"就连白痴也不会相信，这个腰上别着手枪的侦探冒着大雨千里迢迢来到莘庄，仅仅是为了购买这些城里随处可见的药材。"伙计向镇长表达了这一疑惑之后，结束了他简略的汇报。

最后一个来到镇公所提供情况的是本镇染布作坊的一位老板。与他一同前来的还有他那个正在莘庄小学读书的儿子，这个十多岁的男孩所表现出来的高度警惕使镇长大为欣慰。男孩的情报虽然与侦探的行踪无关但也并非没有价值：在今天上午的第二节课上，校长卜侃的神色看上去非常紧张，他头发蓬乱，嘴唇发乌，讲话颠三倒四，有好几次他不得不停下来大口喘气，他的目光躲躲闪闪，拿着课本的手不停地颤抖……

他的父亲补充说，如果是学校的其他教师出现这种情形，也许是睡眠不足或者身体不适所致，可卜校长是一个具有三十年教龄的教员，平常讲课一贯思路清晰，仪容整肃……这一次，他或许遇到了什么特别的事情。我们也听说了侦探来到镇上的事情，而且他还去过卜校长的家，我想，犬子所提供的情况也许对镇长大人有些许作用……

老板说完，眼巴巴地瞅了镇长一眼。在镇长及时对他的热忱和警惕做出了高度的评价之后，父子俩才心满意足地离开了镇公所。

镇长感到自己的脑子里塞满了一道道烂绳子，怎么也无法将混乱的思路理出一个头绪来：日本人空袭梅李，侦探的出现，卜侃，褚少良被抓……他扳起指头，一遍遍地数着从早晨到午后的这段时间里莘庄所发生的一切，试图从中找出某种联系。

过了一会儿，镇长从椅子上站起身来，他接过王秘书递过来的一块热毛巾，将它按在额头上，然后朝嘴里塞了几粒止痛片。

"王秘书,你拿我的名帖去一下保安司令部,让他们先将少良放出来。"镇长一边说着,一边拿起了门边的那把油布伞。

"您要去哪儿?"王秘书问道。

"我想到卜侃校长家去一趟。"

镇长来到卜校长家的时候,学校还没有放学。卜夫人正在堂屋里做针线,一见到镇长来访,卜夫人久雨缠绕的脸上立即呈现出一缕酡红色的光泽。她告诉镇长,自从这场梅雨降临的那天起,她还没有出过家门,身上都快长霉了。由于消化不良,她在说这番话的时候,一边打了好几个呃逆。

"可不是嘛,"镇长附和道,"自打雨季来临,我觉着每天都像是做梦似的……"

"该不会是桃花梦吧?"卜夫人嫣然一笑,"昨天晚上,我也做了一个梦,我梦见一只蚂蟥钻进了裤管……"

尽管卜夫人所说的梦境或许是一种实情,但镇长还是能够觉察到她的话里有一种明显的挑逗意味。

雨水斜斜地从敞开的门扉中打进来,一股清新的青草的芳香扑面而来,其中还夹杂着一缕鸽子屎的气息。

这个来自外乡的女人虽然已经三十多岁了,可她的身段看上去依然像个姑娘。镇长注意到她的旗袍的分衩开得很高,丰润的大腿外侧裸露出一线白皙的肌肤。

"外面下着这么大的雨,镇长来一定有什么急事吧?"

"没什么事,"镇长说,"我打这儿路过,顺便进来避避雨。"

"我去将大门关上吧,"卜夫人轻声说,"要不然待一会儿,家里就会变成一块水塘了。"

"别关了,"镇长笑了起来,"卜校长等会儿回家,要是看见大门关着,还以为我们……"

也许是由于屋外的风雨声太大,卜夫人像是没有听清镇长的话,她径自走到门边,将大门掩上,插上了门闩。

屋里的光线陡然晦暗下来,镇长一度都看不见卜夫人的脸,她的身上散发出来的一阵沁人心脾的果香使镇长不禁怦然心跳。

校长夫人回到原先的那张木椅上坐下,用镊子从针线盒里夹出一枚针来,然后往里穿线。棉线在雨天里受了潮,她怎么也无法将线头从针孔里穿进去。

"我来帮你穿吧。"镇长站起身来。

"你能行吗?"卜夫人冲着他笑了一下。

"再小的孔我也能穿进去。"镇长觉得自己的声音开始有些颤抖。

"你别吹牛,"校长夫人柔声细气地对他说,"我的这个针孔可有些特别……"

镇长跌跌撞撞地走到她的身旁,挨着她坐下。卜夫人已经开始发出微微的喘息。镇长没有从她手中接过针线,而是将手搭在了她的肩上。卜夫人的身体战栗了一下,随后将他的手移到了胸前。

"要 × 你就快 × 吧!"卜夫人低声催促道,"待一会儿,学校放了学,卜侃就该回来了。"

她的话使镇长吓了一跳。虽说镇长平常在莘庄也时常弄出一些风流韵事来，可从来没有任何女人像她那样直截了当地说这种话。镇长在心里对自己说：卜侃，这件事你他娘的可不能怪我……

镇长和卜夫人走到卧房里，他刚刚来得及将她的旗袍的下摆撩开来，就听见放学回家的卜校长在屋外叫门了。

"让他敲，别理他！"卜夫人心急火燎地对镇长说，"你先给我来几下再说。"

镇长毕竟是镇长，他没有理会女人的苦苦央求，很快从床上溜下来，开始穿起了衣服。

本来，在卜夫人打开屋门之前，镇长有足够的时间从后院溜掉，但情急之中的镇长显然有些慌不择路，他在屋里独自转悠了一阵，打开一只衣橱，一头钻了进去。卜夫人见状也只好将衣橱的门关上了。

一缕樟脑丸的气味使镇长忍不住直想打喷嚏，他听见卜夫人趿着木拖去堂屋开门。

"大白天关着门干什么？"镇长听见卜侃问了一句。

"外边雨这么大，门不关，你想在家里开澡堂子啊？"

镇长听卜侃夫人这么说，长长地松了一口气。卜侃没再说什么，镇长听见他的脚步声朝后院走去。不一会儿，他就听见卜校长在后院唱起了那首冼星海的《二月里来》……

"今天有人来过吗？"卜侃回到屋里，像是漫不经心地问了一句。

"我差一点忘了,今天早上倒是有人来过,不过他不是来找你的……"

"这么说,他是从后院进来的啰?"卜侃酸溜溜地说。

"你的鼻子比狗还灵!"卜夫人说,"今天早上我还在睡觉,听见有人在敲后院的木栅栏门……"

镇长竖起了耳朵,他听见卜夫人用那种懒洋洋的语调继续说道:"……我打开门,看见一个穿西装的陌生人站在门外。他没有打伞,浑身叫雨水淋了个透湿。我问他有什么事,他说他是城里一个私人侦探所的探员,来莘庄找褚少良……"

"探员?"卜侃自语了一声,"他说了些什么?"

"没说什么,"卜夫人打了一个饱嗝,"他在屋里避了一会儿雨就走了。"

这个侦探去找褚少良做什么?镇长蜷缩在衣橱里感到有些茫然不解。不过,他没有在这件事上再细想下去,仍然在抱怨今天看来已经流产的艳遇。狗日的卜侃,你要是晚回来一步,老子就抄了你的后路了……

"我的衣服也叫雨水给淋湿了,"卜侃说,"你去衣橱里找件衣服来给我换上。"

卜夫人仿佛愣了一下,随后她用一种戏谑般的语气对卜侃说:"我该去厨房做晚饭了,你自己去找吧。"

镇长一度怀疑自己的耳朵出了问题。他不知道这个女人为何在这个节骨眼上说这样的话。这场暮春的绵绵阴雨仿佛使镇上的每个人的行为都出现了反常。他还没有来得及想好如何应

雨季的感觉

付眼下即将出现的荒唐局面，卜校长已经迅速地走进卧房，打开了橱门。

镇长笑嘻嘻地从橱里走了出来，冲着惊骇万状的卜侃说了一句："你好，卜校长……"

五

到了上灯时分，白居寺的住持辨机和尚没有像往常那样去佛堂给新来的僧人讲述佛经，他提着一盏灯笼，独自一人出了寺院的大门，朝镇上的私人诊所走去。

腹中一阵奇异的疼痛使他想起自己的痢疾已经持续三天了。他怀疑自己的肠子在雨天里早已长满了绿毛。灯笼的暗红色光影照亮了脚下淙淙跳跃的水流，远处的房舍和树木都隐没在黑暗之中，只有当天空偶尔划过一道道闪电的时候，他才能看见镇外的那带灰蒙蒙的湖泊、高高吊起的渔网以及湖面上停泊的一艘艘舢板。

雨已经明显地小了下来。街巷里空空荡荡，阒寂无人。他平常所熟悉的街道到了细雨迷蒙的晚间，仿佛完全变了一个样子，两侧歪歪斜斜的格栅和店铺在他眼前变得陌生而遥远。一股阴森森的冷风迎面吹来，他不禁打了一个寒战。他似乎感觉到有一桩奇异的事正在镇上的某一个街角悄悄地发生。

在一年四季之中，唯有春天会带给人云飞雾绕的幻觉。对于每一个潜心修行的出家人来说,春天的夜晚总是在日复一日地酝酿邪念的欲望,使经年的苦苦修行为之功毁于一旦。春天的气候变幻无常,一会儿阳光明媚,一会儿雨水涟涟,它使树木变得神秘,使人感觉的触须变得像蚕丝一样纤弱……

辨机和尚来到镇公所旁的一条长满了芦苇的池塘边上,他看见不远处的那幢祠堂里亮着灯光。祠堂的大门敞开着,门前的一对石狮浸在雨水中,一簇石榴树在风中发出沙沙的声响。卜侃校长也许又在和褚怀仁的大公子下棋了。辨机和尚近来听说,卜校长被他老婆闹出的艳事弄得声名狼藉,他时常晚上不回家睡觉,在这幢凋敝的祠堂通宵读书,有时他也会找人去下盘棋,借此打发无聊的光阴。辨机和尚曾经打趣卜校长说,人世的苦难浩若尘沙,不如跳出红尘,遁入空门……

辨机和尚在经过祠堂门口的时候,一阵女人的哭喊声穿过稠密的树林,在岑寂的夜空下隐隐传来。他不由得放慢了脚步,侧耳谛听,随之而来的是雨打树叶的淅沥声和呜呜的风鸣。刚才那阵哭叫声听上去是那么熟悉,辨机和尚的眼前浮现出一张张面容姣好的女人的脸来,这些女人的身影在眼下枯寂的雨季,常常悄无声息地侵入他的睡眠。

辨机和尚悄悄地吹灭了灯笼。尽管他不能肯定那个女人的哭声是从祠堂里传出来的,他还是决定进去看个究竟。

他蹑手蹑脚地走进祠堂。天井里的一株石楠散放着馥郁的香气,树旁是几张朽坏的木桌,上面落满了米黄色的花瓣。辨机和尚终于看清,那缕灯光是从卜侃校长的办公室里透出来的,它照亮了门外的那条空寂的长廊和屋檐上吊着的一个铃铛。

辨机悄悄地来到窗下。由于雨水的侵蚀,薄薄的窗纸有几处已经溃破,他只要稍稍踮起脚尖,便能看到房中的一切。

莘庄米行麦老板的女儿麦泓,此刻正被反剪着双手绑在屋里的一根木柱上,她的嘴里被塞进了一块抹布。今天早上才来到镇上的那名探员在一旁抱臂而立,饶有兴致地注视着麦泓徒劳无益的挣扎。

一阵难以遏止的激动使辨机和尚差一点叫出声来。他看见莘庄小学的校长兼国文教员卜侃手里拿着一把咔嚓作响的剪刀走到麦泓的跟前,同时对侦探神秘地眨了眨眼睛:"你别看她现在桀骜不驯,待一会儿我就会让她筋酥骨软。"

卜侃首先剪开的是麦泓胸前的对襟,一对肥硕的乳房滚落出来,卜侃用手托起其中的一只掂了掂分量,脸上露出了满意的笑容。

"它像木瓜一样沉甸甸的。"卜侃对侦探说。

接着,卜侃依次剪开了她的两只裤管。辨机和尚看见麦泓的左腿上有一处芝麻大的小红点,它好像是水虫或者蚂蟥叮咬后留下的痕迹。顺着那处红点往上,辨机终于看见了那簇供人取乐的灰黄毛丛。不一会儿,除了手臂和两腋之外,麦泓的身体的所有部位都暴露无遗了。

"我们的计划看来天衣无缝,"侦探得意地观察着眼前这具丰硕的少女躯体,"早在十年之前,他就在盼望着今天了。"

麦泓依然在拼命地扭动着身体,墙上的石灰扑扑簌簌地掉落下来。卜侃仍在小心翼翼地剪去残剩的衣服碎片。

"我们的计划得以成功,看来还要归功于江南一带的梅雨,"卜侃说,"雨季里连蚂蚁都在打瞌睡。"

卜侃很快就完成了卸去衣饰的任务,他看上去有些气喘。侦探从屏风旁的木桌上拿起一把剃刀,朝麦泓走了过去。

也许应该赶快离开这里,将这件事报告给镇长,辨机和尚心里想。如果日后镇长一旦获悉他知情不报,他的惩罚将会是十分严厉的。镇长是辨机和尚看着长大的,他之所以从一个捡破烂的小流氓一步步爬上镇长的高位,并统治莘庄达十余年之久,完全是依赖他的无孔不入的情报网。他当上镇长之后,在镇子里收买了至少一百名密探。辨机和尚是因为一册证明自己住持身份的度牒而沦为告密者的。在太平无事的年月,镇长照常发给饷银,可一有风吹草动,镇子里发生的一切都会在顷刻之间供列于他的案前。有一次,镇长对一名来莘庄视察的县督吹嘘说:"在莘庄,所有的房子都是透明的,别说是共党,镇子上就是多了一根针也别想逃过我的眼睛……"

就在辨机和尚考虑要不要离开祠堂将正在发生的这件事报告镇长的时候,接下来出现的一幕使他觉得此举已毫无必要了,因为他看见镇长本人托着一只茶杯,嘴里叼着烟斗从屏风后面闪了出来。

"事情进行得怎么样啦?"镇长笑容可掬地走到麦泓的跟前,顺手在她的臀部拍了一下。

"一切顺利。"卜侃谦恭而诡秘地笑了一下。镇长满意地点

雨季的感觉

了点头。他将手里的茶杯递给卜侃,随后卷了卷宽大的衣袖。辨机和尚吃惊地发现,镇长脸上的笑容突然隐没了,露出一副狰狞的面孔。他转过身朝着卜侃狠狠地扇了一记耳光。侦探见状吓得连着倒退了几步,怔怔地看着他。

"你们这帮废物!"镇长冷笑了一下,"门外躲着一个和尚你们居然没有发现?!"

辨机和尚从阴暗的佛堂里醒来的时候,天色已近黄昏。他觉得自己的裤子里黏糊糊的,嘴里流出的涎水弄湿了胸前的法袍。辨机和尚朦朦胧胧地意识到,今天下午他从镇公所回来后,就来到静修堂念经,窗外的雨声很快使他昏然入睡,不一会儿,他就将脑袋靠在香案上沉沉睡去。

新近入寺的几个和尚在一旁呆呆地看着辨机住持:"师父,你刚才是不是做了一个梦……"

"失败了。"辨机和尚感叹道。

和尚们面面相觑,有些不明所以。

辨机和尚沮丧地补充说:"我在白居寺修行了三十多年,可刚才的梦境里还充满了如此卑俗的俗念,我一生的努力都白费了。"

六

五月四日的傍晚,小学校长卜侃在散课之后回到了办公室。

音乐教师段小佛依旧站在窗口摆弄那只竹箫,悠扬的箫声使屋外飒飒作响的一阵急雨变得十分遥远。

卜侃发现木窗的窗纸已被雨水蚀破,南风夹带着雨丝和酸梅的气息飘进屋来,打湿了桌上的一堆讲义。卜侃从抽屉里翻出一张旧报纸来,准备将窗户重新糊上。

卜侃似乎隐约记得,这张报纸是一个沦陷区的难友从东北带来的。报纸上登载着临汾被日本人攻陷的大幅新闻。在报纸的第四版上,有一则不到二千字的报道吸引了卜侃的视线。

根据一个未署名的记者的分析,日本人之所以在一夜之间攻下了临汾,是由于日本空军在早些时候对隐藏在临汾山区的二十九集团军进行了一次"灾难性的轰炸"。这次突袭事件的发生并非通常所谓的中国驻军的情报外漏所致,而完全是源于一个料想不到的意外:日本人的侦察机发现原先一直栖息在山区的一群白鹤突然不见了踪影,作战科进而怀疑,鸟类的大规模迁徙可能与中国军队正向那一带集结有关。日本人的轰炸显然是试探性的,但是却给中国守军造成了巨大的伤亡……

"不可思议……"卜侃自语道,"一群候鸟居然改变了战事的进程。"

"什么不可思议?"段小佛的箫声戛然而止。他朝校长走了过来,从他手里拿过报纸,贪婪地看了起来。

"难以想象。"段小佛的脸上逐渐呈现出兴奋的光泽,"这年头可真是什么怪事都有。"

"不过,"卜校长说,"在春秋两季,鸟类的大规模迁徙纯属

雨季的感觉

自然现象。它们的羽毛一旦觉察到空气的热度出现变化，也有可能改变栖息点……"

"人也一样。"段小佛附和道，"人要是遇上梅雨或者满月的夜晚，照样会想入非非……"

他们正聊着，褚少良推门走了进来。他是来找卜侃下棋的。段小佛赶紧将手里的报纸递给褚少良："褚少爷，你看看这张报纸……"褚少良此刻好像正被一件麻烦事折磨着，他没有理会段小佛，在屋里的一张藤椅上颓丧地坐了下来。

"我要将报纸带回家给老婆看看。"段小佛从门边拿过一把黑雨伞，准备回家。他嘴里这么说，心里想的完全是另一件事：如果我将这则报道改头换面通知镇公所的王秘书，这个小白脸也许会灵魂出窍……

段小佛走后，卜侃和褚少良照例在一只茶几上铺开棋盘，陷入了棋局之中。

下到第十六手，卜校长抬头看了褚少良一眼："少良，你好像有什么心事……"褚少良叹了一口气，将手里的一枚棋子掷入棋篓，"还不是那些倒霉的请柬。"

"请柬？"

"是这样，"褚少良解释说，"三天之前，我给城里的一家私人侦探所的同学寄去了一张请柬，让他本月十五号来莘庄参加我的婚礼……"

"这有什么问题呢？"

"我担心那张请帖的日期让我写错了，"褚少良说，"我很可能写成了五月五号。"

"五月五号,也就是明天……"卜校长若有所思地望着门外雨中的一丛芭蕉树。

"这些日子的梅雨把一切都搅得乱糟糟的,"褚少良抱怨说,"城里的那位同学看来明天要白跑一趟了。"

马玉兰的生日礼物

事情的起因并不十分复杂,但它确实带来了日后一连串骇人听闻的屠杀。马玉兰,一只蟑螂就能把她吓晕的女人,竟然成了凤凰山一带让人闻风丧胆的匪首,多么不可思议!在她丈夫去世的那一年(一八九一年),三个未成年的儿子,年轻和美貌——这些昔日的荣耀全都成了她的累赘。与她结下不共戴天之仇的那个人,是她丈夫的弟弟,名叫朱大钩。假如他对漂亮嫂子的想入非非还不能算是一个错误的话,那么,他的错误在于行动过于鲁莽,对女人的欲望以及莫名其妙的羞耻心缺乏了解。一九三二年,在马玉兰被处死的前夕,县警察局的最后一份审讯报告明白无误地显示了这一点。阅读这份报告使我不难得出如下结论:"仇恨"这一概念,要比它的字面意义复杂得多。而且,我们未尝不能从相反的方面对它加以解释。

金牙

朱尚金，马玉兰的大儿子，绰号大金牙。事实证明，他的所作所为，构成了亲族间残酷仇杀链索中最关键的一环。父亲去世的那一年他还不满十四岁。他对于母亲与叔父之间发生的事情有着自己的理解，其中有一部分源于青春期的幻想，另有一些则来自隔壁光棍铁匠的无聊教唆。朱尚金用不完的力气无处发泄，常常自愿地来到铁匠铺，帮着拉风箱打铁。铁匠则用淫荡的故事来犒劳他，故事的每一个细节都别出心裁，但人物总是固定不变的（母亲与叔父），结局也大同小异（疯狂的性交）。朱尚金听得津津有味，却并不感激。铁匠的故事看来并非完全信口开河，因为他很容易从母亲的叫骂和诅咒声中找到足够的佐证。

有一天，母亲突然对他说："你要是有种，就替我去把朱大钧那个狗日的杀了。"

那时，朱尚金已经打算去凤凰山当土匪了，对于铁匠变着花样讲述的事也已腻烦透顶。他坐在铁砧上拉着风箱，一声不吭地看着铁匠眉飞色舞的小丑嘴脸，心中暗暗发笑：他当上土匪之后，第一个要除掉的就是他。后来，他却没有这样做。因为事情的发展大大地出乎他的预料。

在凤凰山，只用了不到三年的时间，朱尚金就让自己从一名马夫变成了二当家。不久之后,他将正在小解的大当家推下了悬崖,为自己腾出了位置。

他没有急于采取行动。

他知道他的叔父并非等闲之辈。如果他的行动不能彻底击垮对手的报复能力,事情也许会弄得难以收拾。酝酿多年的复仇计划(实际上只是为所欲为的模糊冲动)精心策划了半年之久。计划的每一个步骤都慎之又慎,确保万无一失。犹疑和绝对的谨慎只能导致这样一个结果,那就是泄密。

袭击的日期定在十二月初一,这一天是母亲的生日。让她大吃一惊是他送给母亲最好的礼物。当朱尚金率领手下四十多名人马,顶着漫天的风雪,杀奔村中而来的时候,得到密报的朱大钧只给他留下了一座空空的院宅。

这次袭击的唯一收获是朱大钧出嫁在外的女儿。那天她恰巧回娘家探亲,让朱尚金候个正着。在允许手下人集体分享她之前,朱尚金命人脱去了她的衣服,对她进行了令人发指的摧残和凌辱。他亲自在她的乳房上系上两只铜铃,让她光着身子擀面。朱尚金躺在火炉边的木椅上,听着铃铛发出的清脆声响,逼她不停地说着下流话。他感到十分满足。

最后,这个可怜的女人被折磨得奄奄一息。临走之前,朱尚金犹疑了半天(闻讯而来的母亲跪在地上向他磕头,求他饶过侄女一命),还是下令杀死了她。他不想白跑一趟。

看着堂姐的尸体,朱尚金的两个弟弟吓得浑身发抖。这是朱尚金第一次杀人,也是最后一次。

在他们返回山寨的途中,朱尚金在一条干涸的河床下遭到了剿匪官军的两面夹击。密如贯珠的枪弹扫射了大约半个时辰,朱尚金和他的手下无一幸免。朱尚金的脸被打烂了。如果不是他的嘴里镶着一颗金牙,朱大钧几乎无法将他辨认出来。

这天晚上,马玉兰整夜做着噩梦。她只是意识到事情已经闹大,恐惧毫无益处,后悔也已来不及了。自从朱尚金不辞而别,进山当土匪的那天起,她似乎就在等待着这个结局:他干的这叫什么事呀!

窗外肆虐的风雪使她牵挂着儿子的安危。她知道这甚至还不能算是一个结局,因为事情才刚刚开始。

第二天一早,朱大钧派来了他的大管家。他像过去一样彬彬有礼,笑容可掬。这使马玉兰更有理由怀疑,昨天发生的一切说不定只是一个梦。管家按照主人的吩咐,递给她一只考究的蓝绒布面宝匣。马玉兰打开它,看见里面装着一颗金牙。

朱尚银

马玉兰的第二个儿子,生得高大英武,仪表不凡。虽说目光含着深不可测的忧戚,但行事果断,意志坚定。他和母亲都习惯了沉默不语。不过,只要母子俩彼此对望一眼,立刻就能明白对方的心事,这是一种心照不宣的默契:那颗金牙的存在使仇恨不会褪色。

依靠父亲的几个故交和一半以上的田产抵押,朱尚银终于在二十五岁那一年当上了县保安团的团长。一天深夜,一身戎装的朱尚银带着勤务兵,悄悄回到了家中,但天不亮就离开了。对于儿子的计划,马玉兰只提出了一点异议,那就是十二月初一这个日期有点不太吉利。朱尚银回答说,只有在这一天行事,九泉之下的大哥才能瞑目。马玉兰深知儿子的秉性,他决定的事是无法更改的。她一遍遍抚摸着儿子结实、宽阔的肩膀,反复叮嘱他:

"这一次,你可不能出任何差错。老三已经指望不上了。"

那时,马玉兰的小儿子朱尚锡也已离家多年。他性格柔弱,像个姑娘一样,一说话就脸红。他跟随一个化缘的和尚去了凤凰山,专心佛法,尘缘已尽。

朱尚银从兄长的失败中吸取了教训。他只挑选了八名卫兵。他们趁着夜幕从县城出发。但只走了十里地,他的身边就只剩下了四个人。又走了三里,他的随从剩下了两名。最后,当他来到村头的白杨树林时,最后一名卫兵"扑通"一声栽倒在地,两腿胡乱地蹬了几下,就不动了。朱尚银当然知道发生了什么事,不过并不慌乱。他感到口渴难忍,腹中隐隐作痛。靠着坚忍不拔的意志,他一步步挪到了朱大钧的门前。

朱大钧的管家替他开了门。他双手笼在袖子里,悠闲而客气地向朱尚银鞠了躬:"老爷在书房等你。"

从客厅爬到书房,朱尚银差不多耗尽了残存的一点力气。朱大钧躺在卧榻上抽烟。一看到侄子这副样子,他不由得笑了。他让仆人把朱尚银扶到椅子上,然后问他还有什么事需要交代。

朱尚银平静地回答说，他想知道是谁在他的酒里下了毒。朱大钧满足了他，说出了伙夫的名字。随后，他向叔父讨了一碗凉水。他提出了最后要求：不要把他死前的情景告诉他的母亲。朱大钧也答应了他。

接着，朱尚银的身体像水一样绵软地滑到了地上，他的双腿开始了难看的抽搐，鼻孔和嘴里涌出鲜血。他英俊的脸庞变得黯淡，他那忧郁而幽深的眼睛终于闭上了。

马玉兰没有听到期望中的枪声，甚至连马匹的嘶鸣也没有听到。她独自一人守在灯下。夜晚寂静而漫长。

第二天一早，朱大钧亲自登门，让家人挑来了一担漆盒。他是来为嫂子祝寿的，同时也希望两家多年的恩怨有一个彻底的了结。马玉兰已经知道发生了什么事，但并不是全部。她打开一只漆盒，里面装着朱尚银的人头。愤怒和屈辱使她暂时忘掉了悲伤，她一字一顿地对朱大钧说：

"你现在还不能说就稳操胜券，你知道，我还有一个儿子。"

"是吗？"朱大钧不紧不慢地答道，"那就请你再看看另一只漆盒吧。为了不至于让他日后出来生事，给你再添烦恼，我这次顺便把尚锡也给杀了。"

反抗命运

此时的马玉兰已经五十多岁了。她的面容以惊人的速度衰老,但她的身心依旧年轻。她很少出门,隔壁的铁匠成了她唯一的依靠,她闲来无事就去帮他拉风箱打铁。后来,铁匠用大锤在两家合用的墙上砸了一个洞,这样,马玉兰的出入就省掉了村里人的风言风语。

面对送上门来的艳福,打了一辈子光棍的铁匠自有值得夸耀的理由。他说马玉兰的身体和一个妙龄姑娘并没有什么不同;他说她为了莫名其妙的贞操送了三个儿子的性命,到头来骨子里还是一个骚货;他说他累得连大锤也举不起来了。

他以为他知道得很多,其实他知道得很少。

当朱大钧的管家把这件事当成丑闻告知他主人的时候,朱大钧吓了一跳。

"你知道她为何这样做?"他问他的管家。

"她老了,无儿无女,想找个靠山。"

"我们与她打了这么多年的交道,你对她竟然一点都不了解。"朱大钧叹息道,"她是想怀孕生子,她还想找我们报仇。"

马玉兰默默地忍受了铁匠长达六年的折磨,未能怀上一儿半女。最后,她做出了一生中最困难的一个决定:上山落草。

在凤凰山的土匪窝里,传奇般的仇恨就是最好的进身之阶。她于一九二八年当上了匪首,聚集起了一支七八十人的队伍。在此后的两年中,她发动了大小十七次袭击,每一次都功亏一篑。

她第一次被捕是在一九三〇年。她在熟睡中遭到了剿匪官军的突然袭击。朱大钧没有杀她,而是将她关押在六百里之外的通州。他还不打算让这个悬念过早消失。马玉兰在通州策划了四次越狱,最后一次获得了成功。她出狱后的第一件事就是购买了一把匕首。

这时,马玉兰的牙齿全都掉光了,白发稀疏,步履蹒跚。她拄着一根树棍,沿途乞讨,返回她的故乡。她在路上走了一年零三个月,终于抵达了县城的南门。她的神智比以往任何时候都要清晰。为了避免被人认出,她化装成一个捡破烂的人朝村子走去。其实她不用化装,人们也不会将她看成另外的什么人。只是在经过村外三个孩子并排而立的坟冢时,她略微停留了半刻。

在村口,她一眼就看见了老态龙钟的朱大钧。他正坐在墙根下晒太阳。当然,后者也认出她,因为对她的牵挂,成了朱大钧晚年唯一的乐趣。据说,两个老人在西沉的夕阳下聊了很长一段时间,具体的内容却不得而知。最后,朱大钧看着这个衰朽得连喘气都十分困难的老太婆,实在是有点腻味了,就友好地命人捉住她。出于仁慈,他慷慨地暗示警察局的一名亲信,在她生日的当天处死她。

起因

马玉兰在县警察局留下的供词,现在保存在河南省济元市的档案馆里,它为我们解开这桩离奇的亲族仇杀之谜提供了线索。朱大钧对嫂子的花容月貌垂涎已久,这不是秘密。但朱大钧没有想到,马玉兰对他的眷恋更为铭心刻骨。她拒绝了他第一次试探性的非礼,只是因为她相信来日方长。但朱大钧遭此冷遇后即不再上门(其中,乱伦的禁忌与恐惧是主要原因)。漫长的等待渐渐在她心中生出了被遗弃之感,怨恨害得她自问自答,恶毒的咒骂不绝于口。不过,这也许出自天性或习惯,不能说明任何问题。

锦 瑟

蝴 蝶

冯子存被人从那间幽暗的马棚里牵出来的时候，已经是阳光明媚的中午了，空气温暖而潮湿，凉爽的风吹拂着他身体的每一个角落，那种淡淡的粪味却在四周萦绕不去。

冯子存一度忘记了时间。自从被关进马棚的那天起，他一直在内心猜测着自己不可预知的命运。他不知道这些温文尔雅的乡民会用一种什么方式来处置自己。同样，他对于眼下寂静的阳光中所隐藏着的危险也缺乏足够的准备。

他跨出马棚的门槛，远处树篱间啁啾的小鸟立刻引起了他的注意。他已经有很长时间没有看到过小鸟了。在一个又一个晦暝的夜晚，他只能在回忆中重温它们的叫声，重温天空中飘过的灰褐色的云和闪闪烁烁的星斗。

他生来就喜欢阴性的事物。喜爱静谧无声的河水，花草浓郁的香气，滴漏悠远的声音以及沙盘计时器上缓缓移动的晷针。现在，纷乱而炽烈的阳光又一次让他感到耻辱。他像一头牲口一样被人牵着，步履蹒跚地穿过一排排沙棘树丛朝村口走去。

河边的合欢树下聚集着一帮棉农，房舍翘起的飞檐峥嵘怪诞，仿佛一群凌空欲飞的蝙蝠在那里栖息。远远地看过去，那些站立在阳光下的棉农和沙地上被拉长的阴影像往常一样使他感到熟悉和亲切。他曾经隔着竹篱的缝隙久久地打量过他们，他们或者忙于种植，或者从事收获，像河水一样自在，像树木一样沉静、呆板……

冯子存站在屋檐的阴影之中，河水的凉气扑面袭来。河道对岸的田畴阳光如炽，显得遥远而虚假。

"给我口水喝吧。"冯子存对身边的一个年轻人说道。

这个年轻人背对着他，正试图将一只酒坛上的泥封揭下来。他转过身来看了冯子存一眼，用一种讥讽的语调不紧不慢地对他说：

"现在你喝不喝水，已经没有什么意义了。"

什么意思？一种不祥的预感使他立刻就感到透不过气来，他仔细地揣摩着这个年轻人的话，它的弦外之音听来有些蹊跷：难道他是在吓唬我不成？他们总不至于将我弄死吧？

河道上漂浮着一绺绺槐花，它浓重的芳香甜丝丝的；一群蝴蝶扑闪着花翅，在花香的深处盘桓不去。

冯子存再一次想起了庄周有关蝴蝶的那个著名的寓言。他似乎感觉到，此刻自己正处于这个寓言的核心。

会不会是一场梦？错乱的时间常常搅乱了现实和梦境的界限。他曾经一连几次梦见自己在一个马棚里醒来，脸上盖满了马粪。通常，噩梦醒来的时刻总是让他感到愉快，随着自己的神志逐渐清晰，并得到现实有力的支持，危险在黑暗中悄悄遁走，一切又复归宁静，他可以从容地喝上一口茶，随手翻开一本典籍，在幽蓝的月光下陷入冥想……如果他愿意，他还可以走出茅屋，来到户外，在植物的清新气息中置身于田野的深处，察看麦穗上的露水，掂一掂棉铃的重量，或者径自一人走入屋后的那片竹林，在竹枝飒飒的啸声中，独处幽篁，守夜待旦……

几年之前，当冯子存从外地迁居到这个荒僻的村庄上来的时候，没有人知道他准确的身份。他没有住在村里，而是在离村不远的河边筑庐而居。尽管他谙熟农事，勤于耕植，使河边的一块空地长出了菽麦和棉花，但村里的人们并未就此将他看成一个农民。事实上，他皮肤白净，面容忧悒，身材孱弱而又沉默少言，和这里的一切显得很不协调，人们在习惯上总是将他看作一个落魄的商人，逃避兵燹的军卒或者一个神秘莫测的江湖艺人。

在短暂而又轻松的农事之外，冯子存自己留下了大量的空余时间。在这些寂寞的闲暇之中，他通常手不释卷，闭门苦读，或者形单影只地在河边散步。他身上的这种乖张而矜持的品性并没有获得村人的尊敬，相反倒使别人多了一层提防。

对冯子存本人来说，他对自己过去的经历也同样茫然不知。

那些琐碎的往事仿佛突然藏到了时间的背后,他对过去时光的追索常常一无所获。他只是知道,这个陌生的村庄不仅处处符合他的理想,甚至在某种程度上超出了自己的希望。它气候宜人,远离尘嚣,无声无息的隐居生活使他很快就获得了心如止水的感觉。

这天早上,冯子存很早就来到了河边。高大的树冠上栖息着一群水鸟,它们不时抖落下一些鸟粪和羽毛,发出金属般的鸣叫。现在天色灰暗,曙光未开,村庄依旧在沉睡之中,河道里蒸腾的水雾将一切都弄得影影绰绰的,流淌的河水在树林中响着,听上去就像来自一个遥远的什么地方。

冯子存坐在河边,清冽的水汽带着树脂的清香迎面袭来,他不仅感受到了时间的浩瀚,广袤,混沌一片,而且体味到了它具体而微妙的深奥。他看见一只蝴蝶在绣球花幽暗的深处逗弄着花粉,它肥胖的躯体顺着花枝和球茎攀缘而上,同时翕动着翅膀,花朵上沾满了露水,在风中习习颤动。

他久久凝视着这只寂寞的蝴蝶。初升的阳光在空气中延展,冯子存对这一切竟浑然不觉。

一阵悦耳的摇铃之声在村中响起,冯子存知道,那是村里的一座私塾已经开始上课了。

一个年迈的教书先生出现在村头的那垛矮墙边。他手执戒尺,用手掌遮住耀眼的光线朝这边张望了一会儿,然后顺着树林中那条晦暗的小路向河边走过来。一阵唱诗般的念书声在他身后响起。它震荡着晌午滞重的空气,播向远处,听上去让人昏昏欲睡。

这个衣衫褴褛的教书先生常常在散课之后到冯子存的茅屋来喝茶。他们偶尔也会下上一两盘棋，谈一些不着边际的事。可是在大部分时间里，他们通常无话可说。冯子存对于教书先生一类的人一直不抱好感，他们往往一边诵读绝圣弃智之类的古老信条，一边在自我卖弄中误人子弟。

教书先生来到冯子存的身边，照例寒暄了一通，随后向他提出了这样一个问题：

"先生整日枯坐河边，既不守望，也不钓鱼，却为何来？"

冯子存鄙夷地看了他一眼。他记得这个问题教书先生已探问过多次，他没有正面对它予以解答，而是用寓言的方式和他谈起了飞矢不动、心若止水的境界。

"先生从何而来，为何独居贫水之畔？"

"我听说西北的天竺有一种鸟，名叫怪哉，非梧桐不栖，非鲜食不吃、醴泉不饮，你知道吗？"

"怪哉，怪哉。"教书先生如坠五里雾中，忍不住抓耳挠腮。

在教书先生的身后，冯子存的目光沿着河边那一溜棕红色的滩土一直延伸到村口。在那里，一座稀疏的树林显得空空落落的，两棵合欢树花枝招展，风在树篱间轻轻地吹着。在过去的日子里，冯子存每天都能看见一个窈窕女人的身影闪闪烁烁。有时，她提着水桶去河边汲水，有时则是在一排颓圮的围墙边晒晾着衣服。她的形象带给冯子存的感觉既陌生又熟稔，一想到这个女人姣好的身影，冯子存便感到心头流荡失守，一下子就乱了方寸。

冯子存引颈远望的神态尽管被掩饰得很好,但还是引起了教书先生的注意。

"先生莫非在等候什么人吧?"

"没有,没有。"冯子存显得心慌意乱。

"如果在下所料不错,"教书先生冷眼瞥了冯子存一眼,语调中不无讥讽之意,"先生等待的那个人今天不会出现了。"

"你说什么?"冯子存故作镇定,问了一句。

"她已经死了。"

冯子存心头倏然一震,脸色灰白。看来,这个一身斯文的教书先生并不像自己设想的那样愚不可及,他显然有着惊人的洞察力,在不知不觉中早已看透了自己的心思。

教书先生告诉他,族长的女儿于昨夜突发重病,猝然长逝。葬礼将在三天后的黎明举行。

太阳渐渐偏西了。冯子存站在河边的一棵楝树下,猜测着自己无法预料的命运。他一遍遍地替自己预设了种种离奇的结局,唯独没有想到过死亡,这倒并不是因为他确信自己罪不至死,而是他根本不愿意做这样的假设。

不祥之兆是在傍晚前后出现的。一辆马车从幽暗的巷口朝河边缓缓驶来,两匹灰白色的马喷着响鼻,哓哓直叫。一口黑漆漆的棺木在马车上颠簸着,发出"橐橐"的声响,很快,冯子存就闻到了新刷的油漆的气味和空气中弥漫着的花粉的香气。

几个乡民将棺椁从马车上抬下来，搁在河边的一块空地上。

冯子存周身一阵战栗：难道这伙人真的要将我处死吗？

围观的人群越聚越多，他们目光冷漠，表情呆板。而站在井边的两个少妇却好像正在谈论着一件开心的事，她们扭扭捏捏，彼此忍俊不禁。

冯子存在一阵头晕目眩之中被解除了束缚，随后，他所面临的是一系列复杂而又令人心惊肉跳的仪式：洗脸、剃头、跪拜……最后，一个文身的中年人端着一碗米酒走到了他的跟前，示意他喝下去。

"你们当真要把我弄死吗？"冯子存心存一丝侥幸，低声问了一句。在得到肯定的答复之后，他感到事情似乎有些不妙。

这是一种极为蹩脚的恶作剧，一种残酷的故作姿态。既然他们已经决定将一个人处死，那么，一碗米酒怎么能使他镇定下来呢？

冯子存没有伸手去接过酒碗，而是挥手将它打翻，同时用一种古怪的声音叫道：

"你这是干什么？我什么时候说过想喝酒？"

中年人笑了笑，没有搭理他，而是转过身，很有耐心地重新为他斟了一碗。

这件事情太突然了，他还没有来得及好好地想一想。从某种程度上说，冯子存似乎并不惧怕死亡，可是，在这样一个春意盎然的仲春，在这个万物复苏、莺飞草长的时节让他引颈就戮，不免让人不知所措。早在几天之前，他独坐窗前，夜读

《锦瑟》的时候，就好像预感到了一种前所未有的恐惧。这首诗他已经读过无数遍了，可每次读来，都忍不住潸然泪下。在他看来，李商隐的这首诗中包含了一个可怕的寓言，在它的深处，存在着一个人无法进入的虚空……

冯子存从中年人手里接过酒碗的同时，眼前又一次呈现出那个女人窈窕的身影。她提着水桶从河堤下慢慢走上来，水珠泼溅，在阳光下纷乱地跳跃着，合欢花树在风中战栗，花絮无声无息地掉落下来。

冯子存昏昏沉沉地被人带到了河滩边。一双陌生的手将开了他的衣领，在他的脖子上抹了一把凉水。他看见一枚鲦鱼形的匕首在眼前闪动了一下，随后一种沁凉的感觉迅疾无比地切入他的喉管，涌向他的心脏。很快，他就听到了流水般的声音。

当送葬的队列在村头的树林里闪现出来的时候，彤云密布的天空突然下起了大雨。狂风和雨水顷刻之间就将天地搅得一片凄迷。树枝剧烈地摇晃着，被南风吹向一边，裸露出一片灰蒙蒙的天空。

冯子存坐在茅屋的窗前，从屋外飘进来的雨点将桌上的书本打得濡湿。透过屋檐下细密的雨帘，冯子存的目光一直滞留在远处，送葬的人群顶着高高扬起的白幡在重重烟树的背影中缓缓前移，远远看去，它就像一排鲜花的行列行进在深黛色的春麦之中。那樽暗红色的灵柩被水珠浇得锃亮，犹如一只舢板在河面上滑行，冯子存仿佛闻到了那些纸花呆滞、虚假的气息，它死寂，灰暗，毫无生气。在他视线的尽头，那条宽阔的河道蜿蜒东流，新生的芦苇在水中荡漾着，河岸上的一带金银花树似乎在雨水的洗涤下悄然褪色。

冯子存在河边第一次看到这个女人的那天中午，她脸上那种浮靡而俗艳的笑容就给他留下了深刻的印象，它仿佛一串成熟的果子悬挂在树篱的深处，牢牢地牵引着他的视线。他觉得这个女人好像在哪儿见过，一时又想不起来。正午时分慵懒的阳光似乎加深了他的那种似曾相识的感觉，时间遵循着一道鲜为人知的轨道悄然流转，它错杂，凌乱，周而复始。

冯子存早就习惯了那种无拘无束的隐居生活，习惯了日复一日的凭窗夜读和无所事事的苦思冥想。他几乎花费了整整一生的光阴才找到了这条通往安宁的隐逸之路。可是，在一个平常的午后，这个女人不期而遇的目光在刹那间就粉碎了他的梦想，使他不知所措，怅然若失。冥冥中的时间仿佛玩弄了一个阴谋，对他自以为是的生活进行了一次小小的破坏和嘲讽。

淡蓝色的月光悄悄地爬上墓地。在岑寂而静穆的眺望之中，单调的滴漏之声兀自陪伴着他。墓地近在咫尺，和他的茅屋之间只隔着一座稠密的竹林。斑鸠咕咕的叫声在屋外的树林里连成了一片，冯子存辗转反侧，孤寝难眠。在这个初春的晚上，冯子存没有能够重温往日的那种充满矜持、孤独的安宁，相反，他似乎感觉到，有一种以前他从未体验过的簇新的东西在他心里暗暗滋长。后半夜的时候，冯子存听到有人隔着河道在呼喊他的名字。他感到自己突然之间变成了两个人，一个人在深夜的茅屋里守枕待晓，另一个却在午后明媚的阳光下驻足村头，浮想联翩……循着声音的方向，冯子存悄悄来到屋外，穿过一片湿漉漉的竹林，不知不觉地朝墓地走去。

第二天一早，当冯子存被几个乡民捆绑着，像一头牲口一样被牵到村头的时候，私塾书堂的教书先生上完茅房后刚刚从篱笆后面走出来，他看见冯子存的脚趾血流不止，冯子存对他凄然一笑："让棺材钉给划破啦。"

冯子存被处死的那一天正好是清明节。教书先生趁着夜幕夹着一沓黄纸到他的坟头去焚烧。去年的这一天，教书先生有幸在冯子存的茅屋里度过了一个难忘的夜晚。冯子存对《锦瑟》一诗精妙的阐释使他不禁肃然起敬，他不由得联想到，这首烂熟于心的唐诗自己原先压根儿就没有读懂……

教书先生一面低声下气地向冯子存求教，一面迷惑不解地向后者提出了这样一个问题：

"先生如此博学，为何不西去长安，求取功名？"

冯子存没有立即回答他的疑问，而是用惯有的寓言方式给他讲述了下面这个故事。

迷乱

冯子存经过一个多月风餐露宿的长途跋涉之后，终于在夏至这一天来到了古城江宁最北端的一个驿站上。他没有采纳姐姐的建议——在这座荒凉的驿站上稍事休整,而是在当天傍晚就急不可待地进了城。

护城河畔空空荡荡的,几株苍老的垂杨散立在暮色之中,西风卷起一片昏黄的沙土掠过城墙颓败的雉堞,几只乌鸦低低地飞过,不时发出一连串凄凉的叫声。

冯子存背负行囊,站立在护城河边,触目所及,尽皆荒凉。他并没有看到车喧马鸣的热闹市景,更没有想象中秀才举子风云际会的煊赫气象。不过,衰败的城市风物并未破坏他积蓄已久的良好心境,作为一个久居乡野的读书人,冯子存一想到自己苦读十年,梦寐以求的愿望马上就要兑现,不禁怦然心动,喜不自胜——它近在眼前,飘浮在七月潮湿的空气中,仿佛伸手可及。

在进城赶考的前夕,冯子存依照姐姐的吩咐,让一个还俗的道士给自己打了一卦,爻辞中说"鼎折足,覆公餗",似乎是一个不祥之兆,给此番进京的行程笼上了一层阴影。在他的姐姐整天忧心忡忡的同时,他的启蒙恩师也劝他舍弃初衷,下回再考。冯子存没有理会这一套,他以一种惊人的智慧提醒那位看来已经昏聩的恩师:"我乘船前往,凶象自除。"先生大惑不解,便问他舟楫与车马有何分别,冯子存别出心裁地答道:

"船行水上,无足可折。"

先生沉默良久,见他主意已定,便颔首应允。

和许多幽处书海的文人学子一样,冯子存完全信赖那些典籍和书本。在他看来，这个古老国度的一切知识都是精妙而完备的。它不仅能够使人谙熟事理，参透生死之道，通晓处世之术，而且能够使人逃避祸害和凶险。

冯子存匆匆打点行装，绕道运河，买舟北上。漫长而枯燥乏味的茫茫旅途使他渐渐忘记了时间，因此，当他趁着夜幕悄然入城的时候，眼前满目萧然的景象恍如梦中，他不禁怀疑自己是否由于改道水路而延误了考试的期限。

冯子存跟在姐姐的身后，渐渐来到了秦淮河边。和晦暗冷落的城区相比，灯影浮动的秦淮河给他留下了美妙的印象。空气中飘散着一股沁人心脾的脂粉香气，风行水面，灯火迷离；画船彩舫，影影绰绰。

冯子存沿着河边走了大约一个时辰之后，在燕子矶的附近踅入一条狭长的山间通道，很快就来到了一座树木掩映的房舍前。

这是一处森严肃穆的道观。按照老师的吩咐，冯子存和姐姐到这里投宿。前来开门的是一位稚气未脱的道童，他手执灯笼，隔着门缝朝屋外这两位深夜来客端详了片刻，脸上显露出为难之色。道童告诉他们，道长旬月之前外出云游，至今未归，现观中无主，不便纳客。冯子存并不答言，他从怀里摸出书信一封，递与道童。道童接过信来，也不拆看，略一思索，便为他们打开了大门。

这所道观位于紫金山的南麓，和冯子存平常习见的寺庙古刹并没有什么区别，只是房舍依山而建，茂林修竹，溪流淙淙，俨然透出一股阴森森的凉气。

冯子存和姐姐被安置在道观左侧的碧云山房。这是一座幽闭的小院，石板地面上有一口坍塌的古井，井边是一棵高大的樟树，稠密的树冠有一部分沉重地耷拉在院墙上，树下苔痕处处，鸟粪点点。

置身于这座静僻的山房内，时间在不知不觉中过得很快。每当曙色初见，梅鸟啼鸣的清晨，冯子存便披露苦读，直到夜色阑珊，月上东墙，才欣然合卷。

姐姐的住屋和自己只有一墙之隔，她除了照应弟弟的一日三餐之外，闲来就做些针线。道童每隔数日，也会过来探望一两次，顺便给他们送些茶叶和熏香。

姐姐今年已经二十六岁了，父母的早亡使她的婚嫁变得遥遥无期。冯子存一想到由于自己的读书求学耽误了姐姐的婚期，便不禁有些黯然神伤。

乡试的日期一天天地临近了，到了八月初，山中的桂花依次绽放，花香日渐浓郁，屈指算来，冯子存借宿道观，已一月有余。在这一个多月的时间里，冯子存照例赋诗作文，苦读不止，因此，除了他偶尔经历的一两次失眠之外，并没有什么特别的事情值得记述。

这天晚上，冯子存像往常一样独守窗前，捧读《中庸》。天气显得格外燠热，树木静立，蚊虫肆虐。冯子存眺望着山下雾霭重重的秦淮河，遥看画船彩舫于水中游弋，清风徐来，脂粉扑面，不觉情有所触，悲从中来。这种沮丧的情绪虽然转瞬即逝，却使他陷入了一连串惘然若失的玄想之中。

桌上放着的一杯凉茶散发着茉莉氤氲的香味，那是姐姐刚刚给他送来的。姐姐的神色看来有些异常，她在屋里逡巡不去，好像有什么话要对他说。临走的时候，在忙乱之中，竟将一枚随身的玉佩遗忘在桌上。这是一枚桃形的碧玉，扣眼上系着一绺红色的璎珞。冯子存拿过玉佩，在手中细细把玩，一些纷乱的往事便朦胧呈现在他的眼前。

到了后半夜的时候，天上断断续续地下起了小雨。雨点噼噼啪啪地打在屋外腐殖的树叶上，很快，他就闻到了一股尘土的气息。他躺在竹床的簟席上，在淅淅沥沥的雨声中怎么也无法入睡。

姐姐那张恬静的脸庞不时从漆黑的雨夜中浮现出来，它一会儿变成母亲，一会儿又成了另一个女人。在冯子存的幼年，他常常散课之后来到姐姐的刺绣作坊里。在他的记忆中，姐姐的身影和那些刺绣女工有时难以区分，她们笑容可掬，浓妆艳抹，身上带有一种锦缎和丝绸特有的香味。那些色泽鲜艳的丝绸仿佛具备了某种生命，他曾经一次次轻轻地抚摸着它，心房随之跳个不停。刺绣作坊里那种悒悒不欢的气氛是他所难以忘怀的，它犹如一个盛开的花蕾，他常常梦见自己变成了一只小小的甲虫，在花蕾的深处踯躅不前……

雨停之后，冯子存从床上爬起来，浑浑噩噩地走到屋外的月光中。他看见姐姐的屋里依旧亮着灯光，它在一片蒸腾的水雾中显得毛茸茸的，窗前红红的裱纸上映现出姐姐黑色的剪影。他捏着那枚凉滑的玉佩，来到她的屋前。

姐姐的膝盖上搁着一副绣花绷子,她脑袋歪斜着靠在窗前,看起来已经熟睡了。冯子存没有将姐姐叫醒,而是轻手轻脚地挨着她坐下来,静静地看着她。

他想起有一年秋天,姐姐带他到村后的棉花地里摘棉铃时的情景。空旷的棉花地里静谧无声,白云在树荫的上空堆积得很厚,树木和村庄仿佛都已死去。他在棉花地里钻来钻去怎么也看不到姐姐的身影,到处都是白花花炸开的棉铃,上面洒满了抑郁的阳光,使他喘不过气来。他感到自己无所依傍,愁肠百结,最后,他兀自伏在一棵树桩上,低声地啜泣起来……

雨后的天气渐渐凉爽起来,不一会儿,他就感到浓重的睡意向他袭来。

天很快就亮了。

三年一度的乡试是在玄武湖畔的文昌书院里举行的。经过一阵繁复的礼仪和手续之后,冯子存跟在几名考监的身后来到了试场之内。阴暗而逼仄的殿堂之中坐满了待考的生员。这些人来自本省的城镇乡村,其中不乏屡试不第的秀才。和那些稚气奕奕、踌躇满志的学童相比,这些秀才大都老气横秋,神色黯淡,一副倒了大霉的样子,与殿堂内呆板、死寂的气氛显得极为相称。

其时正值八月,气候潮湿而闷热,窗外的知了有气无力地叫唤着,热风贴着湖面飘入窗口,使人不免昏昏欲睡。试场里鸦雀无声,空气中弥漫着一股淡淡的汗液气息。冯子存在冗长而乏味的等待之中，显得有些心不在焉，肃穆的试场并未带给他想象中跃跃欲试的激动，相反，他觉得这里的一切都是那样的平常，枯燥，了无意趣。他的心里涌现出一种无法说明的感觉，仿佛寒窗十年的苦读此刻已被证明是一种荒唐的错误……

约莫过了半个多时辰，在一阵纸页翻动的飒飒声中，冯子存终于拿到了文章的题目和纸笺。

无论从哪个角度来看，"锦瑟"这样一个题目都显得不伦不类。除了他所熟知的李商隐那首蹩脚的律诗之外，他几乎想不起来历史上还有哪些人和事与锦瑟相连。几天之前，冯子存在秦淮河边的一家茶肆里碰到几个前来应考的监生。这些精通时事的读书人旁若无人的高谈阔论引起了冯子存的注意：眼下时值万历十四年，首辅张居正权倾朝野，威逾人主，他任命戚继光训练水师兵勇，有效地抵御住了东南沿海屡屡犯境的倭寇；风调雨顺的自然气候使南方各省粮食大幅度增产；治法严谨的海瑞被重新起用，一系列新的政纲礼法正在试行，赋税制度的改良使百姓得到了休养生息的机会……冯子存从他们的谈论中隐约感觉到，这个古老帝国一度出现的盛隆之象似乎规定了几天后乡试大题的经纬，可是，"锦瑟"这样一个题目又算得了什么玩意儿呢？按照老师的教训，历来乡试出题不外乎人伦天理、三纲五常一类的道德文章，诗歌韵文几乎从未涉及，更何况，即便是诗歌，也应当首推诗经汉赋，盛唐李杜，李商隐算得上一个他妈的什么东西？难道眼下的儒林正如恩师所悲叹的那样，已无学术可言吗？或者像秦淮河中的一个妓女所说的那样，读书人已经错过了时代了吗……

一想起那个妓女搔首弄姿的笑脸，冯子存便忍不住心旌摇荡，无法自持。现在，他已经记不清自己是怎样来到秦淮河边的，那个妓女摇晃着肥硕的臀部顾盼调笑的情景却历历在目。他跟在妓女的身后，沿着秦淮河的护堤朝一艘画舫走去。令人迷乱的香粉胭脂的气息使他头晕目眩，他仿佛觉得整条河流都撒满了香料。他的心怦怦乱跳，他越是想压抑它，那种令人迷醉的激动就越加深刻地切入他的肌肤，侵入他的血液……船舱里阴暗而潮湿，冯子存坐在一张凉席上，伸手接过那个女人递过来的一杯茶水，由于过于激动，他的手臂不禁颤抖起来，那个女人对他粲然一笑，随后，她身上的衣裙像灰烬一样纷纷落地……

这个短暂的午后带给冯子存的感觉和想象中的情景大相径庭。欢快的水流一度洗遍了他的全身，但它瞬息即逝，使人不可捉摸。傍晚时分，冯子存和那个女人静坐船头，面对着河道中密密的船篷和桅杆，凝望着暮色中翩然飞动的一排排蜻蜓，一种难言的忧郁很快就将他笼罩住了。冯子存从怀里摸出一枚碧玉递给那个女人。这是一枚桃形的玉佩，它圆润滑腻，扣孔中系着一条猩红的璎珞，这枚玉佩是姐姐的贴身之物，在一个燠热的晚上，姐姐过来送茶水，将它遗落在他的书桌上……冯子存想起来，刚才在船舱里那个女人的喘息声在他耳边灌满的瞬间，他的手里依旧捏着这枚玉佩，他用手指轻轻地抚摸着它，它像一块丝绸一样凉森森的，隐藏着一些鲜为人知的秘密。他的眼前一遍遍地闪现出姐姐嗔怒的面容,她泪流满面,气喘吁吁:你怎么越读书越糊涂……这天晚上,冯子存回到道观的时候,姐姐好像正在天井中沐浴,大门紧紧地关闭着,里面传出一阵阵水流泼溅的声音,冯子存在门外站立了一会儿,就怅然若失地走开了……

冯子存呆呆地望着窗外。一个随侍的仆童给他端来了一杯菊花茶水。乡试的殿堂内一片沉寂,纸页轻轻翻动,墨香四处飘溢,他的脑子里一片空白,似乎自己的神经已经被蛆虫一段段地吃掉了。此刻,他仿佛置身于一处深不可测的洞穴之中,里面漆黑一团,看不到一丝光亮,就像在童年时期,他被姐姐关在一座幽暗仓库里的情形一模一样。他一遍遍地翻读着《论语》,同时心不在焉地隔着窗缝朝屋外窥望,河道上漂浮着槐树的花蕾,树冠上洒满了阳光,他看见姐姐站在一架大梯上,正在廊檐下采摘葡萄……

在乡试临近结束的时候,冯子存面前的纸笺上依然是空白一片。他神不守舍地提起笔来,在纸笺上写下了这样两行诗句,它是李商隐《锦瑟》的最末一联:

　　此情可待成追忆,
　　只是当时已惘然。

三天之后,冯子存从文昌书院返回碧云山房,他的姐姐在门外的屋檐下已等候他多时。一看到弟弟那副垂头丧气的样子,她的心就被猛地揪紧了。她是一个信奉天命的女人，在进城赶考的前夕，那道士所预言的凶险之象一直让她忧心如焚，她不管私塾先生和弟弟的强烈反对，女扮男装，跟随弟弟来到了江宁。在道观借宿的这一个多月之中，她更是夜不成寐，坐立不安。尽管她凡事提防，处处谨慎，在这座幽僻的山中道观里，还是出现了一连串的不祥之兆。有一天晚上，她被雷声惊醒后发现弟弟在自己的屋里睡着了……随后，她贴身携带的一枚玉佩突然不见了，这枚玉佩是母亲留给她的护身之物，她曾经一次次端详着这枚桃形的碧玉，默然祷念，希望它能够祛避灾祸，逢凶化吉。在临考前的那些日子里，她似乎觉得弟弟的眼神躲躲闪闪，仿佛有什么难言之隐，他整日呆坐窗前，无心温读诗书，茶饭不思，神情黯淡……

不过，此番进城赴考还算顺利，虽然她从弟弟丧魂落魄的脸上早已看到了考试的结果，毕竟没有出现道士所说的那种凶险之灾。

当天晚上，姐弟俩坐在院中的樟树底下乘凉，他们彼此默默相对，一言不发。在这之前，姐姐早已收拾好了行装，面谢了道观的观主和道童，准备第二天一早就乘船离开江宁，返回乡里。

这个聪慧的女人没有煞费苦心地劝慰弟弟，因为她担心自己的劝慰之言会加剧弟弟的苦闷和焦虑。月升中天的午夜时分，她给弟弟讲述了一个离奇的故事，这个故事是她从秦淮河边一个茶商的门口听来的。

锦瑟

冯子存闭上了眼睛,尽管现在酷暑难当,他依然感到周身一派寒冷。在姐姐讲述故事的同时,他正在盘算着一件另外的事。在树梢上攀附着的月光蓝莹莹的,他的目光越过树篱和山下的一道城墙的雉堞,停留在秦淮河暗红色的波光之中。松涛阵阵,桂香浮动,冯子存一度感到自己已置身于时间之外。

姐姐这一天也似乎疲惫不堪,故事讲到一半她就沉入了梦乡。第二天早上她醒来的时候,发现弟弟已经在近旁的那棵高大的香樟树下悬吊而死。

茶商的故事

冯子存在病榻上昏昏沉沉地醒过来,差不多已是午夜的光景了。时间过得很慢,它就像一根被拉直的弹簧,似乎已经失去了弹性。冷冷的月光照亮了窗户的一角,屋外的院落里空空荡荡的,一道道灰褐色的墙影在树林边重重叠叠,宛若一群黑色的鸽子栖息在浓重的夜幕之中。

眼下正是五月的晚春。如果不出意外的话,他派往江南的一辆辆马车,已经满载着茶叶到通州、宛清一带,再有一个多月的时光,那些茶叶将会被顺利地运抵京城长安,随后,它将通过古老的河西走廊、西山秦川,运往域外的波斯、罕达和印度。通常,他的马队要到秋末的时候才会返回京城,给他带回一批又一批的波斯地毯、罕达孔雀石、土耳其项链和印度的小金碗。

这样想着,冯子存感到自己的躯体一度游离了病榻,游离了长安城中这座寂寞的深宅大院,正走在通往西域的路上。

冯子存的一生都是在路途上度过的。他是那样地熟悉那些幽暗不明的道路,正如他熟悉自己纤细的掌纹。在阳春三月的江南,雨水不断,道路泥泞不堪;而祁连山下的湟水古道却又大漠连天,野狼肆虐……

现在,冯子存又闻到茶叶散发出来的酸溜溜的香味,从某种程度上说,这是他唯一熟悉的气味,它来自这座宅第的各个角落,来自蜂飞蝶舞的姑苏城外,来自风动沙响的戈壁深处……他喜欢这种气味,它追逐着商队远去的脚踪,散播到四面八方,给他带来了财富、荣耀和日复一日的安宁。

冯子存躺在松软的病榻上,在病痛的折磨之中难以入睡。他知道此刻他所能做的事只是等候着黎明到来,等候着医生出现在窗外,走到他的床前,给他一包用罂粟花籽碾成的解痛药剂……他已经记不起来自己是什么时候开始倒霉的。也许在二十年前的那个夏天,不吉的征兆就悄然出现了。那天晚上,他在果洛附近的一个马厩里过夜,早晨醒来的时候,他发现自己的脸上盖满了马粪……人们总是无法预料自己什么时候会突然背运,无论你考虑得多么周全,无论你贵为天子,还是贱若乞丐,厄运都会出其不意地撵上你,像水蛭一样吸附在你的身上,甩都甩不掉。

去年的腊月二十四,冯子存一生的事业达到辉煌的顶峰。

这天上午，冯子存像往常一样独处书房，查看着年终的账目。在过去的几十年里，他在京城长安开设了二十家织布作坊，十三家布店，两爿药房和一处当铺。到了年关，一本本厚厚的账簿便会络绎不绝地送到他的案头。晌午的时候，他的第七任妻子未及敲门就闯入了他的书房，将冯子存吓了一跳。妻子神色慌张地告诉他，刚才得到家丁的禀报，一列朝廷的马队正朝着冯府的方向急奔而来，现在已过了西殿门。冯子存闻听不禁打了个寒战，朝廷马队到冯府来干什么？莫非自己在官税中所做的手脚被皇帝老儿察觉了不成？

冯子存来不及细想，他心事重重地穿过一道道回廊，颓然来到门外。在一阵惶惶恐恐的仪式之后，冯子存撣袖伏地，领受圣旨。由于过于不安，圣旨的内容他连一句也没有听进去。在一片嘤嘤嗡嗡的庆贺声中，他被告知，皇帝陛下邀请他于次日晚间去宫中看戏。

冯子存久久匍匐在地，一直等到朝廷的马队在弥漫的风雪中消失不见，他依然在堂前磕头如仪。一想到自己这个当年沿途漂泊的乞丐如今即将侧身皇宫内院，他不禁喜极而悲，恍若梦中，当几个家佣将他从地上搀扶起来的时候，他早已泪流满面。

雪在下着，呼啸的北风低低地掠过屋檐，抽打着屋外干枯的树枝，屋内炉火通红，气温适宜。冯子存呆立在堂前，不知所措。他的夫人眉目含情，悄悄来到他的身边。她的身上散发出来的一种奇异的香味使冯子存油然一震。他想起来，由于这些天来埋头查算账目,他已经很久没有去过夫人的卧房了……当冯子存近乎鲁莽地将她牵入卧房的时候,这个美艳的妇人早已娇喘微微,脸色潮红。她深知丈夫的秉性,深知他每逢喜事来临和她分享快乐的方式。尽管她更愿意将这个美妙的时刻留待夜晚慢慢享用,但丈夫似乎早就急不可待了,像个孩子一样毛手毛脚,粗鲁而无礼……

当然,冯子存并不知道他是最后一次经历床笫之欢了。午后,他从床上起来,感到有些头晕。吃晚饭的时候,一阵恶心使他忍不住呕吐起来。不过,这种轻微的身体不适并未引起他足够的注意,他照例陪夫人玩了一通麻将,随后,他来到了管家的屋里,和他商量第二天进宫面见圣上应携带怎样的礼品……

夜至三更的时候,冯子存突然发起了高烧,不久之后,他感到头痛欲裂,天旋地转。这使他多少感到了一丝忧虑,如果第二天高烧不退,他流着鼻涕、打着喷嚏来到宫中便有些不太雅观……在昏暗的灯光下,他看见管家、妻子和几名家佣正站在床边怔怔地看着他。妻子忧心忡忡,脸上镌刻着恐惧。

到了后半夜,冯子存从神志不清的梦中醒来,看见窗外的院子里,一个车夫正在套马,马灯的亮光照亮了空中飞舞的雪片和一带稀疏的树木,马匹咴咴地叫着,踢踏着地上的冻雪。他们也许要去城内请医生……冯子存感到自己病得不轻。那个马车夫穿着蓑衣,在马车上抖动了一下缰绳,那辆马车便碾轧着封冻,吱吱嘎嘎地出了院门。

冯子存不知道自己是不是在做梦。这样的情景他似乎已经历过多次了。记忆中的往事一股脑儿涌入他的脑际。他看不清妻子的脸，它在灯光下影影绰绰，就像隔着一层窗纱。他昏昏沉沉地躺在床上，能够感觉到昼夜神秘的交替，感觉到前来探望他的人走马灯似的来到他的床前，他们低声地说着话。他听不清他们说些什么，但是，冯子存极为清楚地意识到，由于自己偶然染疾，已经错过了皇帝陛下的召见……

天终于亮了。温暖而强烈的光线照临到他的床头，冯子存不禁长长地松了一口气，他感到自己又一次摆脱了黑暗的羁绊，重新置身于现实之中。他是如此地渴望阳光的来临，渴望它融融的暖意和有力的支持。在冯子存卧病在床的这些日子里，每当清晨来临，他众多的子嗣便会一个接着一个来到他的床前，履行一个在他看来毫无必要的仪式。这些人双唇紧闭，凝神屏息，好像这个阴郁的房间里所有的物件都在腐烂，散发出的气味让他们感到恶心。他知道在这个形同虚设的仪式之后，他的大儿子将照例去城北的山林中打猎。他的二女儿脸上涂着一层厚厚的胭脂，她总是将日复一日的时光耗费在京城的戏院里。还有他的第七个儿子，他总是最后一个到来，最先一个离去，他来去匆促的样子令人想到他仿佛是无意中走错了房间似的。这些人像石雕一样站立在他的床边，连一句勉强的问候之语也不愿意说，他们的到来仅仅是为这个古老国度的某种陈腐的礼仪所钳制，或者说，仅仅是一种习惯。他们面面相觑，一声不吭，各自想着自己的心思。随着时间的推移，这个虚幻的仪式本身也遭到了某种程度的破坏，饭后到他病榻前问安的人越来越少。在不到一个月的时间里人数就减少了一半，最后只剩下了一个人，她就是自己最钟爱的小女儿。不过，今天早上，她的身影出现在窗下，却没有进屋，只是隔着窗帘和他说了一句什么话，随后就匆匆地走开了。

晌午过后，妻子跟在一位医生的身后走进了他的房间。在医生来到床前给他搭脉的同时，他的妻子拉开了厚厚的窗帘，好让窗外凉爽的风吹进来。随后，她在桌边的一张木椅上坐了下来，在一旁静静地看着他。从她的眼神里，冯子存看不出什么情感的成分，它既不表示悲哀，也不流露出欣喜（如果不是因为她将可能有的欣喜隐藏得很好）。她像往常那样，靠在桌边慢慢地剔着指甲。

医生为他搭完脉后，又翻开他的眼皮看了看，在他的胸脯上敲了几下，然后煞有介事地兀自摇了摇头。

他干吗要摇头呢？

自从这名医生在他房间里出现的那天起，冯子存就对他感到极为厌恶。他矜持、冷漠而又不失分寸的言谈背后，是一种别有用心的幸灾乐祸，一种自我欣赏般的故作垂怜。他总是不断地摇头，叹息，就像是遇到了什么棘手的难题。

此刻，医生在桌面上铺开一页纸笺，用舌头舔了舔笔尖，一边开着药方，一边跟妻子小声地说着什么。尽管冯子存根本无法听清他们到底谈了些什么，他也能从他们的神态之中看出一二。妻子的脸上红扑扑的，笑容经过压抑后依然从她的两颊洋溢出来。她脸上的红晕是因为医生的话让她感到害羞，还是窗帘布猩红的反光？

医生开完了药方之后就走出了房间。他的妻子来到床边为他披了披被褥，随后也走了出去。她多少显得有些心不在焉，好像心事被另外的事情所牵挂，跨过门槛的时候，被重重地绊了一下。

等到妻子的身影在门外的阳光下消失之后，冯子存注定又要一个人来应付眼下寂寞难熬的时光了。五月的风带着树脂的清香吹到他脸上。在遥远的江南平原上，现在正是杏花初败、黄梅飘香的时节，而在西北边陲的湟水之畔，依旧是冰封河道，瑞雪飘飘。记忆中一条条幽暗不明的道路呈现在他的眼前，他仿佛又一次看见了那些奔跑中的马匹，它们撒开四蹄，掠过一座座谷仓和草垛，掠过清真寺和喇嘛教寺院金光闪闪的圆顶，消失在一群群香客的背后。随后，他看见那些金银玉石像流水一样源源不断地涌来，漫过他的头顶，压得他喘不过气来……

在床头的一张柜橱上搁着一只木偶小人，那是冯子存从一个尼泊尔商人手里买来的，随着它的发条传出单调的机杼之声，木偶兀自转动着扁平的脑袋，不时咧开大嘴冲他笑一下。木偶的边上放着一只花瓶，瓶中插着的一簇雏菊已经好久没有换过了，它枯萎的花蕾被吸干了水分，散发出一股灰尘般的气息。

中午前后，他听见妻子的笑声从隔壁的客厅里朝这边传过来，它震荡着屋里死寂的空气，在无声无息的阳光中回荡着，久久不去。冯子存虚弱地抬起一只胳膊,在枕头底下摸索了一阵,拿过一本书来。这是一本木刻本的诗集,书中那首著名的《锦瑟》他已读过多遍,可是,每当他重新阅读这首诗的时候,总是忍不住泪流满面。李商隐在五十岁时所作的这首诗语境苍凉,意韵悲切,仿佛每一个字都是特意为自己所书写的。在冯子存看来,尽管他的学识还不足以阐释它的复杂内容,但他似乎感觉到,这首诗包含了这个宇宙中所有的秘密。可以想见,李商隐和自己一样,深陷时间的窠臼而无法自拔,他所能做的唯一的事也许只剩下独处琴室、回顾从前了。

锦瑟无端五十弦

他干吗要说"无端"呢?

不知过了多久,一个侍女的身影来到了他的屋里。她手拿一块抹布,一边擦拭着桌椅,一边朝屋外不停地张望。

"你在看什么?"冯子存对她说。

"一辆马车,老爷。"侍女说。

"屋子外面是什么声音?"

"他们要将什么东西从车上卸下来。"侍女看了他一眼。

冯子存听到了马蹄刨动泥土的声音,几个家丁灰色的身影不时从窗门掠过,这些人显得鬼鬼祟祟的,好像有什么事存心瞒着自己。树木在风中沙沙地响着,晚风掀动着窗幔,飘过来一阵油漆的气味。

冯子存不由得一怔。

"你出去看看，他们到底运来了什么东西。"冯子存对侍女说。

侍女应允了一下，放下手中的抹布，挑开门帘走了出去。

不一会儿，侍女回到了屋里，她犹豫不决地看着冯子存。

"他们已经将茶叶运回来了吗？"

"没有。"侍女答道，"那是一口棺材。"

怎么回事？冯子存心头猛地一沉，几乎不敢相信侍女所说的话。难道这回我真的要完蛋了吗？冯子存这样想着，火辣辣的泪水夺眶而出。

一切都无可更改了。急速流动的时间径自向前，将自己远远地撇下了。现在，他必须好好地想一想死亡这件事。他觉得一生的岁月只不过在悄悄地为这个时刻的来临做准备。随着死亡的来临，过去的一切都将一笔勾销。希望之中的事总是姗姗来迟，让人等白了头发，厄运的到来则是固执而强烈的，令人猝不及防。自从冯子存卧病在床的那一刻开始，可怕的命运就在按照自己的规则有条不紊地粉碎着他的梦想，它连续不断地击打他的身心，不使他有丝毫喘息的机会，终于使他形销骨立，气息衰微……它阴险、狡诈、残忍又极为耐心，并且在事先就排定了所有的秩序。冯子存不无愤怒地联想到，整个事情的过程仿佛是一出精心排演过的戏剧，它缜密、严谨、无懈可击：

1. 去年腊月二十四。朝廷马队顶着漫天的风雪来到冯府，给他带来了皇帝陛下即将召见他的信息,过度的激动使他不禁潸然泪下,同时他也隐约感觉到一丝沉重的不快,按照他惯有的经验,巨大的快乐背后总是蛰伏着一种潜在的危险。

2. 在妻子的卧室里,美妙的床笫之欢使不祥的预感暂时地被搁置在一边。

3. 午后起床,稍感不适。这意味着鼻子不通,偶尔打上几个喷嚏,并不能说明什么问题。

4. 呕吐。冯子存陪妻子打了几圈牌,然后来到管家的房中和他商量第二天进宫面见圣上的种种事宜。不祥的预感再度出现,但一闪即逝。

5. 第二天凌晨,医生第一次出现在他的房中。这个愚蠢的庸医向他担保:事情将仍然会非常顺利,因为他的高烧会在午前消退,最迟不会超过傍晚。

6. 冯子存在半昏迷状态下错过了进宫的时间。

7. 被确诊患了伤寒。冯子存不得已求其次,希望病体在三月初之前得以康复,这样他将再度随马队去一次南方。

8. 四月中旬。冯子存提出换一个医生试试,显而易见,他已经很不耐烦,他第一次感到了事情的不妙,难道……

9. 不祥的预感紧紧地笼罩住了他。他感到恐惧,但仍然存有一丝侥幸之念。

10. 一个小时之前。他听到了院子里马队驰来的声音。他想到,也许是他派往江南的马队提前赶回了京城,但侍女告诉他,马车运来了一口棺材。

预感被证实。但他依然缺乏足够的准备,他将自己的脸紧紧地贴在冰凉的墙壁上,面对着床边那只咔咔作响的木偶,像个孩子似的喃喃自语:

"不要让我死。让我像从前那样成为一个乞丐吧,让我变成一条狗,四处漂泊,沿路乞讨吧……"

半个多月之后的一天黄昏,冯子存从昏睡中再次醒来,他并不知道自己的生命已经走到了最后的时刻。他兴高采烈地将妻子叫到自己的床边,向她讲起自己刚刚做过的一个奇怪的梦。他没有来得及将梦中之事交代完毕,便溘然长逝。

梦中之梦

西楚国的国君吴大酋率十万之众披星戴月奔袭沧海的那天夜里,冯子存正躺在后宫的玉绣楼中睡觉。

探马怀揣一封封告急文书朝王宫蜂拥而来,却通通被侍卫挡在了宫门之外。奉命在易水一带驻防的李洱将军带领一队侍从闯过重重阻拦,冒死进入后宫,擂鼓告急。

一阵纷乱的脚步声和急促的鼓鸣终于将冯子存从梦中惊醒。他醒来后的第一句话是冲着一位随侍床边的优伶说的:

"怎么,又下雨啦?"

天亮之后,冯子存总算在一片喧闹声中弄清了事情的原委:吴大酋星夜犯境,长驱直入,目前,先头部队已抵达易水河畔,并且已经控制住了首阳山的炮台……

冯子存御国三十余年，居危不乱、镇定自若的品性早已为皇宫内院的近臣侍卫所熟知。面对着玉绣楼前跪成一排的文臣武官，冯子存下达的第一道命令就是将那位性情急躁的李洱将军凌迟处死。李洱将军生性耿直，骁勇善战，曾经屡立战功，但是他总是在关键的时候沉不住气。他不顾朝廷禁军的阻拦，深夜闯宫击鼓，像个孩子那样毛手毛脚，在玉绣楼前大喊大叫，差一点没将自己吓出一场病来。

宫廷的深处到处弥漫着死寂般的宁静。文武百官惊魂未定，像无头苍蝇般的在宫中来回乱窜。作为一国之君，冯子存倒没有显出过分的惊慌。他在离开玉绣楼的前夕，依然没有忘记给自己心爱的鹦鹉喂食。随后，他径自到玉器殿洗了个热水澡，接着去宗庙焚香祭祖。大兵压境的祸乱并没有使他丧失静若止水的良好心境。

晌午前后，当一身戎装的冯子存出现在禁门之外的时候，在那里恭候多时的朝廷文武见状不免吃了一惊："皇帝陛下莫非要御驾亲征？"三军统帅纷纷倒地叩拜，提出种种理由加以劝谏，其中有几个老臣还莫名其妙地哭了起来。这种场面让冯子存感到很不高兴。他援引先朝列王亲临沙场的旧例对大臣们的苦苦进谏逐一进行批驳，随后，他干脆跨上战马，跃跃欲行。

冯子存率领万余禁军兵勇，一路吹吹打打，浩浩荡荡地出了内城，沿着首阳山的南麓朝西疾行而去。此番亲征，冯子存有他自己的想法。西楚国近在肘腋，在过去的两年中曾屡犯沧海边陲。在冯子存看来,西楚国土地贫瘠,物产稀少,到了冬天,境内便呈现出一片饿殍遍野的凄凉景象。吴大酋多次出兵沧海,无非是为了得到一点过冬的粮食和衣物。由此看来,西楚此次进兵,大概也不会例外。冯子存早已打好了算盘,他要亲自前往阵前看个究竟,看看那些流氓无赖说些什么,自己可以和他们讨价还价。

宽阔的河道蜿蜒东去,河面上阴风阵阵,凉气扑面,两军将士隔河相望,各自搭弓上箭。冯子存在数百名侍卫的簇拥下傍水而立。清冽的水汽使他一连打了好几个寒战。

一阵急促的军鼓声在吴大酋营中骤然响起,西楚国的一名元帅策马来到阵前,躬身施礼之后,首先致词。他的讲话夹杂着北方蛮夷粗俗古怪的方音,听上去让人很不舒服,通过翻译的转述,冯子存大致明白了他讲话的内容,元帅说:

"鄙国国君深秋行猎,误入贵国锦绣之地。昔闻沧海军民骁勇善骑,弓箭刀枪,无不精妙绝伦,排兵布阵亦为未闻之奇观,今适逢天赐良机,愿就教于易水之畔,如蒙不弃,与我军切磋一二,则不胜忻幸。"

元帅话音刚落,冯子存看见自己身边年迈的兵部尚书早已翻身下马,他颤巍巍地走到河边,像背书似的还致答词。

尚书精通文法,修辞典雅,但生性喜欢卖弄辞藻。他的讲话冗长而繁复,足足持续了一个多时辰,最后,兵部尚书用下面这段话结束了他的演讲:

"贵军不远万里前来献技,我军已盼望多年。现在时间不等人，如无不便，就请开弓放箭，过河进攻吧。"

这场令人作呕的仪式犹如经过预演，看上去叫人啼笑皆非。作为一国之君，冯子存当然明白，兵部尚书貌似客套的谦让之词实则暗藏杀机：两军隔河对垒之局，先过河者自然必败无疑。

冯子存率部僵立河畔，直至日薄西山，双方并未动过一刀一枪。最后，他只得下令死守易水，自己则抽身回到了宫中。

冯子存返回城中，并没有像以前那样召开御前会议，而是独自一人幽处后宫，闭门默思苦想，将满朝文武撇在了一边。

在大臣们看来，在眼下这种外敌犯境、国难当头的危急时刻，皇帝陛下的过于镇静多少显得有些反常。不过，他们没有去打扰皇上的静修，而是聚集在玄武厅中度过了一个不眠之夜。从某种程度上说，这些大臣蚁聚一堂，喋喋不休的争执只不过是一种无聊而已。他们既不能对战争的发展漠然处之，撒手不管，也不能代替皇上制定出作战的策略和计划，因此，他们所唯一能做的事无非是等待而已。文官们通常不像武官那样急躁、焦虑、忧心忡忡，他们大都精通玄学，擅长逻辑和论辩。他们能够随心所欲地提出一个个极为古怪的论点，然后加以引证。当武官们描述出国破家亡的种种前景的时候，文官们则对他们的杞人忧天嗤之以鼻，在他们看来，敌军占领我国之日，也就是我军俘获敌军之时。这是一种简单不过的逻辑反证。从某种意义上说，国土的沦丧并非一件坏事，因为一块土地总会有人来耕种，至于由谁来扶犁驾辕，并不重要……

在文臣武官争执不下、莫衷一是的时候，只有一个人沉默不语，这个人就是太子子衿。他龟缩在阴暗的墙角凝神细听，脸上不时流露出迷惑不解的神色。拂晓的时候，子衿默然离座，悄悄离开了玄武厅，朝后宫走去。他绕过一道道宫墙和檐廊，不受任何阻拦地来到了他父亲的身边。

此刻，黎明前浓重的霜雾已经将玉绣楼前的一排槭树染成灰白，隐约可闻的宫漏之声依然在空气中回荡，冯子存面对着眼前越来越亮堂的曙色倚窗而立，仿佛正在焦急地等待着什么人的到来。

太子熟悉的脚步声由远而近。冯子存转过身来。

"在玄武厅内，那帮家伙都说了些什么？"冯子存漫不经心地问道。

"一帮窝囊废。"太子含蓄地答道。

子衿说话的方式让冯子存感到很不自在。他平常极少说话，即便偶尔说上一两句，也是闪烁其词，好像故意让人猜不透他的心思。

"礼部尚书怎么说？"

"一个小丑。"子衿白了父亲一眼。

这是冯子存意料之中的回答。太子表面上的木讷、愚钝将他机敏过人的内心掩饰得很好。冯子存沉吟了半晌，随后换了一个话题。

"西楚国那边有什么消息？"

这一次，冯子存得到了极为详尽的回答。太子告诉他，西楚国的吴大酋利用夜色做掩护，抢渡易水，目前已将弹丸之地的京城围得水泄不通……

冯子存不耐烦地朝太子挥了挥手，子衿躬身而退。

从这场祸乱猝然爆发的那个时刻起，冯子存似乎早就想好一系列应变的办法。昨天晚上，他独处后宫只不过是一种遮人耳目的把戏而已，实际上，他早已暗中派出心腹，将密书一封、布帛百余丈、沧海良驹八十匹、白银千两，悄悄运抵吴大酋的帐中……

天刚蒙蒙亮，一身泥水的信使便风尘仆仆地来到了玉绣楼前。吴大酋果真不愧是一个正人君子，按照信使的报告，吴大酋对自己所送礼物未动分毫，原数奉还，附带还让信使给自己捎来一只精致的鼻烟壶。

看来，吴大酋并非等闲之辈，此番出兵沧海，绝非些许银两就能打发，想到这里，冯子存不禁愁肠百结，怅然若有所失。

信使刚刚离开玉绣楼，兵部尚书就一瘸一拐来到了门外。他是来报告军情的。据尚书报告，敌人已突破易水防线，进逼城下。不过，我军虽然小有失利，却也不无收获。接下来，兵部尚书眉飞色舞地向他数落开了军队从敌人手中缴获的百丈布帛，八十匹良马，千两纹银……

冯子存听罢顿觉头晕目眩，悲耻交集。

第二批送达吴大酋帐前的礼物是一群美女。这些风姿绰约的女人是从六宫粉黛、歌伎优伶中精心选拔出来的。她们有着修长的身材和迷人的气质。这帮叽叽喳喳的女人奉诏来到了玉绣楼前，在缤纷的阳光下站成一排，冯子存对她们逐一加以审视。面对着这样峨冠博带、体健貌美的女人，冯子存很不愉快地联想到，自己作为一国之君，对宫中这些美艳佳丽多年来竟一无所知。随侍在侧的宫女、嫔妃一律形容枯槁，面若纸灰。伴随着相见恨晚的惆怅，冯子存多少感觉到了一种年华虚度的深深的寂寞。这一定都是那个礼部尚书搞的鬼。一想到那个刁滑精明的尚书在这种关键的事情上对自己敷衍失职，冯子存就觉得气不打一处来，这件事从一个侧面衬托出了冯子存内心不敢承认的失败感，同时也使他清晰地看到了宫廷生活的真相。他一直以为自己无时无刻不在驾驭着这个国家的一切，而实际的情景却恰好相反。

三天之后，当这批花枝招展的女人像信鸽一样再度回到玉绣楼前的时候，冯子存早已在花园里等得不耐烦了。信使那张无比沮丧的脸使冯子存预先就明白了一切。

信使随身带回了吴大酋的一封亲笔书信，这个北方无赖在信中写道，他极为欣赏沧海皇帝陛下的幽默感。这些冰清玉洁的女人使他度过了一个美妙的夜晚，享用这批女人的一半已使他累得筋疲力尽，最后，他不得不将三军统帅一并请入帐内，挥霍掉了其余的部分……至于陛下的退兵请求，他认为目前时机仍未成熟。如果不出意外，他将在一个月之后亲临皇宫和陛下面谈此事……

重阳节的这天清晨，沧海国的文武百官早早来到了宫门之外，他们匍匐在凉飕飕的冷风中，等待着皇帝的上朝。天刚放亮，一夜未睡的冯子存在几名贴身侍从的跟随下来到了金銮殿前。

大臣们不无惊恐地感觉到，皇帝陛下虽然表面强作镇定，但连日外患的骚扰已使他脸色憔悴，形销骨立。冯子存高坐在金銮殿上，他单薄的身影在灰蒙蒙的晨曦中像一件空空荡荡的衣服随风飘拂。他说话语无伦次，颠来倒去，好像正在经受某种病痛的折磨，大臣们不得不屏息凝神，私下揣摩陛下的意图。后来，皇帝陛下的这道谕旨经过史官的润色和修改后，以文牍的形式逐级传达到中下级官员的手中，很快这些官员将御旨的主要部分口头晓谕城中的百姓。

皇帝旨意大抵是这样的：西楚国发兵南下，屯兵十万，围困京都。我军虽然兵强马壮，粮草充足，如开城一战，则战无不胜，然百姓涂炭，玉石俱毁在所难免。西楚所欲，无非我土，今拱手让出沧海，则战乱可免。皇帝我决定放弃沧海，去蓝田牧羊。境内臣民或一同前往，或留城侍奉新主，何去何从，还望三思而定。

两天之后，秋雨涟涟，天色阴沉。绵延数十里的人群和马匹出现在城东的一条泥泞不堪的官道上，朝千里之外的蓝田迁徙。冯子存装扮成一个宫廷乐师的模样，混杂在浩浩荡荡的人流中。当他回望京城，遥看雨中黄色宫墙渐渐远去，不禁黯然神伤，若有所失。

中国历史上这场著名的大迁徙在后来的许多典籍中均有记述。在儒家先哲对这次臭名昭著的大投降横加挞伐的同时,老聃和庄周却对它给予了很高的评价。至于冯子存来到蓝田之后的情形,典籍中则少有记载,即便偶尔提到,也是一笔带过,语焉不详。

一个阳光明媚的中午,冯子存坐在行宫的书房内独自抚琴而歌,显得闷闷不乐。昔日沧海宫中的一名园丁悄悄来到他的身旁。冯子存弹断了两根琴弦之后,提笔欲书,园丁赶忙为他铺开帛纸,推砚碾墨。冯子存长叹一声,在纸上题下绝句一首,其中有"沧海月明珠有泪,蓝田日暖玉生烟"一联,凄恻之情,溢于言外。

园丁见皇上忧郁不欢,便在一旁温言相劝。按照园丁的理解,皇上虽失沧海,未失人心,境内臣民悉数迁徙蓝田,如今牧羊采玉,安居乐业,实为社稷大幸。

冯子存抬头看了园丁一眼,没有理会他的劝慰之言,而是漫不经心地问道:

"这些天,你看见太子子衿了吗?"

"没有。"园丁答道。

冯子存的目光注视窗外,自语般地叹声说道:"如果我所料不错,他此刻正手执佩剑,往宫中走来。"

"他来这儿干什么?"

"他要来杀我。"

"太子为何加害陛下?"

"想想看,我有二十万御敌之师,未动一兵一卒就退至蓝田,这对他来说,也许是一种莫大的耻辱,他杀我自有他的道理。"

"陛下为何不来个先下手为强,拦杀太子于当途?"

"现在已经来不及了。"冯子存脸上掠过一阵阴云,"我错看了他,他在宫中装疯卖傻,已经等了十多年了。"

园丁没有再说什么。君臣相顾,言极而泣。过了一会儿,园丁像是突然想起了一件什么事,朗声说道:

"以小人之见,趁太子未到,陛下莫如先行逃走,隐居深山幽谷,逍遥贫水之畔,坐看云起,行伴松息……"

"我早已想过这件事了。"冯子存打断了他的话,"只是昨晚偶得一梦,细细想来,似是恶兆。"

"小人略知圆梦之术,如不嫌鄙陋,请陛下说来一听。"园丁轻声说道。

冯子存犹豫了一会儿,开始讲述昨晚的梦境。他刚刚讲了一个开头,沉寂的空气中早已响起了佩剑之声。冯子存霍然而起,注目窗外,他看见太子子衿披甲执剑,正沿着屋外麦地中的一条小路朝行宫疾走而来。此刻已是黄昏时分,窗外树木飒飒作响,西下夕阳染红了山坡上成群的绵羊,羊羔的叫声似有若无,依稀可辨……

冯子存给园丁讲述的那个梦境是这样的:

在贫水河畔隐居三年后的那个春天,冯子存听说常来河边汲水的一位少妇病死了。她的葬礼是在清明节前的一个雨天举行的。这天晚上,冯子存躺在茅屋的床上聆听着窗外的潇潇春雨，怎么也无法入睡。那个女人俗艳的身影在他眼前久久不去，使他静若止水的内心流荡失守，方寸大乱。到了后半夜，他恍惚听到那个女人在窗外呼唤他的名字，便不知不觉地来到了屋外，顺着旷野里那片幽蓝的麦地朝墓地走去……

戒 指 花

突然间黄昏变得明亮，因为此刻正有细雨落下。透过有栅栏的窗户，丁小曼可以看见那处空荡荡的停车场。遮雨篷下坐着一个小男孩。他看上去只有四五岁，身上背着一个洗得发黄的小书包，双腿不时地踢着不锈钢的垃圾筒。他很瘦。哪怕是让目光轻轻一碰，也能触摸到他突出的肩胛骨。他已经在那儿坐了好一会儿了。街道对面的山坡上，是一片开阔的玉米地。茂密的玉米几乎将那条通往水泥厂的小路遮盖住了。不久前，在这条小路上发生了一起离奇的凶杀案。说它离奇，倒不是因为案件本身有多么复杂，也不是因为歹徒在杀死被害者之后的奸尸行径令人发指；这个普通的刑事案件之所以吸引了众多媒体的注意，疑犯的年龄是一个关键的因素。蜘蛛新闻网是这样报道这个案件的：

96岁的耄耋老者奸杀18岁花季少女

世界之大，无奇不有。体态丰盈、长相俏丽的平谷镇水泥厂女工白莉莉（18岁）做梦也没有想到她竟然会被一个足以做她祖父的老人奸杀。8月18日夜间，白莉莉下夜班返回宿舍的途中，在经过一片玉米地时，身后突然蹿出一道黑影，犯罪嫌疑人高德顺（96岁）用木棒猛击她的后脑勺，将其击晕，然后强奸了她。白莉莉的尸体于第二天凌晨被发现。尽管她的嘴巴和下体被塞满了泥土，但技艺精湛的侦缉队员们还是从她的阴道中提取了毛发和精液的残留物，从而在事发48小时内将罪犯一举擒获。据高德顺事后交代，他在发泄兽欲的过程中，白莉莉曾经醒过来一次，她不断地叫他爷爷，恳求他不要杀死自己。高德顺自称当时的确也曾动了"恻隐之心"，但他最终还是残忍地掐死了她，随后又进行了两次奸尸。（记者李鼎新）

诺亚网的报道与蜘蛛网几乎一字不差，但却使用了另外一个标题："96岁？不可思议！！！"这也是丁小曼听到这件事的第一反应。当《新闻周刊》主编邱怀德打电话让她赶往案发现场采写一篇两万字的新闻稿时，丁小曼脱口而出的一句话也是："怎么可能？"

"这个世界上没有什么事是不可能的。"邱怀德说，"当初我第一次请你吃饭时，你说不可能，可后来呢？"

丁小曼是今天凌晨到达这里的。她没有费什么周折，就找到了那家水泥厂以及报道中提到的那一片玉米地。整整一个上午,她一共采访了十六个人,每一个人的回答都是一致的:不知道。他们的表情和语调也都完全一样。不知道,然后扭身就走。最后一个人的回答稍有不同,他的答复是:知不道。

丁小曼独自一人在玉米地里转悠了两个小时。四周寂然无声,她能听到地沟里流淌的水声,甚至玉米叶在阳光下卷曲的声音。这些声音让她想起了自己没有实现的抱负:上大学时母亲让她报考植物学,父亲让她报考垃圾处理,为了讨好他们两个人,她就两个专业一起报。最后却录取在西班牙语专业。

她来到镇派出所时,已经是中午时分了。在传达室里,几个民警正在边吃饭边聊天。丁小曼刚刚掏出记者证来,说明了自己的意图,屋里的人就全笑了。一个高个子民警用筷子敲了敲饭盆:"嗬,又来一个!"他一下子就把窗户给关了。总之,采访进行得很不顺利,她打算找一个旅馆先住下来再说。后来,天空中就有细雨落下。或曾经落下。下雨,无疑是在过去发生的一件事。它牵动了她的全部记忆,什么时候、什么地方却全都想不起来了。

那个小男孩朝旅馆窗口这边走过来了。他抬头看雨,又看看手里捏着的一枚硬币,仿佛对天空的阴霾迷惑不解。丁小曼朝他钩了钩手指,像招呼一条小狗。"宝贝儿,过来。"她喊道。于是,小男孩来到了窗下。他装出对她没有兴趣的样子,用硬币刮着窗户栏上的铁锈。

"怎么不回家?雨下大了。"丁小曼说。小男孩不理睬她,只是用力吸了吸鼻涕。手机的铃声响了。那是一条短信,是邱怀德发来的:你还没有告诉我肚脐眼下面那道疤是怎么回事。

"我有很多钱……"小男孩突然说了一句,带着天真的炫耀。丁小曼抬头看了他一眼,笑了笑,给她的上司回了一条短信:虽然你是我的领导,但我不得不说你这个人真是有点无聊。

"你刚才说你有很多钱?"丁小曼问他。小男孩点点头,他有点害羞。

"拿出来给我看看。"丁小曼朝他挤了挤眼睛。

小男孩犹豫了一下,把背上的小书包转过来,从里面拿出了一个塑胶袋,里面果然花花绿绿装满了钞票。

"有多少?"丁小曼笑道。

"多极了。"小男孩也笑了,"比一千还要多,根本数不过来。"

"阿姨帮你数,怎么样?"丁小曼本来是随口这么一说,没想到小男孩还真的把钱从窗户中递了进来。丁小曼将塑胶袋里的钱一股脑地倒在桌子上,然后坐了下来,按照币值的大小帮他理了起来。

"妈妈呢?"丁小曼问道。

"在抽屉里。"他想了想答道。

她听见他在小声地唱歌。那是她从来没有听过的一首歌。不过,他的声音太小了,丁小曼几乎什么也听不清。很快,丁小曼就帮他把那些钱数好了,一共是四十七块二角。她从头上取下一根橡皮筋,将那些钱用橡皮筋勒好,仍然放回到塑胶袋里递给他。

"一共是四十七块两毛,加上你手里的那枚硬币,就是四十八块两毛,你记住了吗?"

"记住了。"他说。

"好吧,那你现在可以回家了,把钱交给妈妈。走吧,雨下大了。"

"我不能回去。"

"为什么?"

"你说,什么东西可以悬在空中?"小男孩忽然向她提出了这么一个古怪的问题。

丁小曼又笑了。她有点喜欢这个小男孩了。他长长的眼睫毛上缀满了亮晶晶的雨珠。"你是在给我猜谜语吧,让我猜猜看——鸟,对不对?"他摇摇头。

"风筝,对不对?"

他仍然在摇头:"我是说人,人可以悬在空中不落下来吗?"

丁小曼想了想,说:"跳伞运动员大概可以。"

"什么是跳伞运动员呀?"

"从飞机上跳下来,有降落伞。"丁小曼答道。随着一声清脆的铃声,邱怀德又发来了短信:案件有新进展,请立刻上网浏览。丁小曼随后就打开了电脑。在等待桌面出现的这段时间里,那个小男孩又在唱歌了。这一次,她听清楚了他唱的内容:

　　你说要听听我唱歌
　　你说要看看我的脸

我不能唱歌给你听
我一唱歌就要流眼泪
我不能让你看我的脸
你一看我我就要流眼泪

丁小曼的心就像是被针突然刺了一下。毕竟,她已有很长时间没有听过这么稚拙的歌了。她又抬头重新打量起这个孩子来。天色已暗。街道对面的一幅巨大的广告牌,已经亮起了霓虹灯。小男孩也注意到丁小曼正在看他,他突然不唱了。

"下面呢?你接着唱,阿姨很想听。"

"可我忘了,你说这是怎么回事呀?"小男孩向她摊开手。

"谁教你唱这首歌?"

"妈妈。"

"妈妈呢?"

"在抽屉里。"还是那句话。

互联网接通了,丁小曼打开了蜘蛛网的网页。初一看,并没有关于凶杀案的最新报道,倒是参加这个案件讨论的网民人数已经猛增到106873人。丁小曼随即进入讨论区,马上就看到了网民所发的新帖子:

来自61.53.185.*的网友于17:13:23发表评论

我KAO,这是真的吗?96岁?他能硬得起来吗?而且是三次!!!

来自128.72.64.＊的网友于17:12:34发表评论

真羡慕这条老狗。我今年才37岁,就已经完全丧失了TMD性欲,害得我老婆像一条发情的母狗,成天嗷嗷乱叫。

来自78.52.38.＊的网友于17:10:12发表评论

没准那老头一发愤,果然就写出一部《史记》来。拜托各位,今晚阿森纳对曼联榜首大战中央五台转不转播?

网友Catch Wind 261于16:52:02发表评论

宰了他。最好把他阉了,让他成为另一个司马迁。

网友6158KV3100于16:47:01发表评论

强烈建议政府不要枪毙他。应全面跟踪他的饮食习惯,做认真细致的调查研究,为什么人家96岁了,还能有如此旺盛的性功能?争取早日生产出咱们中国人自己的伟哥。

来自117.28.413.＊的网友于16:33:56发表评论

为什么要把我的帖子删去?我抗议!我只不过就说了几句真话而已。

在诺亚网上,全国著名性心理学家耿玉秀教授正和网友在线交谈:"这事按常识来说,不太可能,但也不是完全不可能。我看到报道,既然警方从被害人性器官中检测出了精液,说明性交是完成了的。医学，尤其是解剖学研究的成果表明，海绵体充血和脑丘体与中枢神经类型……"

丁小曼从网上下来，发现那个小男孩已经不在了。窗外的雨下得更大了。车灯不时地照亮了停车场，雨点把路面弄得像一锅烧开的粥。

服务员按铃进来送开水，丁小曼就和她聊了起来。丁小曼一提起不久前发生的那件事，服务员就笑了，她说，今天也有一个电视台的记者向她打听这件事。

"那是不可能的。"她说，"你们所说的那个案子就发生在我们宾馆对面的那个山坡上，出这么大的事，我们不可能不知道，何况……"服务员说到这里，忽然停住了，只是抿嘴而笑。

"何况什么？"

"那种事情，我说的强奸这回事，在我们镇上已经五六年没有听说了，根本用不着。到处都是妓女，你只要花很少的一点钱，就哪儿都能找到，什么服务都有，你都想象不出他们搞的那些鬼名堂。用不着冒那么大的风险，除非他疯了。"丁小曼又问她，餐厅在哪儿，服务员说了声"二楼"，就倒退着走出去了。

服务员的话多少证实了她此前的判断：这是一则假新闻。蜘蛛网和诺亚网的新闻来源都注明是《淮阳晚报》。她从电话簿上很快就查到了这家报社的电话号码。可对方说，他们的新闻是《星星都市报》的一位兼职记者提供的。在丁小曼的再三恳求下，对方才提供了这位记者的电话。丁小曼拨通了这位记者的电话，接电话的是一台电脑："你好，这里是省农机公司……"

丁小曼看着窗外的雨有点心烦意乱。她给邱怀德的手机发了一条短信：我怀疑这是一个假新闻，没有任何进展。邱怀德不喜欢接电话，他迷上了短信，因为他觉得这样更时尚。窗外的一个报贩正在高声叫卖当天的报纸：

　　卖报，卖报，最新消息。巩俐自杀。
　　卖报，卖报，巩俐自杀。最新消息。

不一会儿她的手机就响了，邱怀德给她回了短信：那你就编一个。在新闻行业中，适当的杜撰是允许的。宝贝，我想你。这么潮，这么长。

这条短信显然增加了她的忧虑。丁小曼一生气干脆就把手机给关了。

丁小曼上楼去用餐的时候，心里还在想着那个小男孩。她总觉得有什么事不对劲。她上了电梯，可就在她转过身来的那一刻，她看见了他。原来他并没有离开，他蜷缩着身子趴在大堂的沙发上睡着了。他的屁股撅得很高。一个头发花白的门卫正打算把他推醒。电梯的门很快就关上了。

餐厅里到处都是人，服务生将她带到一个靠窗的位子坐下。点完菜以后，服务生向她躬了躬身子："对不起，今天晚上客人比较多，菜上得比较慢，您得多等一会儿。"

她的对面坐着的一位穿西装的男士已经用完了餐，一边剔着牙，一边看报纸。桌上有一只白瓷花瓶，瓶子里插着一朵玫瑰。喧闹的说话声、杯盘的碰撞声，甚至把窗外的雨声都盖住了。可她知道雨下得很大，窗户玻璃上泻水如注。她坐在那儿一阵胡思乱想。任意几个事物之间都能找到联系，都能给她提供丰富的联想。比如说小男孩和那个子虚乌有的水泥厂女工；比如说跳伞运动员和张开翅膀的鸟；比如说玫瑰和雨，还有她熟悉的博尔赫斯。谁听见雨落下来，谁就回想起那个时候，幸福的命运向她呈现了一朵叫作玫瑰的花，和它那奇妙、鲜红的色彩。可她的玫瑰凋萎了，正在腐烂。她甚至觉得自己的脑子也正在一点点地烂掉。她等了足足有四十五分钟，可是菜还是没有送来。坐在她对面的那位男士已经离开了，却将看完的报纸随手放在了餐桌上。丁小曼拂去了两根丢在报纸上的牙签，拿起报纸翻了翻，头版上的醒目标题一下子就吸引住了她：巩俐自杀身亡（详情请见第八版）。

丁小曼将报纸翻到第八版，找了半天，才在右下角很小的一块地方读到了这则报道：

　　本报通讯员王小强　诸葛镇八里乡丁卯村七组农妇巩俐为两只鸭子与邻居争吵怄气，回到家中一时想不开，用一根麻绳将自己吊死在屋梁下……

丁小曼的嘴角撇过一丝冷笑，随后就将报纸丢在了桌上。饭菜上来了，丁小曼吃了几口，眼睛又朝那份报纸看了一眼。她忽然想起一件什么事来，放下碗筷又拿起那张报纸看了起来，她的目光紧紧盯在"用一根麻绳将自己吊死在屋梁下"这一行小字上。她心头一紧,忽然想起了刚才那个小男孩给她猜的谜语:人可以悬在空中不落下来吗?

她意识到了某种危险,又有点责怪自己的粗心。她向服务生招了招手,结完账就朝楼下跑去。

她一口气跑到大堂里。沙发上空空荡荡,小男孩已经离开了。她朝门卫走过去,向他打听小男孩的去向。老人指了指门外,没有理她。

"你认识他吗?"丁小曼问道。

"怎么不认识?"老头一说话,嘴里就冒出一股刺鼻的蒜味,"说起来,他爹还是我的学生呢。"

"这么说,你还是个老师?"

"我退休前在高中教地理,那是好多年前的事了。他爹就在我班上,他肝不好,读到高三就退学了,现在在镇子上扫马路。我差不多每天都看见他们爷儿俩。那个小男孩可懂事了,他爹扫马路,他就跟着他爹捡废纸。"

"你这两天看到过他爹吗?"丁小曼问。

老头认真地想了想说道:"你这一说,我倒想起来了,这两天都没见他来扫马路。你找那孩子有事吗?"

"他家住哪儿?"丁小曼急切地问道,"你能不能带我去一趟?"

"他家我倒认识,不过我的腰不太好,走不动路,再说外面还下着雨呢。"

丁小曼取出钱包,抽出一张一百元的人民币递给老人:"麻烦你带我去一趟,我有急事要找他。"

老头看了看丁小曼递过来的钱,嘿嘿地笑了两声,似乎没有料到她给了这么多。老人转过身去向服务台的小姐借伞,小姐打趣道:"您老的腰不疼了吗?"中学教师还挺幽默,他答道:"不疼,不疼,她要是给我两百块,我可以一口气跑到美国。"

他们俩在雨中走了差不多一小时,终于来到了一幢五层的灰砖楼前。一辆白色的面包车亮着灯迎面驶来,将泥水溅了她一脸。地理教师把她带到楼房最西侧的一个楼洞前就站住了。

"我不上去了,把伞给我。他家住在四楼,401。我就不上去了。"说完,他从丁小曼手里接过雨伞,自己收拢了它,转身走了。

门洞里积了一层雨水。底楼的两家住户都开着门,两家的女主人在高声地谈论着什么。"他的舌头吐出了那么长,怪吓人的。"在三楼她碰到三个警察正从楼上下来,他们穿着雨衣,脚上是高高的雨靴,手里拿着长长的电筒,楼道里聚集了不少人。"孩子也不懂事,人死了这么长时间,怎么也不知道叫人。"她闻到了一股刺鼻的消毒药水的味道,怪怪的。

401的门开着。丁小曼一眼就看见了那个小东西。他正趴在床上吃着梨或苹果,他已经吃得只剩下核了。一个四十多岁的中年妇女站在床边,一副心神不定的样子。房间里还有一个小女孩,七八岁。她正踮着脚要从五斗橱上拿什么东西,中年妇女大叫一声:"别碰,会传染的!"转过身来就给了她一巴掌。与此同时,妇人也发现了门口站着的丁小曼。小男孩显然也看见了她，他咧开嘴笑了。

"你是他家什么人？"中年妇女上上下下地打量着她。

丁小曼想了想，说："亲戚。"

妇人长长地松了一口气，笑道："那就太好了。"

她说她就住在对门。刚才民警吩咐她，暂时由她来照管这个小男孩。明天早上居委会会有人来处理这件事的。

"他家出什么事了？"

"刚才你没看见殡仪馆来的车吗？他爹吊死了。"妇人说，"这孩子今天一大早，也就四五点钟吧，就来敲我的门，我从水泥厂下夜班回家，刚睡了两个小时就被这小东西吵醒了。我开了门，问他有什么事，小东西说：'你快去看看我爸爸。'我心想：'你爸爸我又不是没见过，有什么好看的。'说实话，我那时是太困了，就把门关上了，谁知道他爹上了吊。"

那女人摊开双手凑在灯光下仔仔细细地看："我刚才帮他们搬尸体来着，你说会不会传染？他是老肝炎。不过我已经用肥皂洗过手了。"

"洗过手就没事了。"丁小曼对她说。

那妇人牵过女孩的手转身就往外走。

"他妈呢？"丁小曼对着她们的背影问了一句。妇人回过头来，朝她挥了挥手："也死了。两个月前刚死的，肺癌。"随后，她听见对面的门砰的一声关上了。

现在屋子里就只剩下了他们两个人，丁小曼和小男孩。朝西的窗户玻璃碎了一块，风呼呼地灌进来，将墙边的一摞旧报纸打得透湿。五斗橱上有一张医院的病历单,字迹潦草但还能辨认:肝,CA,晚期。旁边还搁着一卷麻绳,是新的。这自然使丁小曼联想到:孩子的父亲在从医院回来的路上,说不定产生了自杀的念头,就去杂货店买了麻绳。

丁小曼挨着孩子坐在床上,摸了摸他的头,问他饿不饿。小男孩眼睛有点迷糊了,他说他刚才吃了苹果,不太饿,就是有点想睡觉。随后,他忽然从床上溜到地上,搬过一张凳子来,爬上去,打开了五斗橱最上面一层的那个抽屉,取出一个相框来,朝丁小曼晃了晃。

"这就是我妈妈。我说过,她住在抽屉里。"

在看这幅照片的时候,丁小曼才意识到嘴里咸咸的泪水。那是一张苍白而脆弱的脸,目光中带着疑问、哀矜和惊恐。仿佛在拍下它的那一刹那,她正巧看到了一件什么可怕的事。丁小曼把相框放回抽屉里。她想去打盆水来给孩子洗洗脸,但却找不到脸盆。她只得将孩子带到厨房里,凑近水龙头,用手蘸了水替他抹脸。她看到他鼻子下面有一块血斑,就问他鼻子是不是破了。男孩说,他早上去敲对面阿姨的门,阿姨一关门,就把他的鼻子撞流血了。

"可流了一会儿,就不流了,你说这是怎么回事呀?"男孩道。

丁小曼一直在流泪。她抱起他,替他脱了鞋,洗了脚,然后就把他抱到床上去。他那小身体软绵绵的,一接触到床铺,几乎立刻就睡着了。

丁小曼坐在床边看着他，独自流了一会儿泪。她取出手机来，拨通了邱怀德的电话。

"邱主编……我想换一个题目，另写一篇报道。"

"你的声音怎么不对劲，出什么事了……喂喂……"

"我这里发生了一件事，我想把它写出来……"丁小曼随后就在电话里说了这件事。

"傻瓜，这事哪儿都有，每天都在发生，算不得什么新闻。"在电话的另一端，邱怀德耐着性子听她说完了那件事，笑了起来，"你不要感情用事。我这里要接另一个电话，待会儿我给你打过来。"

她靠在床上，等了两个小时。脑子里乱七八糟。邱怀德的电话还没有打来，窗外的雨飒飒地下着。这蒙住了窗玻璃的细雨，必将在被遗弃的郊外，在某个不复存在的庭院里洗亮架上的黑葡萄。潮湿的暮色带给我一个声音，我渴望的声音，我的父亲回来了，他没有死去。丁小曼迷迷糊糊地睡了一会儿，脑子里一直在想，第二天早上如何与这个小男孩告别。一想到这里，她的眼泪不知不觉又流下来了。

半夜里，小东西忽然醒了过来，眼睛又黑又亮。他正在拨弄着丁小曼的左手，实际上他是在看丁小曼无名指上戴着的那枚戒指。丁小曼把戒指退下来，递给他看。

"它是什么？"小东西问她。

"它是一枚戒指。"

小家伙把戒指放在眼前看了半天，忽然说："我想起妈妈教我唱的那首歌了。"正在这时,手机的铃声响了,是邱怀德,依然是一条短信:计划改变,明天一早赶往合肥,随后转机飞往北京。刘晓庆出事了。

小男孩呆呆地看着她:"我要唱歌了,你听不听?"

"听,阿姨很想听,你唱吧!"她摸了摸他的头。他的眼睛又黑又亮。

你说要听听我唱歌
你说要看看我的脸
我不能唱歌给你听
我一唱歌就要流眼泪
我不能让你看我的脸
你一看我我就要流眼泪
还是给你摘一朵野花吧
你问我,妈妈,那是什么名字的花
你问我,妈妈,那是什么颜色的花
那是戒指花呀
那是洁白漂亮的戒指花
它是妈妈的泪,它是妈妈的心
它是戒指花

褐色鸟群

眼下,季节这条大船似乎已经搁浅了。黎明和日暮仍像祖父的步履一样更替。我蛰居在一个被人称作"水边"的地域,写一部类似圣约翰预言的书。我想把它献给我从前的恋人。她在三十岁生日的烛光晚会上过于激动,突发脑溢血,不幸逝世,从那以后,我就再也没有见过她。

"水边"这一带,正像我在那本书里记述的一样,天天晴空万里,能见度很好。我坐在寓所的窗口,能够清晰地看见远处水底各种颜色的鹅卵石,以及白如积雪的茅穗上甲壳状或蛾状微生物爬行的姿势。但是我无法分辨季节的变化。我每天都能从寓所屋顶的黑瓦上发现一层白霜。这些霜在中午温暖的太阳光渐渐增强了它的热度时,才化成水从屋檐滴落。这个地带从未下过一场雨。另外,在漆黑如鸦的深夜我还能观察到一些奇异的天象,诸如流星做匀速圆周运动,月亮成为不规则的樱桃形,等等。我想如果不是我的记忆出现了梗阻,那一定是时间出了毛病。幸好,每天都有一些褐色的候鸟从"水边"的上空飞过,我能够根据这些褐色的鸟飞动的方向(往南或往北),隐约猜测时序的嬗递。就像我记忆中某个医生曾声称"血是受伤的符号"一样,我以为,候鸟则是季节的符号。

我的书写得很慢。因为我总担心那些褐色的鸟群有一天会不再出现,我想,这些鸟群的消失会把时间一同带走。我的忧虑和潜心谛听常常使我写作分心,甚至剥夺了我在静心写作时所能得到的快乐。后来,我怀疑自己是否出现了幻觉,我耳畔常常回荡着一种空旷而模糊的声响,我想它不会是候鸟渐近时悠长的哨子般的翅膀拍击空气的声音,它像是来自一个拥挤的车站,或者一座肃穆的墓地。那声音听上去像是落雪,又像是落沙。

有一天,一个穿橙红(或者棕红)色衣服的女人到我"水边"的寓所里来,她沿着"水边"低浅的石子滩走得很快。我起先把她当作一个过路的人,当她在我寓所前趸身朝我走来时,我终于在正午的阳光下看清了她清澈的脸。我想,来者或许是一位姑娘呢。她怀里抱着一个大夹子,很像是一个画夹或者镜子之类的东西。直到后来,她解开草绿的帆布,让我仔细端详那个夹子,我才知道那果真是一个画夹,而不是镜子。

我的寓所里从未有过任何来访者。她见到我并未遵循两个陌生人相遇应有的程序,而是表现出妻子般的温馨和亲昵。她说她叫棋。她在给我看她的画夹时顺便提了一句现在是秋天了。

我的记忆深处痛苦地抽搐了一下，但并未就此而唤醒往事。我为秋天而感到高兴。她站在寓所的门前和我说话，胸脯上像是坠着两个暖袋，里面像是盛满了水或者柠檬汁之类的液体，这两个隔着橙红（棕红）色毛衣的椭圆形的袋子让我感觉到温暖。和棋的初次相遇就使我错过了一次注视候鸟的机会，我想，它们可能是在我和棋说话的时候飞走的。我徒劳的目光越过棋的双肩，投视远处"水边"青蓝的水线时，她问了一句：你在看什么？

那些候鸟……

她转过身朝"水边"的石子滩望了一眼，又用一种天真而老练的目光看我。

我将棋让进了屋内，接着我们就在两只矮凳上坐下，看她带来的那些画。那些画上也画着一些女人，脸形和身材与棋相似，也许就是棋的画像。她有时倚在一个电线杆上，远处是一望无际的戈壁滩。有时她穿着夏装斜躺在海滨。也有一些画公园的落叶的，她跷着细长的腿俯卧在覆盖着厚厚叶被的迤逦小径旁。

她在给我看这些画时，两个暖暖的袋子就耷拉在我的手背上，这两个仿佛就要漏下水来的东西让我觉得难受。

这些都是你画的？我说。

不，是一个叫李朴的男孩给我画的。棋说。

李朴？

是啊，李朴。

我摇了摇头,我说我不仅不认识什么李朴,而且您是谁我一时也想不起来了。恕我冒昧,我接着说,李朴给您赠这些画大概是想和您谈恋爱吧。不过,我又说,我对这些画也一样不感兴趣。

好哇。格非——

棋陡然坐直了身体,一字一顿地说:李朴你也不认识我你也不认识你难道连李劼也不认识吗?

我猛然一惊,我如灰烬一般的记忆之绳像是被一种奇怪的胶粘接起来,我满腹焦虑地回忆从前,就像在注视着雪白的墙壁寻找两眼的盲点。我隐约记起来了,我和棋说的那个李劼相识是很久以前的事了,大概是一九八七年……

不过,你是怎么知道我的名字的?

别装蒜了,格非。你离开都市到这个锯木厂旁的臭水沟来才几年,你的神志竟垮成这样啦。我三个月前曾到你这里来过,你还答应给我看你的小说,还答应过其他一些事。你的记忆全让小说给毁了。

棋说完了这些话,静静垂手而坐,像是等待我沉入往事的梦境,又像是等待我从冥想中挣脱出来。

渐渐地,我眼前的这红色的影像模糊起来,但立即它又重新变得异常清晰。

好吧,我认识你,我说。(实际上我想说:我认识你算了。)

棋显出满意的样子,她突然抬手在我脸上皱纹最深的地方抚摸了一下——这是一个仪式,一个意味着我们本来就已相识的仪式,我想大概不会是所谓"情不自禁"。但是我立刻嗅闻到了皮肤相触的一刹那蛋白质释放出来的臭鸡蛋的气味。我觉得这种气味很不错。棋看了我一眼,又将画夹摊在她拢起的双膝上,她在看画的时候不断地注意我的神态,我想她一定是想知道我是否也在看那些画。她从那些画中挑出一张递给我,就是画着公园秋天的那幅。

这幅画上是什么?棋问。

一个人的背影。

还有什么?

枯叶子。

落叶象征着什么?

一个人的背影。

棋没有再问下去,她说了一句你这个人怎么一点都不懂画就沉默了。过了一会儿,棋又说:

你一点也不像李劼。

李劼?

他不仅懂画而且懂诗懂开密封罐头懂治疗牛皮癣甚至——他还懂不生。

不生?

不生是一种哲学,棋说。

我不懂。

晚上,棋没有离开我的寓所。当然也没有一对男女在一处静僻之所的夜晚可能有的那种事。整个晚上她都在静静地听我说故事，关于我的婚姻的故事。我想棋的聪颖机智使她猜测我在意念深处一定存在着某种障碍或者她宁愿称之为压抑的东西。这是不是我们在看画时她发现的呢？在整个晚上她充当了一个倾听诉说的心理分析医生的角色，这也许不仅出于对我的怜悯，我似乎看出来我们都信奉这样一句格言：

回忆就是力量。

夜晚，奇异的天象没有出现。"水边"的石子滩变成一种冰莹的纯蓝色，就像化学实验中几种物质产生化学反应后析出的某种蓝色晶体粉末。这些玛瑙似的蓝色石子泛出的冷清的光亮和故事的氛围大相径庭。

后来呢？棋问。

后来——我尽量用一种平淡而真实的语调叙述故事，因为我想任何添枝加叶故弄玄虚都会损害它的纯洁性。

后来，我就在那个卖木梳的老女人身边站住了。

那时正是四月，春天来得很迟。我看见积雪和泥浆冻在一起，高大的城市建筑物挡住了南下的寒流，形成了巨大的风的声音。那些早已废弃不用的商店霓虹灯上挂满了锥状的冰凌。我在企鹅饭店被一个漂亮的女人招引，不知不觉尾随着她走下了半个城市。我想处在我当时那个年纪，被一个女人所迷惑是常有的事，但我决定跟着她走一段，仅仅因为我喜欢她走路的姿势。她的栗树色靴子交错斜提膝部微曲双腿棕色-咖啡色裤管的皱褶呈沟状圆润的力从臀部下移使皱褶复原腰部浅红色-浅黄色的凹陷和胯部呈锐角背部石榴红色的墙呈板块状向左向右微斜身体处于舞蹈和僵直之间笨拙而又有弹性地起伏颠簸。

我想这样一个在风中行走的女人要在火炉旁烤火或者在浴缸里洗澡不知是怎样一个模样,我还准备往下想时她突然站住了。我也在那个卖木梳的老女人身旁停了下来。

买木梳吗?

接下来离奇的事发生了。

我想那个女人毫无缘由地在街道上停下来,是因为我在意念深处产生了一种当时我认为是下流的臆想——譬如裸体之类。不过随之我又认为这个女人停在人行道上是由于她自己遇到了什么事,并非我的意念感应所致。

买木梳吗?

我在思索该不该买一把木梳,同时又朦胧地感觉到她不久就会回过头来。她果真回过头来。她的目光像是注视着我,又像是留意着别处。我回避着她的目光。我知道,心灵感应术曾在这个城市里风靡一时,人们只要在一所被称为"心灵感应中心"的地方训练三个月,就能用意念驱使幻想中的情人来到自己身边。有一些造诣精深的通灵大师还能使意念和星际相通。我心里生出了一些隐隐的恐惧感,这种恐惧感是只有当一个罪犯在明朗的月光下撬锁行窃才会有的。

我又感觉到她马上就会朝我走来。好像在行动之前她动作的信号就从她身上散发出来,穿透冬天凝固的空气,预先告知了我一样。

现在，她正朝我走来。

我看了看岗亭上在冷风中瑟瑟发抖的警察。行人各自走着自己的路，没有注意到我正在遭遇的一幕。

她朝我走来干什么……

她迎面走来的姿势跟我刚才在她背影中看到的一模一样，她的魅惑力像泉水一样从她的浅黄色、深棕色、栗树色的衣饰的皱褶中流淌出来。我等待着她走近，我的心情一点也不轻松，她双腿轻盈地朝前迈动，我突然有了一种感觉，好像她是静止的，而我正朝她走近。

她在我跟前停下来，朝地面俯下身去。

她在我脚边捡起了一枚亮晶晶的靴钉。

后来呢？棋问。

后来我就再也没有见过她，她捡起靴钉，转身走远，在人流中消失了。

棋审判一样的目光紧盯着我，让我觉得不舒服。棋说，你有自恋情结。我说大概有吧。棋沉默了片刻，继续说，事情好像还没完。我说，什么事情。

你和那个女人的事。

我不由得一怔。

那个女人捡起靴钉后，朝一个公共汽车站走去，她上了一辆开往郊区的电车，你没能赶上那趟车，但你叫了一辆出租车尾随她来到郊外她的住所——棋漫不经心地说。

事情确实如棋所说的那样，不过她说错了一个无关紧要的细节：我当时没有足够的钱叫出租车，而是租了一辆自行车来到了郊外。

不过，我说，你是怎么知道事情还没完呢？

根据爱情公式，棋说。

爱情公式？

我想事情远未了结并不是由于棋所说的所谓恋爱公式的推断，它完全依赖于我的叙述规则。我之所以不愿意将这样一个故事和盘托出，是因为它触及了我内心深处极其隐秘的角落，想起这件事就让人觉得不痛快，下面我就来讲讲这件事。

我去车铺租自行车的时候，天空已经飘起了鹅毛大雪。雪花在春天的幌子下布下寒流的种子，城市通向郊区的路一会儿就变得非常狭窄了。渐渐我的车轮下露出泥土和煤屑混合的路面。路上行人和车辆渐渐变得稀少，雪花落在上面很快就积成了白白的一片。大路两旁的农舍和绵延的丛林突然出现在眼前。我前面那辆电车开得不快，我的自行车全速追赶，使它不至于从我视野里消失。

电车在郊区站停下后，天已快黑了。我想大概是狂啸的西北风裹着漫天大雪使黑夜提前了，她下车后就沿着一条低洼不平的路朝远处亮着忽明忽暗灯光的村舍走去，那个村舍在傍晚的雪中显出一带黑魆魆的影子。这条路不算很窄，但是车轮的印辙和马蹄踏成的圆洞在雪中封冻住了，形成一条条硬深的凹槽，我的自行车轮常常在这些凹槽上打滑，发出挡泥板和车架的黑铁碰撞的铮铮之声。她在距离我约有二十丈远的地方不紧不慢地走着。我们仿佛在路上走了很久,但是在郊外迷茫的雪原上,我很难看到它的尽头。我的自行车链条被坎坷不平的路面震得脱落过几次,当它最后一次脱落时,我的双手已冻得发麻。我不得不花了很多时间才把它重新装好。这一次,当我重新跨上自行车的时候,她的身影已经在远处变得模糊不清了。我狠命地蹬着自行车,它就像是一匹盲马跌跌撞撞地朝前疾奔。

这时,我的前面出现了另一个骑着自行车的人。这个人伏在车上显得很小。他也像是在朝前急急赶路。在这样一个寂寥无声的风雪之夜,遇到他让我觉得亲切。他的身影在路面上歪歪斜斜地画着漂亮的弧。在黑夜中,他像是一只黑蝴蝶,或者像一只蝙蝠在翩然飞动。

我的车轮有一次滑到了大路的边缘。大路和田野之间仿佛有一条很深的沟渠,我想这大概是农人为铺设排水管道而挖的。

我的自行车和他相错时,我觉得我右胳膊的袖子和他左边的一只擦了一下,我像是听到了一种轻微的刷子在羽绒布上摩擦发出的声响。

前面那个女人的身影终于又在我眼前出现。在雪夜中我分辨不出她的栗树色的靴子和浅红色-浅黄色的腰部衣饰的皱褶,以及她圆润的臀部成豆瓣状分裂的节奏。她像一摊墨渍在米色的画布上蠕动。我不知道她的住宅是否就在我依稀能看见的灯光闪烁的村子里,我也不知道我究竟会被她带到一个怎样的陌生地带。但我似乎有了一种不祥的预感,冬天晚上凛冽的风和远处传来的狗的吠叫使我的呼吸越来越急促。

大约又过了二十分钟，她走上了一条窄窄的木桥。这桥架在很宽的河道上显得很不坚固。我来到桥头的时候，犹豫了一下，因为我没有看到桥面上她刚刚走过去而留下的靴印。那些半圆形的靴印在河边消失了。我想，也许是大雪将那些靴印遮盖住了——桥面上覆盖着一层厚厚的积雪。我推着自行车不得不放慢了步子。

深黛色的河流在孤零零的木桥下冥寂地流淌。我竭力在桥上寻找她的影子。

这是一座一边有扶手的木桥。扶手的铁链连接着一些东倒西歪的木桩，像是被毁坏了的栅栏的残骸。西北风不断地吹散铁链上的浮雪，铁链在风中发出重金属滑碰的囊囊声响。我有时也偶尔扶一下那铁链，因为桥面没有扶手的一面边缘已经和桥下的黑影悄悄缝在一起了。夜色已渐渐地深了。远处一直在招引我的村舍的灯火也不知什么时候突然熄灭了。我仿佛置身梦境，从一个很高的冰坡上朝山下滑坠。我似乎感到，那个穿栗树色靴子的女人像是已经到了对岸，但我又觉得她仍在我前面不远的桥上——黑夜和风雪将我们分隔了。

我的平底胶鞋踩踏积雪在木桥上摩擦着，我的心情不像刚走上桥时那样糟，或许是因为我深信对岸就在不远处，根据桥面微微下斜的弧度判断，它离开我最多不过三四丈远。可就在这时，我站住了，因为我看不清桥面朝前延伸的灰暗的轮廓。我不得不摸索着桥的铁链朝前移动，但是突然我感到桥链也没了。我的脑袋一阵晕眩。我迟疑了一下，回过头。

有一个提着灯笼的人影朝我走过来。那灯光在稠浓的黑暗中像一只毛茸茸的小鸡。

他走近我的时候,我才看清他手里拎着的是一只马灯。他是一个花白胡须的老人。他在我跟前停下来,他的长须上结满了玻璃碴似的冰凌。

这桥你不能往前走了。

为什么?

它在二十年前就被一次洪水冲垮了。

老人将马灯抱在怀里,从腰间摸出一支旱烟管,点着了火。在马灯模糊的亮光中,我看见絮絮扬扬的大雪无声地落着。老人猛吸了几口烟,用手指指远处的河面:

那边有一座水泥桥。

我朝老人指向的地方看了一眼,在风中打了个冷战。

刚才有一个女人从这桥上过去了。

没有女人从这过去。

你是谁?

老人没有搭理我,他熟练地将旱烟管别在腰间,将马灯递给我,然后从我手里接过自行车。我们开始往回走。我想他大概是一个看桥人。

我守在桥头劝告每一个黑夜上桥的人,不听阻拦的人注定要走到河里去。

可是,刚才有一个女人从这桥上过去了。

我没有看见什么女人过去。

我们已经来到了桥头。我把马灯递给老人。雪花飘落在马灯的玻璃罩上化成水滴滚落。老人说你上车吧,我举着马灯照你一段,他说话的时候,呼出的气柱在空中迅速凝结了,宛如一束手电的光亮。我像是又想起了什么,我对老人说:

你们为什么不把桥拆掉呢?

还会有更大的一次洪水。

在我跨上自行车的时候,老人又对我说:没有女人从这桥上过去,你可能是在雪夜中看花了眼,雪的光亮会给人造成错觉,而错觉会把人领入深渊。

我就此和老人告别,他在桥头举着马灯,照着那已经封冻的路面。过了一会儿,我身后的灯光消失了,我又重新陷入黑暗之中。

我又想起了那个穿栗树色靴子的女人——我似乎看见她上了那座桥。她现在在哪里?那个老人是谁?那究竟是一座怎样的桥?也许等天晴了,我该重新到桥边来看看。我正想着,自行车又开始猛烈地跳动起来。我记起了这段路面。这路面被车轮和马蹄轧成一道道深深的凹槽,车轮在上边不断打滑。我还记起了那个骑自行车的人,我的耳畔又响起了我和他袖子相擦的那种刷子在羽绒布上划出的声音。想起那个像蝴蝶一般歪歪斜斜的骑车人,我的心情变得轻松了一些,因为我能够通过他把自己和现实连接起来,我担心自己是否丧失了理智,而处在一个桥边老人所谓的雪夜错觉之中。

我的自行车更加剧烈地颤动了一下,车轮像是碰到了一个硬物上，我差一点从自行车上摔下来。我的好奇心和探究心理使我停下车来，想看看那个硬物是什么。

那是一辆歪倒在路边的自行车。

接下来我看到的事情或许棋早已猜到了。她在我"水边"寓所的椅子上不安分地躁动着。她一会儿拿起她的画夹，一会儿哼哼唧唧地看着天花板，对我的故事显出极度的不满。

这是一个非常庸俗的结尾。棋说。

什么结尾？

你在路边发现了那辆自行车你马上意识到了是你刚才追赶那个穿栗树色靴子的女人时匆忙之中将他撞倒的你开始四处寻找他的人影最后你在路边那个埋排水管道的沟渠里发现他的尸体。尸体已冻得僵硬他的脸上落满了雪花。

是这样。

我开始陷入了沉默之中。棋也呆呆地托着下巴，凝视着"水边"青蓝色的石子滩，现在夜色正潮。"水边"的凉气从远处水面沿着公寓斜升的坡道悄悄越过窗格爬进室内，我感到一阵微微的凉意。我打了一个长长的呵欠，棋在沉思中黑眼珠朝我突然翻动了一下，含糊不清地说：你困倦了？我说没有。我想在夜阑人静的时候，面对一个姑娘独坐，大概不大适宜提出诸如睡觉之类的要求。我想我们都已忘记了时间，也许在天亮之前我们会一直这样默坐下去。我试着找出一些无关紧要的话题来润滑一下现在多少变得有点尴尬的气氛，我觉得我的大脑像是一个空空落落的器皿，里面塞满了稻草和刨花。就在这个时候，我想到了棋在和我初见时谈到的那个李劼。

你是怎么认识李劼的？我说。

棋的脸上慢慢地浮现出一层红晕。她似乎立刻沉浸在幸福的回忆之中。她潮湿的眼睫毛参差错落像一排芦苇的篱掩住了黑白的眼球。她用妻子般空旷而充满诗意的语调告诉我：她先认识那个叫李朴的男孩。

李朴是谁？我问。

李劼的儿子。

我思索着这个被棋称作"李朴"的男孩在我记忆中的印象。我记得在一九八七年，我在李劼的乡间别墅做客，我们隔着会客厅透亮的玻璃看见后花园的雪地上，一个男孩正在滚雪球。我想那个玩雪的小男孩会不会就是棋所说的李朴。

棋的目光仍注视着窗外。她的双眸熠熠发亮，像是要沁出白色或黑色的水汁。我想所有的女人沉入对恋人的回忆和想象之中大概都是这么一副自命不凡的神态，对于女人来说，生活有时就是想象。

我真的感到困倦了。我点燃了一支烟，但它并未使我清醒。我倚着公寓白色的墙壁昏昏欲睡。"水边"的夜晚静极了。微风轻轻吹拂着窗帘，潮水有节奏地漫过石子滩。我在混沌而沉重的睡意之中，仿佛听到棋在呼唤我的名字，她的童音未脱的呼唤像是从一个遥远的地方传过来。她的衣服在椅子上摩擦发出窸窣之声。棋像是又处在焦灼不安之中，她的飘忽不定的影子在我眼前不断地徘徊。我渐渐坠入梦乡。

时间过去了很久，棋轻轻地将我推醒。

那个女人——

什么女人？

那个穿栗树色靴子的女人——

怎么？

你后来再也没见过她吗？

天还没有亮，棋蓬松着长发站在我对面。有一些汗粒顺着她的发梢慢慢滴落。我听到棋的呼吸声很重。我想她大概已经被故事的那些悬念和细节织成的网罩住了。她对故事的过度敏感使我注定要谈到以下所叙述的这些事。这些事离我很久很远了，但是当我每次重温许多年前的阳光和空气，我仿佛觉得伸手就可触摸到它。我无法不回忆往事。即使在这样一个平常而宁静的夜晚棋不向我提起它，"水边"的那些候鸟也会叠映出它们清晰的影子。我在决定如何向棋叙述那些事时，颇费了一点踌躇，因为它不仅涉及我本人，也涉及我在"水边"正在写作的那部书，以及许多年以前我的死于脑溢血的妻子。

我和那个穿栗树色靴子的女人的重逢是一次意外的巧合。一九九二年春天，我应黑鸭出版社之约来到郊外修改一部长篇小说。我住在歌谣湖畔的一幢白色小楼里。这幢新建的小楼没有人住，因为自来水管道还未铺设，房间的设施很不完备，楼前的花园还是一片荒芜。小楼竣工后多余的一些建筑木料和钢筋混凝土的梁柱被横七竖八地搁在楼房四周，让人觉得有些压抑。我来到这里之前黑鸭出版社的几个董事副董事把我的右手握得又疼又酸：很抱歉条件很差连撒尿的抽水马桶还没有运去格非你看着办吧。

我的卧室朝南有一个很大的阳台。现在正是早春时节，太阳在午后照临阳台时，我就在那儿抽烟憩息。远处歌谣湖浩瀚的水面上空，白色的云块很低很厚，静静地悬挂着，湖水由于酸雨和城市排泄的废气和残渣已变得污浊不堪，湖面边缘的沼泽上绵延的原始森林蒙上了一层灰黄的颜色。有几只白鹤和鹭鸶贴水面盘旋而过。每天黄昏的时候，我总看见几个园丁在那片花园里忙碌着，他们将长在荒地上的荆棘和杂草拔掉，然后在上面栽金盏和鸢尾花。我有时也来到花园和那些园丁聊天。这些如土地一般沉默的老人回答我的问话时显得非常吃力。对于农事和天气他们并不像我那样感兴趣。我一有空就到花园里帮助他们编织花圃的竹篱，给金盏和鸢尾花浇水。当花园里到处都盛开着灿烂的金盏和鸢尾花时，我的小说快要完稿了。我在歌谣湖的这段日子里，时间悄无声息地过去了，这个远离城市噪声的地带给了我安定的心绪和美妙的感觉，但是不久以后发生的一些事却使这幢白楼在我的心中留下了灰暗且并不愉快的记忆。

这天下午，我像往常一样来到歌谣湖边散步。湖边枯黄的草地正在抽出新芽，那些新翻的泥土像波浪一样在广阔的田野上匍匐着。

我觉得我已经走了很远。我回望波光斑斓的湖面，那幢傍水而筑的小白楼已看不见了。温暖的阳光中裹挟了一丝北风，这些风像清晨还未完全褪尽的夜色,让我觉得有点冷。我脚下的地上渐渐出现了一些米黄色、灰白色的鸟粪。我在一只正在湖边饮水的山羊旁停住了脚步,因为在这时,我听到了一缕很不清晰的哭叫声。我四下里张望了一会儿,宽阔而高远的田野上不见一个人影。我点燃了一支烟继续往前走,不久我就看见在一片微斜的坡地上,一个高大的男人和一个女人滚在一起。他们沿着山坡往下滚,女人茶绿色的头巾脱落在坡地上,她的长发飘散开,沾满了草屑和泥土。

当我憋足了劲冲到他们身边时,那个男人已经把女人松开了。那个女人俯卧在地上,轻轻地啜泣着。我走到那个男人面前,正想揪住他的衣领问个明白,没想到他先给我的膝盖来了一脚。我倒在地上趴了三分钟。我昏昏沉沉地从地上爬起来,那个男人已经走上了那个斜坡。女人的脸上几排牙印还在不断地往外渗血。她整好了衣扣,跌跌撞撞地从我身边捡起了那茶绿色的头巾。她朝我歉意地笑了笑:

那是我男人。

我的脑壳"咯噔"一下,像是关节错位的榫头弥合了一样,我突然发现她就是我早些年在企鹅饭店碰到的那个女人。我的眼前一遍一遍地重现她刚才俯身捡头巾的动作,它仿佛和我早已在眼帘成为定格的捡靴钉的姿势叠合了。这个女人我已全力将她忘记,今天却突然出现在我的眼前,使我感到胸脯一阵阵抽搐。她扑闪着泪花看着我,她也像是觉得我有些面熟,异样的目光中透出疑问的猜忌。

我看了看那个已经走远的男人，又看了看她。

刚才你干吗哭叫？我问。

他——女人显得有些语塞，她的脸涨得通红。

他刚才把我弄疼了。

女人将头巾搭在头上，匆匆追赶她的丈夫去了。我走过那道斜坡。我看见那个高大的男人步履蹒跚地在田野上走着，他的腿脚看起来不太灵便。果真，他一会儿就在面前的一条闪亮的沟渠里跌倒了。女人朝前跑了几步，又远远地回过头来朝我叫了一声：

他是个瘸子——

瘸子？我苦笑了一下：他刚才在我膝盖上那一脚倒是踢得很卖力。

我手里玩捏着一枚镍币，沿湖边颓然若失地往回走。那个女人已经跑到男人身边。他们的身影在我的眼前越来越小了。在我们之间，潮湿的风在一望无垠的田野上吹着，我看着他们消失的方向——西斜的太阳暗红色的光照亮了那片密密的白桦林和村舍白色的屋顶。我想他们也许就住在离我的小白楼不远的村子里。

以后的几天，我再也没有在这一带的田畴上看见他们。每天午后，我的影子伴随我来到离白楼很远的这片坡地上，我等待着那个女人到田野里来耕作。麦子已经长得很高了，几场大雨浇过，田野里到处都是绿色植物的清香，成群的蜜蜂飞过来预示着气候日渐温暖，但是那个女人的身影一直没有出现。

黑鸭出版社的一位常务编辑来到歌谣湖畔看我。我告诉他，我的稿子只完成了一半。我想在我没有重新见到那个女人之前，我不打算离开这儿。

我在小白楼渐渐觉得孤寂无聊。一天，一个老园丁答应带我去白楼附近的村子里喝酒。我们在狭窄的田垄上一前一后地走着。我在路上向老人打听村子里的情况，同时我请他回忆一下村里是否有一个常穿栗树色靴子的女人。老人说村里的女人很多，但是他不知道她们穿什么颜色的靴子。

那个酒店就在村口。我吮吸着晚风中浓浓的酒气走进了酒店院门的木栅栏。栅栏旁有一个腰间围着泥黄色裙布的人正从一口大缸里往外掏酒糟。酒店墙上原先像是涂抹着一排深红色的大字，这些字迹经过长年的风吹日晒已经变得难以辨认了。我几乎在挑起门帘走进酒店的同时就看到了坐在墙角的那个瘸子。他似乎已经喝醉了。

酒店里昏暗的灯光被劣质烟草的雾气笼罩着，潮湿的地面散发出一阵腐烂霉饼的气味。我要了一瓶洋河大曲，挨着离酒柜最近的一张桌子坐了下来。酒店里没有什么人，柜台上那个店主模样的老人手里握着两个咔咔作响的钢球正在打盹。

瘸子在墙角独自喝着酒。他的背像是有点驼。黧黑的脸上刻着衰老的沟纹。他的胡须卷曲着，沾满了晶莹的酒滴。他高大的身躯稳稳地坐着，像是永远在聆听着什么，只是当他伸出手在桌面上摸索酒瓶时，我才看到他被烟熏得焦黄的手指有些颤抖。

那个女人来到酒店的时候,我一点也没有察觉。当一些类似于酒瓶或酒杯之类的玻璃器皿砸在地上,发出很响的破碎之声时,我才在朦胧的醉意里看见那个女人正在把已瘫倒在桌下的瘸子扶起来。瘸子跟跟跄跄靠着桌沿站起来,将脸凑近那个女人,朝她脸上啐了一口痰。女人刚想摘下头巾擦去痰迹,我看见瘸子的手在她眼前挥动了一下,那个女人就在酒店潮湿的地面摔倒了。女人像一摊墨渍一样卧在反射出酒店暗绿色灯光的地上。她软软的腰肢扭动了一下,双手撑着地面,浑身的筋络像杯子里盛满的水一样晃浮着。这时,我已经走到她身边,我拽起她的一只手把她搡起来,那个男人已伏倒在桌上睡着了。女人脖子上被手指抓破的细长血印像一条美丽的蜈蚣。女人用手指拢了一下湿漉漉的发尖,走到桌边拉了拉那个男人,同时她用哀怜的目光朝我瞥了一眼。我走过去将男人背起来,女人从地上捡起那个瘸子脱落的一只胶鞋,我们就走出了酒店。店主仍然手里捏玩着两个亮晶晶的钢球在打盹,有一缕稠浓的口涎在他嘴角挂着。我们走到院子里的木栅栏门边,一个黑影依旧在一只巨大的缸里往外掏酒糟。我感到这个酒店里的时间仿佛是静止的。

在路上,那个女人没有说话。漆黑的夜里有只狗在村头猎猎地叫着。

她的家不像我想象的那样邋遢。我在路上一直被背上的男人喷出的酒气呛得想吐,当我在她卧室明亮的窗前坐下后,女人已将丈夫在床上安顿好了。女人朝我招招手,我们来到外间的一个很小的客室。她为我沏了一杯茶。我手抚茶杯的边沿，转动着它，女人在我对面坐下来，双手合抱在胸前痴呆地看着茶几的桌面。这时我站起来，女人也跟着站起来：你喝杯茶再走。我说我想再到你卧室里看一眼。女人先是迟疑了一下，随后就说：好吧。我们又回到她的卧室。我看见她的床前整齐地放着一双擦得油光锃亮的栗树色靴子：她的栗树色靴子交错斜提膝部微曲双腿棕色－咖啡色裤管的皱褶呈沟状圆润的力从臀部下移使皱褶复原腰部浅红色－浅黄色的凹陷和胯部呈锐角背部石榴红色的墙呈板块状向左向右微斜身体处于舞蹈和僵直之间笨拙而又有弹性地起伏颠簸。我的眼睛眨闪了几下从卧室出来，女人说你有什么东西丢了吗？我说没有。我们重新在客室里坐下。我想从企鹅饭店和这个女人偶然相遇，至今已有许多年，重新浇灌这棵在我记忆中已枯死的青春之树显然已经没有太大的意义。我正视着面前这个女人清澈的眼波，嘴里隐隐有了一种酸涩的咸味。我点燃了一支烟，又递给她一支。她重重地吸了一口，眼角变得有些潮湿。腾起的烟雾在日光灯管上切割缭绕，灯管发出咝咝的声音。

烟草的香味使我在浓浓的酒意中感到异常清醒，我的脸有些烫。女人抽烟的姿势很好看，她夹着烟卷的白皙的手在我眼前晃动着。我们听到了里屋男人悠长的鼾声。

我第一次看到你是在七八年前。我说。

七八年前？

我在企鹅饭店的门外遇见你。

企鹅饭店？

后来我跟着你来到大街上。

什么大街？

后来你在一个卖木梳的老人面前站住了。

卖木梳的老人？

你在我脚边的街道上捡起了一枚靴钉。

靴钉？

你随后上了一辆开往郊区的电车。

你说什么？

那天雪下得很大，我租了一辆自行车追赶那电车。

我不明白。

你下车后天已经黑了。

你喝醉了。

后来你上了一座木桥就消失了。

你喝醉了。

你喝醉了。女人温存地对我说，在我们这儿没有什么企鹅饭店，没有大街，也没有卖木梳的老人。你喝醉了，要不你是记错人了？

我说我是在城里遇见你的。

女人笑了一下，她伸手端起我面前的茶杯呷了一口茶，将茶叶末轻轻吐掉：

我从十岁起就没有去过城里。

夜已经很深了。我呆呆地凝视天花板。那个雪夜我尾随那个女人来到郊外的种种细节又一次清晰地呈现在我眼前,我看了看面前的这个美丽的女人,她诚挚而坦然,脸上浮现出乡村淳朴的妇女特有的腼腆。她站起来给我的茶杯倒满了水,然后问我是不是觉得冷,要不要关窗。我说不用了。

那么,我说,你们这儿是不是有一座倒塌的木桥?

通往城里的方向是有一座断桥。

是洪水冲垮的吧?

不,是给人偷拆了木料。

女人像是突然想起了什么,她告诉我这样一件事:有一天,夜里,雪下得很大,我男人从邻村喝酒回来曾路过那座木桥。他提着马灯走到桥头,他看见木桥上有一些胶鞋的鞋印和自行车车轮的胎辙。他举起马灯朝桥上晃了晃,看不见人影,他看见桥一侧的铁索链上积满了雪,有些地方显露出手抓过的痕迹。桥面上的那些鞋印和胎辙还没有完全被大雪遮盖,他想也许有人推着自行车刚刚从这断桥上过去。但那天他喝得醉醺醺的,另外他的腿脚也不灵便就没有上桥去看看。第二天雪晴了,人们从河里捞起了一辆自行车和一个年轻人的尸体。

女人打着呵欠说完了这件事。

我说我该走了。

女人没有吱声。她的沉默似乎是她有意挽留我的一种隐晦的方式,我想。我坐着没动。

你住在哪儿?女人问。

我告诉她那幢白楼。

女人像是知道那幢楼。女人说夜已经很深了,春天麦子和油菜都长高了,有一些狼夜里常在荒野上转悠,要不就明天早上走吧。

我们就在客室里坐到天亮。

"水边"的夜幕悄悄隐去了。天亮的时候我和棋都没有察觉。现在阳光穿透公寓的玻璃窗投射到棋橙红色的衣服上。在早晨清晰而温暖的光线中,我看见棋的脸有些憔悴。我问她是不是饿了,要不要喝杯咖啡。棋点点头。我从厨房给她弄来了咖啡,棋似乎仍在想着我的故事。

你和那个女人一直坐到天亮?棋用塑料小勺在杯中轻轻搅动着,问我。

是这样。我说。

你那天是不是有些醉了?

是的。

你没有碰那个女人。棋诡秘地微笑着。

黎明的时候天有些凉,她给我披上了她男人的大衣,我在浑浑噩噩中抓住了她的手,但她马上把手抽了回去,像一些水从我指缝中流走了一样。

我坦白地对棋说。

我发觉你的故事有些特别。棋说。

怎么?

你的故事始终是一个圆圈,它在展开情节的同时,也意味着重复。只要你高兴,你就可以永远讲下去。不过,你还是接着讲下去吧。

我呷了一口咖啡,继续对棋描述以后发生的事。

一天深夜,歌谣湖一带突然下起了瓢泼大雨,雨下到第二天早晨还没有停。我拥着薄薄的棉被坐在床上吸烟。现在梅雨季节来临了。我看见绿色的田野上空,雨像密密的珠帘一样悬挂着。大风将白楼的木栅栏院门刮得砰砰直响。我谛听着大雨中的各种声响,又渐渐入眠了。到了晌午的时候,我恍惚听到楼下有人砸门。我想那大概是白楼花园里的园丁。可是下着这么大的雨,园丁来干吗?砸门声越来越响。我懒洋洋地披上衣服下楼开门。我轻轻地拨开门闩,大风扑面直灌进屋来,我一连打了好几个冷战。

那个女人站在雨中。

她的衣服已被雨水淋得透湿。她的披肩长发上不断地有一些晶亮的水滴滚落下来。她告诉我,她的男人死了。

我披了一件雨衣就跟着她走出了白楼。

大雨模糊了村子的轮廓,我们在狭窄泥泞的田埂上朝影影绰绰的村舍跑去。女人由于焦急和慌乱,在路上摔倒了几次,使得我们的速度反而慢了下来。女人说,她的丈夫昨夜又去了那家小酒店,晚上回来时跌倒在村中的一个粪池旁。第二天早上,两个清理阴沟排水的老人发现了他的尸体。他的脸已被雨水浇得煞白,耳朵里灌满了大粪。我拽住女人的手——她的小手像鳗鱼一样冰凉,我的思绪像是给大雨搅乱了,眼前一片空白。

当我们来到村头的时候，我看见有几个中年人拢着袖管，抱着扎有红绸布的铁锹往田野里走。女人啜泣着轻轻地说，他们要去墓地挖坑穴。

女人的院子显得依旧清朗。大雨把黄泥地面冲刷得又硬又平，地上有一些稀稀落落的鞋印。有一个木匠模样的人正在盛开的木槿花丛中弯腰锯着一段木料。屋子里传来叮叮当当钉棺材的声音。

那个男人躺在一扇破旧的门板上。他的身体已被几个年老的妇女收拾干净了。他穿着硬挺的哔叽制服，刮净了胡须的脸显得清癯而红润。尸体旁那些钉棺材的人像是完全沉浸在熟练的操作中，榔头敲在腐蚀的木板上，松针一样的木屑由于振荡而不断地跳动着。一个巫婆模样的女人走到尸体旁，双膝跪下，她高高地举起了双手，正准备哭叫，又突然想起了什么，灰白的眼珠朝我翻动一下：钉子还不够。我去院子里木匠身旁找来了钉子，巫婆又看了我一眼：再去找些绳子来。我刚一转身，巫婆高举着双手往地上一拍，伤心地哭了起来。

我去房里找绳子时，那个女人紧紧地跟着我，她哆嗦的身体和我贴得很紧。

尸体入殓的时候，呼啸了一夜的大风突然停了，雨还在淅淅沥沥地下着。屋子里静寂无声，女人伏在棺材的边沿，久久地望着她男人的尸体。她的哭声感染了室内尘封的空气。钉棺材的几个男人把榔头扔在地上，拍了拍手里的灰尘，蹲在一旁吸烟。

时间过去了很久。

女人的嗓音显得有些喑哑了。我看见她一边哭泣着，一边骨碌碌翻动着清亮的眼球朝四周察看，一片蜘蛛网像胸环靶一样悬挂在梁下，青绿色的蜘蛛攀缘在一根细长的丝线上，像钟的下摆在微风中晃动。我忽然意识到这个女人的悲伤也许是装出来的。又过了一会儿，木匠冲着我做了一个手势，我们抬起那块隧道的穹顶般的棺盖，将它轻轻盖在棺木上。巫婆过来把那个女人扶开了。在盖棺的一瞬间——那几个钉棺的男人朝棺木围过来，准备将它钉死，我突然看见棺内的尸体动了一下。我相信没有看错，如果说死者的脸上肌肉抽搐一下或者膝盖颤抖什么的，那也许是人们常说的什么神经反应，但是，我真切地看见那个尸体抬起右手解开了上衣领口的一个扣子——他穿着硬挺的哗叽制服也许觉得太热了。

我没有吱声。

送葬后的当天，我没有离开那个女人的屋子。女人对我说，她一个人在晚上的时候会感到害怕。她让我至少陪她三天。

第三天晚上，梅雨连绵。

女人坐在我对面，她的眼圈微微泛红。我们之间的冗长的话题已经在前两个晚上谈完了。我觉得在喋喋不休的对话中，时间流逝得很快，而面对沉默，我们的心力都显得非常脆弱。我还在想着那个男人的死。他的死多少有些蹊跷，有时我觉得这也许是一个阴谋。

你的男人醉死，你怎么想起去白楼找我？我说。

不知道。

他深夜未归，你为什么不去酒店看看？

别去提他了——

女人妩媚地对我笑了笑。我觉得她笑得有些勉强，但我的内心还是悸动了一下。她摊开双手平放在桌面上，我迟疑了一阵，手心朝下，轻轻地滑向她的柔润的手腕。接下来我们俩做的事不便详尽描绘，但有一些和那种事本身并无太大关联的枝节，如下所述，权且当作这个故事的结尾。

窗外雨声越来越大。女人叹息般的目光久久地注视着我，她俯下身帮我解鞋带的时候，天空炸过一串闷雷，我的腿一阵抽搐。女人抬头看了看我，又低下头去解鞋带。我们俩在床上躺下来，由于连日梅雨，我觉得棉被有些潮湿。我在无意中碰到她青蛙皮一样冰凉的皮肤，闻到了散落在她发中樟脑丸的气息。我木然地凝视着帐顶，好久没动。

我凝神屏息谛听室外风雨。

你在想什么？女人说。

屋外像是有一种奇怪的声音。

什么声音？

一个女人在哭泣。我说。

那是大风溜过树梢的声响。

不，是有人在哭。

什么地方？

院子里。

女人和我翻身下床。我裹了一条毛毯，跋着鞋子推开房门来到院子里。院子里什么也看不见。那个女人按亮了手电筒。随着那条惨白的光柱的缓缓移动，我看见了废旧的鸡埘，在大风中摇曳的木槿花树，和泛着污秽黑水的墙根阴沟。

大概是一只猫。女人说。她把我拉进屋内，关上了门。

我们重新在床上躺下。女人伸手拉灭了电灯。过不多久，那哭声又出现了，它像是来自一个死神笼罩的病榻，又仿佛从更加遥远的河面上传来。那哭声稚音未脱，时隐时现，我觉得我的头颅在这种弱节拍的声音中正逐渐膨胀。

我第二次下床的时候，女人躺着没动。

我拉开通向院落的大门。一道耀眼的闪电在天空中无声地出现，远处墨绿色的田畴和宽广的湖面一下被闪电照亮了。

在闪电出现的一刹那间，我看见一个少女站在院子的当中，她赤裸的身体在地面上的水洼中形成了清晰的倒影，她婴儿一样的脸上挂满了泪珠。

我的记忆似一条锈蚀的铁链寸寸断落。在记忆消失的瞬间，我脑子里浮现出在我六岁时，看着我的妹妹在澡盆里洗澡的画面，同时我的耳边又回荡起那场如梦的夜雪，我在那段凹槽封冻的路面上曾听到的羽绒布摩擦而发出的微弱声响。剩下的什么都不知道了。我扶着门框的手无力地滑落——我在门边晕倒了。

我醒过来的时候，那个女人守护在我的床前。她如母亲一般深沉而温暖的目光正注视着我。她静静地吸着烟，朝我嫣然一笑。我也要了一支烟点上,浓郁的烟味使我慢慢镇定起来。

你刚才看到了什么——

我把我看到的全对她说了。

你的胆子比我还小,那都是你的幻觉,你累了。女人说。

我说在我刚才昏睡的时候,做了一个奇怪的梦。什么梦?女人问。我梦见你的尸体漂浮在那断桥下的河面上,你的乳房上长满了青草,桥头有人在唱着《玫瑰玫瑰处处开》。

女人苦笑了一下。

我们结婚吧?我说。

好吧。

后来你就跟那个女人结婚了?棋长长地舒了一口气。

是的。

现在"水边"一带正是中午时分。炽热的阳光将退潮后棕红色的石子滩晒得灰白。棋追问着我和那个女人结婚以后的情况,我说在结婚的当天她就死了。结婚的日子是按她的意愿选定的,那天是她三十岁的生日。我们在恬静安详的烛光中喝着葡萄酒,她突然一连说几声"灯灭了",脑溢血模糊了她的视线,我眼看着她红润的脸色转为蜡黄,但我知道,已不可救。

棋从我公寓的椅子上站了起来,她一定是知道我的故事再也没有任何延伸的余地了。她说她该走了。她还说今天下午她要去"城市公园"参加一个大型未来派雕塑的揭幕仪式。她说这座雕塑是李朴和一些自称为"彗星群体"的年轻艺术家共同完成的,她说过一些时候再到"水边"的公寓里来看我。

褐色鸟群

现在是什么季节？我说。

秋天。

在跟我临别的时候，我觉得棋跟来时一样陌生。她抱着那个帆布裹着的画册，匆匆离开我"水边"的公寓，没有说再见。

我仍然在写那部圣约翰预言式的书。"水边"一带像往常一样寂静。那些"水边"的鹅卵石，密密麻麻地斜铺在浅浅的沙滩上，白天它们像肉红色的蛋，到了晚上则变成青蓝色。棋曾经别有用心地把"水边"称为锯木厂旁边的臭水沟，我一度被她的话所困扰。有一次，我沿着"水边"枯白的茅穗绵延的水线，朝北走了整整一天，没有发现什么锯木厂。回到公寓的时候，已经是深夜了。黑洞洞的天空中又出现了那拖着亮晶晶的尾巴旋转的星辰和不成规则的樱桃形的月亮。时间像是过去了很久。棋一直没有到公寓里来。我每天坐在公寓的窗口，看着那夜霜化成的水滴从高高的屋檐下坠落。

我天天期待着棋的出现。

不知过去了几个寒暑春秋，有一天，我终于看见棋沿着"水边"浅浅的石子滩朝我的公寓走来。她依旧穿着橙红色（或者棕红色）的罩衫，脚步在乱石中踩出空落的声响。她耸起的双乳不驯服地蹿动着。她怀里抱着那方裹着帆布的画夹，而远远地看起来，那更像一面镜子，我坐在公寓的门前，等待着棋朝我走近。

棋走到正对我公寓大门的路口，突然停住了。她看了看明净宽阔的水面，又转过身来看了看我。我想，她大概是示意我过去。我走到棋的身边。

有水吗？棋说。

在晌午的阳光中，她一定是走渴了，我给她弄来水。她仰起脖子喝完了水，抹了抹嘴唇，将杯子递给我。

你又给我看画儿来了吗？我说。

什么？！

她像是没有听清楚我的活，漠然地看了我一眼。

那大概是李朴为你新画的吧。我说。

什么李朴？棋说。

李劼的儿子——

棋无可奈何地笑了一下，她说我不认识什么李朴、李劼，而且也从来没人给我画过画——您是谁？

我一愣。

棋——我说，前一段时间你不是到我的公寓里来过吗？你让我看了你说是李朴的画，那些画上画了一些落叶和电线杆，我们在夜晚说着故事，通宵未眠——

我竭力搜寻记忆中那次和棋的初逢的每一个细节。然而棋固执而有礼貌地打断了我的话。

我的名字不叫棋，我是一个过路人，天热了，我跟您讨杯水喝，您一定是记错人了。

那么——我指指她怀里抱着的画夹。

少女将那个帆布包裹搁在膝盖上，熟练地解开青绿色的带子。

那是一面锃亮的镜子。

少女将镜子重新包好,夹在怀里,她捋了捋披散的长发,朝我摆了摆手,转身走了。

少女的身影离我远去了。

褐色的鸟群扑闪着羽翅,掠过"水边"银白钢蓝色的天空,在看不到边际的棕红沙滩上布下如歌的哨音。这些褐色的候鸟天天飞过"水边"的公寓,但它们从不停留。

初恋

离婚之后，季康常常向我提起，尽管他现在对前妻已无感情可言，可还是忍不住要通过各种渠道去打探她的消息。只要想到她的身体可能与另一个陌生男子交合，他就会受不了。"也许还不止一个，"有一次，季康对我说，"我们的离异很可能使她破罐子破摔，我了解她的为人。"看起来，他被那种恶魔般的阴影缠上了。在这片晦暗的阴影中，他能"看见"自己的妻子以他所熟知的方式委身他人。"甚至，有一回，我还梦见了你……"季康在说这番话的时候，还宽宏大量地拍了拍我的肩膀，似乎我真的与他妻子上过床，而现在他则原谅了我。

季康这种多少有点病态的心理，我或许不难理解，而他的前妻对此是否有过类似的联想，我们却不得而知。季康说，他当初并不是非得与她离婚不可，就像几年前他并不一定要与她结婚一样。情况的确也是如此，我们猜测，他们婚姻的最终崩溃与一个女研究生的介入有关。

有关这个研究生的情况,我们所知甚少,她的相貌不算难看,但也说不上如何出众。这就是说,见异思迁一类的解释在此并不完全适用。我们只是听说,季康的妻子在意识到危机将临之时,立即着手全力挽救,起先是苦苦哀告,然后是日复一日地自我悔过,其程度远远超出了她实际犯下的种种过失。当然,就像许多面临被丈夫抛弃的女人一样,她也曾发出过很多无用的恫吓。

有一天,季康与妻子在公园的一张长椅上商量离婚之事,他的妻子也许是受不了精神上持续的刺激,猝不及防地尖叫了一声,向前狂奔了五十米,最后一头扎入了湖中。季康在这个关键时刻经受住了考验,他平静地点上一支烟,冷冷地注视着湖面。"要知道,一个会游泳的人要被淹死并不是一件容易的事。"事后,季康这样向我解释道。

最后,一个骑三轮车的工人将她救起,送到了医院。季康来到她病床前所说的第一句话是:"如今这个世道,自杀已经吓唬不了谁了,你趁早别来这一套。"随后,他看见两行晶莹的泪珠从她的眼角流了出来。"到了那会儿,我知道,她已经死心了。"

说起来,我与季康虽然同属一个系科,却也算不上是知交。不过,他离婚这件事却给我带来了一个意想不到的馈赠。在他离异后那段倒霉的日子里,我一直拿不定主意是否应当向他表示一下我的感激。关于这件事,我在不久之后就要谈到。

感情上的纠缠宣告平息之后,办理离婚手续的过程就成了一道简单的算术题了。住房原本就是妻子父母的财产，对此，我的朋友自然不能提出任何非分的要求；而两个人在若干年内所积攒的财富（幸运的是，其数量与种类不算庞杂），则需要经过一番仔细的运算与分割。总的来说，气氛是友好的，分配也体现了谦让的原则。比如说，家用电器以及许多值钱的大件家具一律划入妻子的名下，像书籍、唱片一类的物件则理当归季康所有。从这件事后来的进程来看，还是有一些看似微不足道实则极为重要的问题被他们忽略了。

他们俩最终分手的那天，我们系的几位同事去帮季康搬家，那名女研究生也一同前往。面临这样的场合，她也许感到有些不安，就拉了一个名叫张末的女生前去做伴儿。

我们几个骑着黄鱼车，穿过了大半个城市，最后在大连西路的一处弄堂口停了下来。我们准备上楼的时候，研究生似乎有些不耐烦地向季康嘱咐道："最好快一点，别黏黏糊糊腻个没完。"季康点点头，问她是不是一起上去。研究生的柳叶眉即刻竖了起来："我上去干什么？你本来就不该拉我来。离个婚还弄得跟什么似的，又不是游行示威。"她的理由似乎也很充分，于是，她就一个人留在了楼下。

我们来到了七楼。门开着，季康的妻子正在阳台上给几盆瓜叶菊浇水。很显然，她为这个即将到来的时刻做了精心的准备：刚刚洗过澡，松散的长发披在肩上，房间里散发出一股树脂般清新的香气。屋子收拾得十分整洁，厨房里的一排不锈钢炊具被擦拭得锃锃发亮。她的脸色明朗而红润,似乎已没有了往昔的那种忧郁,那种故作冷漠的神情。她甚至还给了张末一包话梅,随后,她们俩在阳台上说了会儿话,还跟着录音机里钢琴的节拍哼了一段曲子。

"这正是我担心出现的场面,"季康在书房整理杂志时突然低声对我说,"你也许会问,既然我受不了这种场合,那当初我干吗要与她离婚呢?我也不知道。不过,恐怕我告诉你,你也不会相信,我们结婚至今,我从来没有看到过屋子收拾得这样整洁,也从未意识到她有这么漂亮。你知道,她以前总是一副懒散的样子,仿佛永远睡不醒……"

我提醒季康,她今天这样做,也许是以女人所特有的方式对他表示歉意,也许还有挽留、惜别之意。

"你错了,"我的话似乎引起了他的不快,"她这样做,无非是为了暗示我,我根本不配享用居室的清洁,不配享用她……"季康正这样说着,张末已经走进了书房,他摇了摇头,没再说什么。

那些书籍很快就整理完了,我们将它们分装在四辆黄鱼车上。我和张末最后离开这个房间,当时,她的怀里抱着一大堆旧衣服,其中的几双袜子散发的气味使她不得不最大限度地扭过头去。临到告别的时候,季康的脸色还算正常,他独自一人在房间里转悠了半天,好像在盘算着应当与他的妻子说上一两句什么。最后,他从床下拽出一双破皮鞋,拎在手里,招呼我们下楼。

就在这个时候,他的妻子突然说了一句:"请等一下。"我发现,听到这句话,季康明显地松了一口气。我似乎又听到了他那调侃般的语调:这娘儿们到底还是憋不住了。

事后,我多少次一遍遍地回忆起这个美妙的时刻。最后一分钟。我们准备下楼。季康的妻子突然叫住他。于是,后来所发生的一切都变得不可逆转了。

我们之所以会留下来,是因为季康让我们不要离开。季康之所以让我们留下来,按照张末的分析,是因为他担心自己一个人留在楼上会使那位研究生感到不快。

我看见季康矜持而冷漠地转过身去,对他的妻子说:"你,还有什么话说?!"

"我没有什么话要对你说。"他的妻子露出嘲讽的笑容,"还有一些东西,你忘了将它们拿走了。"

在过道的一张茶几上,堆着一摞绒面考究的相册。季康愣了一下,随后将头探向窗外。楼下,那名女研究生此刻正在一排垃圾箱的边上焦急地踱着步子。她不时地看一眼腕上的手表,然后抬头朝楼上张望。

如何分配这些照片,远比想象的要复杂。问题在于那些合影照片的归宿,因为两个当事人都表示不愿收藏它们。季康严肃地指出,指望由他来收藏这些"记忆的残片"至少是不人道的,既然两个人的结合被证明是愚蠢的,他现在所要做的就是将往昔的岁月彻底埋葬。他的妻子立即反唇相讥,她说她完全同意季康对他们婚姻的描述:"是的,我的确十分愚蠢。"她接着声称,她如今最大的愿望就是与猪猡般的生活尽快诀别。

由这些照片引发的彼此攻讦与种种难堪,用季康自己的话来说,是往常的浪漫岁月向现在索取的必然代价。

在某一幢酒店里的婚礼上,季康显得踌躇满志。他正谦恭地将一枚戒指戴在妻子的手上。他的妻子眉头紧锁,身体朝后仰去。如果不是季康的口臭使她难以忍受,那么她的郁郁不欢一定另有原因。

随后的一幅照片将我带往炎热的南方。他们俩正在水中嬉戏,海面上风平浪静,海岸上细沙如银。季康拉住妻子的一只手,另一只手则抚摸着她的臀部,两个人都在纵声大笑。照片的左下角是一个戴墨镜男人的侧影,他的目光似乎在注视着海面上的一尾黄帆。在接下来的一幅照片上,这个男人再度出现,季康的妻子与他相向而坐,而季康本人则在一边若有所思。

我一连往后翻了几页。现在,那名女研究生终于出现在季康家的餐桌上。从照片下端打出的日期来看,这次相聚与他们的婚礼刚好相隔三个月,女主人正往研究生的碗里夹菜,而后者竟然毫无觉察,她好像与邻座的季康因为什么问题而发生了争执。女主人脸上的表情与其说是担忧,不如说是暗自庆幸,也许两者兼而有之。闲坐在一旁的是一位老人,她很有可能就是季康的岳母。她的表情十分严峻,显示出老人判断力的锐利,她仿佛在对她的女儿说:"你就等着瞧吧……"

我在翻看这些相册的同时,张末正在整理那堆没有入册的相片。她耐心地将这些照片分成三类:季康的,他妻子的,他们的合影。过了一会儿,她突然小心翼翼地碰了碰我的胳膊,悄悄地塞给我一张照片,我注意到她的脸因为羞怯而涨得通红。

这是一张快速成像照片,色彩显得很不真实。我看不出这张照片有任何奇特之处,照片上也未标明成像的日期。不过,我很快就发现,在照片的背面,有两行用自来水笔写成的小字,上面一行无疑是季康的手迹,内容多少有些猥亵:"今天晚上,你会感到吃不消的……"而他的妻子在下面则这样写道:"那你就试试看……"

我们骑着黄鱼车离开大连西路的时候,天早已黑了。街面上行人稀少。我注意到,股票交易大楼顶端的广告牌已经更换。

当天晚上,季康请我们几个在学校后门的一间简易餐厅吃饭,还喝了酒。后来,我们就控制不住地唱起了一些老歌。张末开始流泪,我们唱着歌,谁都不会去注意她。再后来,她的一只小手绕过桌腿,悄悄地伸过来,搁在我的膝盖上。

现在,我们结婚已经四年了,除了结婚证书上的合影之外,我们再也没有在一起拍过一张照片。我们信誓旦旦,永不分离;我们未雨绸缪,时刻准备,各奔东西。

凉州词

闲谈

作为当代文化研究领域声名显赫的学者,临安博士近来已渐渐被人们遗忘。四年过去了,我从未得到过他的任何消息。正如外界所传言的那样,不幸的婚姻是他最终告别学术界的重要原因。最近一期的《名人》杂志刊发了一篇悼念性质的文章,作者声称,据他刚刚得到的讯息,临安先生现已不在人间,他于一九九三年的六月在新疆的阿克苏死于霍乱。直到今年秋天,当临安博士背着沉重的行囊突然出现在我寓所的门前,上述推断才被证明是无稽之谈。

他是从张掖返回长沙的途中经过上海的。由于那则不负责任的谣传和多年不见的隔膜,我们相见之下令人不快的尴尬是不难想象的。这些年来,世事沧桑,时尚多变。在大部分人忙于积攒金钱的同时，另一些人则自愿弃世而去，我们的谈话始终笼罩着一层抑郁、伤感的气氛。临安博士已不像过去那样健谈，激情和幽默感似乎也已枯竭。我们长时间看着窗外，看着那些花枝招展的少女穿过树林走向食堂，难挨的沉默使我们感到彼此厌倦。

在我的记忆中，临安先生尽管学识丰湛，兴趣广博，却称不上是一个治学严谨的学者。他的研究方式大多建立在猜测和幻想的基础上，甚至带有一些玩笑的成分。对于学术界在困难的摸索中渐渐养成的注重事实和逻辑的良好风气，临安常常出言讥诮，语露轻蔑："捍卫真理的幼稚愿望往往是通向浅薄的最可靠的途径。"

四年前，他将一篇关于李白《蜀道难》的长文寄给了《学术月刊》，从此销声匿迹。在这篇文章中，他一口断定《蜀道难》是一篇伪作。"它只不过是一名隐居蜀川的高人赠给李白的剑谱，其起首一句'噫吁嚱'便是一出怪招……"《学术月刊》的一名女编辑在给我的信中流露出了明显的不安："你的那位走火入魔的朋友一定是神经出了问题。"现在看来，这篇文章也许仅仅是临安博士对学术界表示绝望的戏仿之作。

不过，临安博士并未就此与学术绝缘，这次见面，他还带来了一篇有关王季凌《凉州词》的论文。他告诉我，他写这篇论文的初衷只是为了排遣寂寞，没想到它竟意外地治愈了他的失眠症。文章的风格与他的旧作一脉相承，标题却冗长得令人难以忍受。如果删去枝蔓，似乎就可以称作：《王之涣：中唐时期的存在主义者》。

旧闻

"普希金说过：湮灭是人的自然命运。我也是最近才明白这句话的真正含义……"临安博士就这样开始了他的论述，并立即提到了有关王之涣的一段旧闻。

在甘肃武威城西大约九华里外的玉树地方，曾有过一座两层楼的木石建筑。现在，除了门前的一对石狮和拴马用的铁柱之外，沙漠中已无任何残迹。这幢建筑位于通往敦煌和山丹马场的必经之路上，原本是供过路商旅借宿打尖的客栈。到了开元初年，随着边陲战事的吃紧，大批戍边将士从内地调集武威，这座客栈一度为军队所租用。最后占领这座客栈的是一些狂放不羁的边塞诗人，他们带来了歌妓、乐师和纵酒斗殴的风习，竟夕狂欢，犹如末日将临。

自从世上出现了诗人与歌妓之后，这两种人就彼此抱有好感。但这并不是说，在地僻人稀的塞外沙漠，诗人与歌妓们蚁居一处饮酒取乐，就一定不会发生这样或那样的争执。为了防止流血事件的频繁出现，一个名叫叶修士的诗人在酒后发明了一种分配女人的方法，具体程序说来也十分简单：诗人们一般在黄昏时从城里骑马来到这里，随后饮酒赋诗，叙谈酬唱。等到月亮在沙漠中升起，歌妓们便依次从屏风后走出来，开始演唱诗人们新近写成的诗作。只有当歌妓演唱到某位诗人的作品时，这位诗人才有权与她共度良宵。

"这种仪式有些类似于现在在英国流行的'瞎子约会'，"临安博士解释道，"它使得传统的嫖娼行径更具神秘性质，而且带有一种浓烈的文化色彩。"

自从被贬官来到武威之后，王之涣就成了这座客栈的常客。遗憾的是，他的诗作从未有幸被歌妓们演唱过。根据后代学者的分析，王季凌在这里备受冷落，除了他"相貌平平，神情犹疑"，不讨女人们喜欢之外，最重要的原因是他的诗歌不适合演唱。情况确也是如此，让一个卖弄风情、趣味浅俗的歌妓大声吟唱"黄河远上……"一类的词句，的确有些过分。不过，不久之后发生的一件事似乎完全出乎人们意料。这件事显然不属于正史记述的范畴。清代沈德潜在其《唐诗别裁》一书中对这段旧闻偶有涉及，但描述却极不准确。

这天晚上，诗人们的聚会依旧像往常一样举行。只是听说客栈新来了几名歌妓，诗人们的情绪略微有些激动。第一个从屏风后面走出来的是一名身材臃肿的当地女子。大概是因为此人长相粗劣，诗人们的目光显得有些躲躲闪闪，惊惶不安，唯恐从她的嘴里唱出自己的诗篇。这位姑娘用她绿豆般的小眼扫视了一遍众人，最后将目光落在了高适的身上。她唱了一段《燕歌行》。人们在长长地松了一口气之后，都用同情的目光看着高适。高适本人对此却有不同的看法，他低声地对邻座的王之涣说道："这个姑娘很可爱，我喜欢她的臀部。"

凉州词

接着出场的这名歌妓虽然长相不俗，但毕竟已是"明日黄花"。她似乎被王昌龄高大、英俊的外表迷住了，曾经异想天开地用一把剪刀逼着王昌龄与她结婚。她每次出场，总是演唱王昌龄的诗作，因此，其余的诗人对她不会存有非分之想。果然，她这次所唱，又是那首老掉牙的《出塞》。王昌龄看上去虽有几分扫兴，但仍不失优雅风度，他谦虚地嘿嘿一笑："温习温习……"

时间就这样过得很快。王之涣似乎已有了一丝睡意。在这次聚会行将结束时，从屏风后面突然闪出一个女人。她的出现立即使王季凌困倦全消。

关于这个女人的美貌，历来存有不同的说法。有人称她"玉臂清辉，光可鉴人"，有人则说"仪态矜端，顾盼流波，摄人心魄"。不管怎么说，这些评论在某一点上是一致的：她的身上既有成熟女人的丰韵，又有少女般的纯洁清新。她所演唱的诗作正是王季凌的《凉州词》。

看上去，这个端庄、俊美的女人并未受过基本的音乐训练。她的嗓音生涩、稚拙，缺乏控制，一名衰老的琴师只能即兴为她伴奏，徒劳无益地追赶着她的节拍。她的眼中饱含泪水，仿佛歌唱本身给她带来的只是难以明说的羞辱。

"如果有人决心喝下一杯毒酒，最好的办法莫过于一饮而尽，"临安对我说，"她就是在这样一种交织着犹豫、悔恨以及决定迅速了却一桩心愿的急躁之中，唱完了这支曲子，然后不知所措地看着众人。"

短暂的沉默过后，人们看见王之涣干咳了两声，从椅子上站起身来，朝这名歌妓走去。他脸上的冷漠一如往常，勉强控制着失去平衡的身体。他甚至连看都没看她一眼——就像这个女人根本不存在似的，匆匆绕过她身旁的几只酒坛，径直来到了屋外。

深秋的沙漠中寒气袭人，沙粒被西风吹散，在空中碰撞着，发出蜜蜂般嗡嗡的鸣响。借着客栈的灯光，他在一排倒坍的栅栏边找到了那匹山丹马。接着，他开始流泪。客栈里传来了酒罐被砸碎的破裂之声，那名歌妓发出了惊恐的尖叫。

"现在，我们已经知道，那名歌妓正是王季凌的妻子。"临安故作平静地说，"这件事说起来有些令人难以置信，但它毕竟是事实。你知道，当时在玉树的这座客栈定期举行的诗人聚会与如今港台地区盛行的流行歌曲排行榜并无二致，在那个年代，它几乎完全操纵着武威这个弹丸小城附庸风雅的文化消费。王之涣的妻子平常足不出户，丈夫频繁的终夜不归使她颇费猜测。在一个偶然的机会，她从一个上门来兜售枸杞子的穆斯林口中知道了玉树客栈所发生的一切，丈夫在那里遭受的冷落不禁让她忧心如焚。后来，她慢慢想出了一个办法……"

"看来，这个女人对于诗歌艺术有一种狂热的爱好……"我对临安说。

"仅仅是一种爱好而已，而且这种爱好也仅仅是因为她的丈夫恰好是一名诗人。那时的女人们就是这样，假如她的丈夫是一个牙科医生，那么她就会莫名其妙地对拔牙用的老虎钳产生亲近之感。事实上，她对诗歌几乎一窍不通。在太原时，她曾对王之涣的那首《登鹳雀楼》提出质疑。按照她的逻辑，欲穷千里目，更上一层楼是远远不够的，起码也应该一口气爬上四五层楼，因为这样才能看得更远。王之涣怎么向她解释都无法说服她。最后，他只得将妻子带到那座即将倒塌的鹳雀楼前。'你瞧，这座楼总共只有三层，'王之涣耐心地解释道，'我写这首诗的时候是在二楼……'他话音刚落，妻子便不好意思地笑了起来，露出一排洁白的牙齿：我明白啦。因此，这件不幸事情的发生仅仅与爱情有关。在我看来，所谓爱情，不是别的，正是一种病态的疯狂。"

"也许还是一种奢侈。"我附和道。

"确实如此，"临安站起身来，似乎准备去上厕所，"在王之涣身上发生的这件事已经远远超出了悲剧的范畴。按照现在流行的观点来看，它正是荒谬。类似的事在我们这个时代倒是俯拾即是。"

临安在厕所里待了好长一段时间没有出来。我知道，我们的谈话远远没有结束。在冰箱压缩机单调的哼哼声中，我的眼前浮现出临安妻子那副忧戚的面容。自从她与临安离婚之后，我就再也没有见过她。

诗作及其散佚

众所周知，王之涣在十三四岁的少年时代即已开始了写作的生涯，四十年后在文安县尉的任上死于肺气肿，身后仅余六首诗传世。这些诗作后虽被收入《全唐诗》，但经过考证，《宴词》等四首亦属伪托之作，"移花接木，殊不可信"。因此，准确地说，王之涣留给后人的诗篇只有两首，这就是脍炙人口的《凉州词》和《登鹳雀楼》。

临安博士告诉我，他在张掖、武威一带滞留时，曾在一家私人藏书楼中读到李士佑所撰木刻本的《唐十才子传》。作者的生卒年月皆不可考。其境界俗陋，引证亦多穿凿附会之处，但却以一种极不自信的笔调暗示了王季凌诗作散佚的全部秘密。

按照李士佑的解释，王之涣病卧床榻数月之后，自知在世之日无多，便在一个豪雨之夜将自己的全部诗作付之一炬，而将《凉州词》与《登鹳雀楼》分别抄录在两张扇面上赠给长年跟随的仆佣，聊作纪念之表。

对于王季凌自焚诗稿的原因，李士佑认为，这是王季凌渴望身后不朽的一种冒险。他进而做了一个象征性的说明：假如世上仅剩一对价值连城的花瓶，你砸碎其中的一只，不仅不会有任何损失，相反会使另外一只的价值于顷刻之间成倍地增长。

"这种描述的可笑与浅薄是不难证明的，"临安博士一谈起这件事，就显得愤愤难平，"我们知道，王之涣生前对于自己诗作的公之于众极为谨慎，即便是惠送知己、酬赠美人也往往十分吝啬，这种怪癖后来直接引发了他与高适、王昌龄二人的反目。如果王之涣像李氏所说的那样爱慕名声的话，那么他现在的地位已不在李、杜之下。"

在临安博士的这篇论文里,他用了很长的篇幅描绘了许多年前的那个风雨之夜,行文中处处透出苍劲和悲凉。但我不知道他的描述在多大程度上是真实的。当我留意到他的那张形同朽木的脸颊以及额上的苍苍白发,我知道,事实上我无权向他提出这样的疑问。

"即便是一个理智正常、神志坚强的人,也不免会产生出自我毁灭的念头,"过了一会儿,临安换了一种较为柔和的语调说道,"这种念头与他们在现世遭受的苦难及伤害的记忆有关。一般来说,这种记忆是永远无法消除的,它通常会将人的灵魂引向对虚无缥缈的时间以及种种未知事物的思索,尽管逃脱的愿望往往带来绝望。正如曹雪芹后来总结的那样:世上所存的一切说到底只不过是镜花水月而已。"

临安的一番话又将我带向过去的岁月。早在几年前,他的妻子在给我的一封信中已预示出他们婚姻行将崩溃的种种征兆。这封信是用俄文写成的,她心事重重地提到,临安近来的状态让她十分忧虑,也使她感到恐惧,因为"他在不经意的言谈中已渐渐流露出了对地狱的渴望……"

"说到王之涣,倒使我想起一个人来,"临安用手指敲打脑壳,似乎想竭力回忆起他的名字,"一个犹太人……"

"你说的是不是里尔克?"

"不,是卡夫卡,"临安纠正道,同时由于兴奋,他的脖子再度绽出青筋,"王之涣焚诗的举动常使我想起卡夫卡忧郁的面容。他们都死于肺病,在婚姻上屡遭不幸;他们都有过同样的愿望——随着自己的消失,在人世间不留任何痕迹。但都没有获得成功——世人往往出于好心而弄巧成拙,使这些孤傲的魂灵不得安宁。在这一点上,马克斯·布洛德的行径是不可原谅的。"

"你的意思是不是说,王之涣的自甘湮灭与他对这个世界的仇恨有关?"

"仇恨仅仅是较为次要的原因,"临安说,"况且,对于王之涣的身世,我们知道得很少。问题在于,王之涣已经窥破尘世这座废墟的性质,并且谦卑地承受了它。这一点,我以为,他在《凉州词》一诗中已说得十分清楚。"

"你在这篇论文中似乎还提到了地理因素……"

"沙漠,"临安解释道,"王之涣长年生活的那个地区最常见的事物就是沙漠。在任何时代,沙漠都是一种致命的隐喻。事实上,我离开甘肃几天之后,依然会梦见它在身后追赶着我所乘坐的那趟火车。我走到哪里,它就跟到哪里。我在想,如果这个世界如人们所说的那样有一个既定的进程的话,毫无疑问,那便是对沙漠的模仿。"

结 论

"你无须考虑别人的命运,却也不能将自己的命运交给别人去承担,这就是我在这篇文章中所要表达的基本思想。"临安在做了这样一个简短的总结之后,我们之间的谈话就结束了。

天已经亮了,不过太阳还没有出来。

临安博士走到我的书橱前,大概是想随便抽出一本书来翻翻。

他在那里一站就是很久。

书橱的隔板上搁着一件工艺品玩具:用椰壳雕成的一头长尾猴。

它是临安以他与妻子的名义送我的纪念品。当时,他们新婚不久,刚从海南回来。我记得,那是一个遥远的午后,他们俩手拉着手,站在我的窗下。她头上别着的一枚银色发卡,在阳光下,闪闪发亮。

相遇

在遥远的过去，布达拉宫的大祭司曾经做过这样一个预言：一九〇四年，也就是藏历的木龙年，西藏将会出现一场巨大的灾难。祭司曾在不同的场合详细地描述了这场灾难的性质，但没有指明它将来自何处。

一九〇三年的初夏，随着一支由英国人、印度的锡克人和廓尔喀人混编而成的入藏远征军沿着蒂斯塔河谷悄悄潜入甘宗坝，情势终于渐渐地明朗了。

一

由弗朗西斯科·荣赫鹏上校率领的这支远征军在抵达甘宗坝之前，除了高原反应和瓢泼大雨所造成的行军困难之外，他们没有遇到其他的障碍。辽阔而岑寂的高原似乎在熟睡之中，传说中由牧羊人组成的藏族军队依然杳无踪迹。

无论从哪个方面来看，荣赫鹏上校都是一个真正意义上的冒险家。从桑德赫斯特指挥学院毕业后，他在印度的密拉特以及克什米尔地区开始了他的军旅生涯。一八八六年秋天，他只身潜入中国腹地，足迹遍布东北平原、内蒙古、新疆和昆仑山区。在荣赫鹏上校看来，他最终被任命为英国远征军的最高军事长官，完全是因为自己卓越的军事天才和丰富的山区经验。这一看法和印度的寇松总督的初衷大相径庭。当总督第一次见到荣赫鹏的时候，这位年轻军官的任性、鲁莽、急躁、不顾后果的性情就给他留下了深刻的印象。在西藏那样一个神秘的地区作战，荣赫鹏无疑是指挥官最合适的人选。

远征军在甘宗坝的营地屯扎在平原上的一条黝黑发亮的小溪旁。从这里可以俯瞰整个塔尔甘河谷，而耸立在远处的埃弗勒斯山峰似乎近在咫尺，银灰色的峰峦积雪叠嶂，闪烁着耀眼的光芒。

六月的初夏，正是这一带气候宜人、花卉盛开的时节。荣赫鹏上校坐在营帐中的一个树桩上，满面忧郁地和布雷瑟顿少校下着他们刚刚学会的厄尔鲁特棋。布雷瑟顿少校显得心不在焉。他不时转过身朝那片寂静的山谷张望，这种意味深长的窥望仿佛引动了荣赫鹏上校心中积存已久的焦虑。

部队在进入甘宗坝之后，就陷入了遥遥无期的等待之中。寇松总督在最近的一封来信中暗示他，英国国会对于远征军是否应在近期内占领春丕，攻取江孜，向拉萨进军感到犹豫不决。这种犹豫和延宕是软弱无力和装腔作势的混合物，荣赫鹏上校担心，它会在战略上使英国军队处于不利地位，为西藏人大量集结军队争取时间。寇松总督在信的末尾告诫他，在中国的谈判代表到达甘宗坝之前，他没有任何理由轻举妄动。

塔尔甘河在山谷中静静地流淌。越过一片低矮的灌木丛和长势不好的青稞地，荣赫鹏上校可以看见三三两两的英国士兵在河谷中模糊不清的身影。他们日复一日地在那里逡巡，采集化石、植物、蝴蝶等昆虫的标本。山谷里到处都是毛茛属植物和一簇簇杜鹃花，远远看上去，那些密密的花朵就像燃烧的煤块一样通红、灿烂。高原的风在山野里横吹着，除了溪流曜曜流淌的水声之外，四周笼罩着一种懒洋洋的寂静。

晌午时分，一个传教士模样的人骑着一匹西藏本地的矮种马，沿着河谷边缘的那条狭窄的小路，朝营地的方向慢慢走来。

这个人的到来使荣赫鹏和少校之间那盘索然无味的棋总算可以告一个段落了。上校很不耐烦地将一枚棋子扔进棋盘，同时站起身来。

"你瞧，有人朝这边走过来了。"

"看上去是一个牧师。"布雷瑟顿说。

"就是几天前我们遇到过的那个苏格兰人。"

布雷瑟顿少校没有吱声。他的双眼满含忧虑，心事重重地看着旷野里传教士的身影，仿佛传教士的造访带来了某种神秘的危险。

布雷瑟顿是荣赫鹏上校青年时代的密友,荣赫鹏受命进入西藏的前夕,将他从遥远的加德满都调到自己的军团中,让他负责后勤和运输。布雷瑟顿生性耿直、忠于职守,是一位称职的军需官,但正如荣赫鹏上校后来认识到的那样,西藏这样一个地域,并非每个人都适合在这里生存。布雷瑟顿进入西藏的第一天就感到极度恐惧,连续不断的痢疾的折磨很快就使他形销骨立,喇嘛教寺庙的诵经之声总使他感到不安,他一连几次用一种可怕的语调对他的伙伴和保护人这样说道:"我们也许永远到不了拉萨。"

在晌午十点至午后一点之间,共有三个人先后造访了荣赫鹏上校的营地指挥所,他们分别是:苏格兰传教士约翰·纽曼、扎什伦布寺的大住持和清朝驻藏官员何文钦。

在临近午餐的这段时间里同时会见三个人是不可能的。荣赫鹏上校凭着自己的直觉与兴趣,不假思索地选择了中间的一位(即扎什伦布寺的住持)加以接见,而将另外两位悬搁在营帐外的荞麦地里。

扎什伦布寺的大住持在营帐中一露面,就给荣赫鹏上校留下了难忘的印象。他身材清瘦,满脸皱纹,猩红的长袍空空荡荡。大住持显然不是作为官方的谈判代表而是以私人劝说者的面目出现的。他彬彬有礼的举止和宽厚的外表与僧侣的身份极为相称,令荣赫鹏上校感到吃惊的是,这位深处城堡迷宫的喇嘛精通汉话和英语。

他们最初的谈话巧妙地绕开了侵略、占领等一系列敏感的字眼。由此可见，大住持对时下流行的外交策略并非一无所知，他们从宗教习俗、医学谈到巫术和神迹，最后在哲学上发生了严重的分歧。

荣赫鹏上校早年粗涉过斯宾诺莎和莱布尼茨的著作，因此，他有足够的哲学常识和喇嘛进行周旋。

在他们不到两个小时的谈话中，双方为"地球是否是圆的"这样一个问题颇费了一些口舌。不管怎么说，这次会见毕竟还是令人愉快的，尤其是大住持的许多荒诞而古怪的言论和见解在荣赫鹏的记忆中不知不觉地扎下根来。

在营地外的荞麦地里，清朝驻藏官员何文钦与苏格兰传教士的见面则多少显得有些不尴不尬。

何文钦肩负着大清帝国的使命千里迢迢来见荣赫鹏，而后者则莫名其妙地将其拒之门外，让他和一名传教士待在一起。从何文钦和约翰·纽曼见面时的情形来看，两人以前不仅见过面，而且还相当熟悉。另外，也许还存在着一些鲜为人知的过节。

传教士满面笑容地走向何文钦，伸开双臂做出一副想要拥抱他的样子，何文钦却在荞麦地里连连后退。

许多英国军官在营帐外不明所以地目睹了一切，没有人知道这两个人在开阔的荞麦地里究竟谈了些什么。传教士似乎对何文钦先生身上穿着的丝绸长袍颇感兴趣，当他终于靠近何文钦之后，便立即掀起长袍的一角，用手指捻了捻。这一过于亲昵的举动，无论在中国还是英国的传统礼节中，都是有失检点的。

相遇

二

　　大住持从荣赫鹏上校的营帐内出来时，正是阳光普照的午后。他没有立即返回坐落在日喀则的扎什伦布寺，而是走在了另外一条路上。由于长年经受高原冷风的抽打和强烈的日晒，他的脸庞干枯得像一张羊皮。

　　当他的马缓缓跑下塔尔甘河谷，大住持看见了苏格兰传教士沿着河床踽踽独行的身影，原先和他待在一起的那位清朝官员此刻已经消失不见。

　　约翰·纽曼来到甘宗坝并非为了会见荣赫鹏，他的真正意图在于等待何文钦先生。荣赫鹏上校拒绝会见一切来自朝廷的谈判代表，使这位清朝官员黯然神伤。他几乎是灰溜溜地离开了甘宗坝，独自一人返回苍南的中国村。

　　传教士的马走得很慢，大住持不一会儿就撵上了他。两个人之间始终保持着一段距离，沿着棕红色的河谷，在炽烈的光线下走成了单行。

　　夏季的风越过山脊，朝这边吹过来，挟裹着一股冰雪的凉意。鹊鸭和雪鸽在树篱间啁啾，瀑布的泻水在附近的一个山涧中发出单调而遥远的喧响。

　　也许是为了排解眼前的这种慵懒的寂寞，大住持试探性地和传教士开始了交谈，在不着边际的闲聊中，大住持一直紧锁眉头，心事重重。

荣赫鹏上校是一个很难对付的人。尽管他对藏传佛教并不反感（甚至还略带谨慎的好奇心），但他的傲慢和冷漠使人难以接近。大住持不仅没有刺探出任何有用的情报，甚至，原先计划中劝阻英国人向拉萨挺进的建议始终没有机会向上校提出来。看来，有些话并非想说就能说出口。另外，来自拉萨方面的判断与事实大有出入，英国人似乎已经做好了深入西藏腹地的所有准备，他们占领圣地拉萨只不过是个时间问题。

日暮时分，一座红白相间的巍峨城堡出现在视线之中，大住持拽住了马头。出于告别时必要的礼节，大住持向苏格兰传教士发出了同宿城堡的邀请（纯属客套），约翰·纽曼心里想的是婉言谢绝，而口头上却立即应承下来——这说明，要约束住自己的言行是多么的不易。

这样一来，这件事至少导致了两个后果：从长远的时间来看，它引发了后来的一系列变故，而在眼下，基督教传教士和西藏大喇嘛即将同宿一处，两个人都感到心情紧张。

这座东方式的城堡建造在平原上的一个山包上。它是一座杂乱无章的六层楼建筑。城堡的前后各有一个院落，院落外的场地上拴着七八匹藏种马，一排排渡鸦栖息在檐墙上，它们叽叽喳喳地叫唤着。城堡左侧不远处的一片山坳里，有一幢尼姑庵。一些尼姑排着队到河边去汲水。

在过去的几年中，约翰·纽曼从未获准进入真正意义上的藏式城堡，因此，他想好好利用一下今天的这个机会。黑夜来临时，他们在膳房匆匆吃过一些糌粑和青稞酒之后，传教士便向大住持提出了参观城堡的要求。大住持略略思索了一下，便点头同意了。很快，一位年幼的仆童给他们拿来了一盏酥油灯。

顺着石砌的台阶朝上走，这座晦暗幽冥的建筑迷宫便依次呈现在传教士的眼前。在这座城堡的第二层，约翰·纽曼看到了一座巨大的旧式武器的仓库。房间和过道里堆满了干草、黑色的火药、生锈的头盔、盾牌、胸铠和火绳枪。这些物品作为旧时代的遗迹，多已废弃不用，上面覆盖着一层厚厚的灰土，而镶嵌在壁龛里的一排排转经筒由于不时受到人手的触摸却显得熠熠发亮。

月光从墙洞的雉堞中照射进来，将大住持的脸衬得蓝幽幽的。这种光亮使约翰·纽曼周身掠过一阵冰凉的寒气。

约翰·纽曼似乎感觉到，在这种情形之下，争执两种宗教的优劣是极为不利的（在过去，他把和喇嘛之间的这类争执看成是自己神圣职责的一个部分）。但是，既然大住持已经挑起了话头，他出于礼貌，也只能勉强地加以必要的答复、论辩和修正。

"其实，我们从来就没有认为你们的基督教存在着什么缺陷。"大住持带领传教士来到五楼的一间藏经室之后，这样说道，"事实上，我们并没有派人去苏格兰或者伦敦传教。所有的宗教都具有相似的性质，却产生出迥然不同的习俗。比如，你们总是用'肮脏'一词来形容藏人的仪表。的确，我们平时很少洗澡,和你们西方人坐在澡盆里扑打水花的方式不同的是,西藏人习惯于在洁净的风中沐浴。这就好比给人治病,汉族人用的方法是捏一捏病人的手腕,你们是用一只铁皮圆块在病人的胸部滑来滑去;而在西藏,一个人是否有病,要根据他在一只木桶里小便的声音来判断……"

"你说得不错,"传教士附和道,"不过,有一个问题我始终不明,你们信仰佛陀,但如何知道佛陀的确存在,存在于何处,又以怎样的方式了解尘世的苦难呢?"

"在基督教里,你们凭什么知道耶稣的存在?"大住持反问道。

"依靠神迹。"约翰·纽曼答道。

"什么神迹?"

"比方说,按照《圣经》里的记载,先知将一条爬行的蛇变成一条僵硬的拐杖……"

"这只不过是一种魔术而已,"大住持打断了他的话,温和地笑了笑,"在印度和西藏,很多流浪艺人都精通这一技艺……"

约翰·纽曼的脸由于羞耻和激怒而变红了,他正想进行严厉的驳斥,扎什伦布寺的大住持拍了拍他的肩膀,用一种神秘的语调悄悄地对他说:"你跟我来,我给你看一样东西。"

在那盏飘忽不定的灯光的指引下,约翰·纽曼跟在大住持的身后,朝楼下走去。他们穿过一条又一条被烟熏黑的狭长甬道和几间密室,最后来到了城堡后部的一处幽僻的小院之中。

"你看那是什么?"大住持用手指了指院落里一棵树。

"一棵树。"

"你走近它,仔细看看。"大住持将手里的酥油灯递给他。

无论从哪个方面来看,这棵树初见之下和其他的树木并无两样。树冠蓬乱,枝蔓芜杂,沉甸甸的树枝伸到了围墙之外。传教士并不知道它的种属,但是风过叶动的奇异声响使他意识到它的确与众不同。

约翰·纽曼提着灯渐渐地靠近它,很快就被自己看到的情形震慑住了。因为在这棵树的每一个叶片上都有一个轮廓清晰、栩栩如生的佛教人物。树叶苍翠墨绿,有的深一些,有的浅一些。

"你可以用手摸一摸那些叶片。"大住持在黑暗中对他说。约翰·纽曼在仔细地观察了那些泛满露珠的叶片之后,伸手剥下了一块树皮,新皮上再度呈现出一个欢喜佛的佛像。

"这就是胡克神父曾经提到过的那种神树吗?"

大住持点一点头。

约翰·纽曼从一本书中曾经读到,一八八四年,法国人胡克神父在青海塔尔寺的山脚下也曾看到过类似的情景。

"在西藏,这样的树木一共有多少棵?"传教士问道。

"至少有两千棵,"大住持对他说,"除了为数不多的几棵之外,它们大都不为人知。"

"我可以摘下一片叶子带走吗?"

大住持未置可否地笑了笑。

这个夜晚的后半夜,大住持和传教士是在城堡顶端的露天平台上度过的。一面英国国旗在墙垛上哗啦啦地响着。作为英国人曾经占领城堡的标志,这面旗帜使他们的谈话又不知不觉地过渡到英国军队入侵西藏这件事情上来。

"只有一个办法可以阻止英国人进军拉萨。"约翰·纽曼提醒大住持。

"什么办法?"

"绑架荣赫鹏。"

他们在说这番话的时候,实际上已经是第二天的黎明。在拂晓的冷风中,传教士看见尼姑庵中的一些妇女跪在河边的树林中洗涤藏毯,她们用藏话高声谈论着什么,无拘无束的笑声远远地传过来。

三

由于天气原因,英国远征军原定在圣诞节前夕对古鲁—吐纳一线发动进攻的计划不得不推迟到第二年的春天。

一九〇四年一月十六日,荣赫鹏上校的二十三工兵团推进到了古鲁峡谷的前沿,与此同时,规模庞大的藏军已经抢先占领了峡谷上所有的制高点。古鲁峡谷是江孜的门户,而夺取江孜城堡将是英国人进入拉萨的必要步骤。

连日来,荣赫鹏上校遇到了进藏以来最大的难题。一方面,恶劣的自然气候使士兵们的缺氧反应日益加剧，肺炎和干咳在军营中肆虐，荣赫鹏担心，这种情形如果再持续两到三周，本来就很薄弱的后勤运输线将无法给士兵提供足够的粮食；另一方面，国会方面依然在敦促荣赫鹏上校竭尽全力设法和西藏人谈判，这不免给人造成一个错觉：筹备两年之久的远征军历经艰险、翻山越岭来到西藏并非为了军事上的征服，而只是外交上的一次小小的尝试。这一点是上校难以忍受的。

一月十七日，荣赫鹏上校决定直接和西藏军的首领进行交涉。如果藏族军队不在五小时之内撤离古鲁峡谷，他将不顾来自国内的阻挠，给那些沉浸在喇嘛教义中洋洋自得的西藏人以及他们的匹夫之勇以必要的教训。

荣赫鹏上校与藏军首领拉萨代本的会谈是在古鲁峡谷的沙地上举行的。他们匍匐在一条藏式卡垫上，通过蹩脚翻译的传述极为艰难地进行了交谈。拉萨代本的固执和自信使荣赫鹏上校大为恼怒。他坚持提出，如果英国人不在近期内撤离到亚东以南的山区，那么"大地会突然开裂"，"世界将彻底毁灭"。随后，这位爱国心切的代本对即将发生的灾难做了一番冗长的描述。

荣赫鹏显然认为自己的自尊心受到了某种伤害。他将翻译拉到一旁："告诉那个西藏人，世界是安拉的，大地是帕夏的，天空是喇嘛的，但所有这一切都必须由英国人来统治。"

谈判就这样结束了。

下午二点四十分，荣赫鹏上校和布雷瑟顿少校蜷缩在临时指挥所的营帐内，目送着一支由一百名英国人和三百名印度人组成的突击队进入幽深的峡谷。

上校的想法是这样的：随着英军的马队进入峡谷的深处，那支由火绳枪和原始弓箭武装起来的藏族军队不会无动于衷。一旦他们首先开弓放箭，藏军的侧翼将会遭到马克沁机枪分队的有力攻击。在第一场战事行将展开的前夕，荣赫鹏上校神情肃穆，面容忧郁，站在他身旁的布雷瑟顿少校由于过于激动，身体不住地战栗。他们无法预料接下来将会发生的一切。

十分遗憾的是，西藏人在这件事情上表现出了极大的耐心，他们静静地目睹着英国军队走入峡谷，始终未放一枪一弹。

担任挑衅任务的突击队在峡谷中兀自转悠了一阵，一无所获地按原路又退了回来。荣赫鹏有些沉不住气了，他不假思索地下达了第二道指令：他命令突击队攀上峡谷，"像伦敦警察在特拉法尔加广场驱散示威人群一样将西藏人赶跑"。

黄昏时分，灾难终于发生了。

西藏人在一片混乱之中，乱哄哄地你推我搡。他们既没有得到撤退的使命，也没有听到抵抗的信号。当英国士兵冲上峡谷，要他们缴械的时候，那些藏军一边低声地抱怨着，一边很不情愿地被解除了武装。

来自拉萨的代本被眼下这种令人耻辱的突发事件深深地激怒了，同时，他感到战争已经将自己冷落在一边。他怒不可遏地大叫了一声，抄起自己的连发手枪朝一名英国士兵的下巴狠狠地敲了一下。

相遇

藏军代本和士兵在这场挑战事件中表现出来的善良、克制和忍让使英国的战地记者深受感染。但是，他们已经无法阻止全副武装的英国军队对"那些天真淳朴的牧羊人"进行残忍的杀戮。

当藏军像羊群一样涌下峡谷山坡的时候，他们遭到两挺马克沁机枪和近三百支步枪的掩射。

在猛烈的枪击声中，西藏军队以令人不解的缓慢速度朝树林中散逃。布雷瑟顿少校一连几次提醒荣赫鹏：对那些手无寸铁的藏军进行盲目的扫射，显然违背了进军西藏的根本宗旨。荣赫鹏上校冷笑了一下，点上了一支雪茄。

"这样一来，战争才像那么回事。"荣赫鹏上校不紧不慢地说，"战争毕竟是战争，而不是中国式的推拿游戏。尸体和鲜血会使士兵们兴奋起来，同时也可以使我们入藏以来沉闷、紧张的神经系统松弛一下。"

过了一会儿，荣赫鹏上校不无遗憾地说："目前的状况的确很糟，藏军毫无还击之力，如果有必要，我愿意给西藏人配备现代的英式武器，以便两军能够在峡谷外开阔的平原上重新来一次真正的搏杀。"

一月二十日的中午，荣赫鹏上校率领他的英国军团穿过古鲁峡谷，浩浩荡荡地朝江孜进发。

上校骑着一匹高大的印度种马，在缤纷阳光的照耀下昏昏欲睡。在行军途中，沿途的冰川河谷、森林沼泽看上去就像油画一样虚假。这一带的风物景观与瑞士山区颇为相像，洁净艳丽、阒寂无声。

来自英国国内的抨击并没破坏荣赫鹏上校赏心悦目的良好心境。对于那场刚刚结束的古鲁之战，议会的评论是意料之中的，他们指责英国军队在古鲁对淳朴的藏民展开了大屠杀。而《笨拙》画报的第一篇文章则以反讽的口吻这样写道："我们深为遗憾地得知，西藏人在古鲁对我们的士兵发动了突然袭击，其灾难性的后果是，他们严重地损坏了军官们拍摄的风光照片……"

对于弗朗西斯科·荣赫鹏上校来说，现在，只有一件事真正牵动着他的内心。他梦寐以求渴望见到的圣地拉萨就在几百公里之外，除了一百多年前的托马斯·曼宁，他将是进入拉萨的第一个英国人。昨天晚上，他躺在古鲁河畔的营帐内，做了一个意味深长的梦。在梦中他看见一个高大迷人的藏族妇女站立在纳木错湖边，她猩红的头饰和繁复的袍服为一阵清风所吹散，显露出秀美的胴体。

在漫长的行军途中，空气中到处都散发着树木清冽的芳香，藏红花和雪莲开遍了山谷，雪山下苍翠的灌木林和针松像锦缎一般绵延，玛尼石堆和佛塔随处可见。

与此同时，荣赫鹏上校所无法预料的某种危险也正在悄悄的酝酿之中。在他向江孜进军的同一时刻，一支由一千六百名康巴人组成的藏兵突击队正星夜兼程朝藏南的日喀则汇集。按照扎什伦布寺大住持的秘密指令（它最早源于苏格兰传教士的即兴发明），这支突击部队将悄悄地潜入江孜，以便在未来的某一个时间向英国远征军的指挥中枢——荣赫鹏上校的指挥所发动突袭。

四

苏格兰传教士约翰·纽曼离开帕里城堡之后，经过三天的长途跋涉，来到了气候湿润的贡巴拉山区。

站在贡巴拉山的山脊上，约翰·纽曼能够看见山下散落的破败的村庄。那些简易的木房歪歪斜斜地搭建在树林中，远远看上去就像一个个坍塌的鸟巢。在村庄东南部的一条小河边，矗立着一幢石砌的院落，仿佛明代风格的仿古建筑，它便是清朝驻藏官员何文钦先生的住宅。

何文钦居住的这座村落位于江孜以东大约七十里左右的丛林地带。这个名叫苍南的村庄终年少见阳光，但充沛的降雨却使这一带的木莓、樱桃和茶藨子属植物长势茂盛。

十一年前，昔日运河航道上，大清帝国的押粮官开始了他半降职半流放的漫漫旅途。他在甘肃的察冈和青海的玉树做了短暂的停留之后，终于在一八九三年秋天抵达西藏。随着时间的推移和地理概念的变化，古城扬州的画舫珠帘在他的记忆中日渐遥远。他像一只急于返回花蕊深处的甲虫，日复一日地等待着皇帝陛下的诏书，渴望重新回到二十四桥迷蒙的月色中去。

何文钦的宅院离苍南的温泉很近。每天中午，他都能看见一些藏族人和外地来的商人与香客去温泉洗澡。那些天性开朗的妇女脸上涂满了油脂和动物的干血，如果不是经过泉水的洗濯，他也许永远也无法发现这些女人天然的秀美。苍南地区的西藏人非常懂得享受，他们深知泉水中的铁质和硫黄对健康的作用，如果泉水不太热，他们就点燃干马粪将石块烧烫，然后将石块投入水中。因此，在何文钦住宅的四周，整天都弥漫着一股股淡淡的粪味。

一天早晨，何文钦在熟睡中被屋外的喧嚷之声惊醒了。站在卧室的西窗下，他看见一个外国人正在温泉附近给藏人表演魔术。家中的女仆告诉他，这个外国人已经在苍南盘桓了数月之久，他会的魔术像石榴的种子一样多。

何文钦吩咐女仆，只要她愿意，她可以随时将这位外国佬请到家中，让他把所有的魔术都表演一遍。

当天傍晚，那位身穿黑色长袍、头戴草编毡帽的外国人跟在女仆的身后来到了何文钦的院子里。这就是驻藏官员何文钦和苏格兰传教士约翰·纽曼的第一次见面。

由于何文钦对基督教一无所知，他在想象中将约翰·纽曼看成是一个流落异乡、靠表演魔术为生的印度香客。这一次，约翰·纽曼随身带来了一些黑色的金属仪器。他耐心、谦卑、一丝不苟的表演很快就赢得了女仆的满心欢喜，但何文钦并未对这些离奇的现象表现出很大的兴趣。最后，约翰·纽曼让何文钦见识了两件珍贵的物品：照相机和高倍显微镜。按照约翰·纽曼的说明，前者可以将人的面目固定在纸上而对人体毫无伤害，后者则可以使地图上的线脉迅速变粗。何文钦摇了摇头，表示他无法相信这种离奇的说法。为此，约翰·纽曼当场做了表演，他伸手从地上捉起一只虱子，将它置于显微镜的镜片之下，当何文钦看到那只虱子在镜片下突然变成一只老鼠的时候，他惊讶得说不出话来。后来，何文钦向传教士坦率地说明了自己在那一瞬间的真实感受：

"我一度以为时间出了问题。"

约翰·纽曼是一个地地道道的中国通。早在几十年前，他就跟随耶稣会传教团在中国的长江流域开始了传教生涯。他曾在古城江宁、扬州一带待过很长的时间。他的这一经历引发了他与何文钦之间永不厌倦的话题。

尽管传教士和何文钦很快就开始了密友般的交往，但是他们之间的往来并非总是令人愉快的。在何文钦看来，约翰·纽曼对他表现出来的过分的热情和亲昵之举（比如拥抱之类）往往使他心慌意乱。尤其是当传教士不断恳请他加入基督教会时，何文钦更是满心不悦。出于初见之下的礼节，他没有一口拒绝。

一九〇三年，随着英国远征军突然侵入中国西南高原，国难当头的危机使何文钦与苏格兰人之间的友谊受到了严重的威胁。

约翰·纽曼骑着他那匹枣红色的藏种马缓缓来到了何文钦先生的住宅前。院子里静悄悄的，一簇青翠的橘树挂满了果实，在风中摇荡。院子的矮墙上爬满了藤蔓，一道经幡纯粹作为装饰从天井中斜穿而过。

女仆告诉他,何文钦先生正在午睡,如果没有什么急事的话,可以在书房等候。女仆的语调冷冰冰的,听上去让人很不舒服。约翰·纽曼联想到他在甘宗坝与何文钦不欢而散的会面,一种淡淡的忧郁很快缠上了他。

传教士朝院门走来的时候,何文钦在后院并未睡着,他透过一扇木格子窗和两道飘满流苏的门洞看到了他委顿的身影。不过,他不愿意立刻起床与他见面。

几天前,他遵照驻藏大臣的旨意前往甘宗坝,准备与英国远征军的荣赫鹏上校举行会谈。如果他能够阻止或者延缓英国人向拉萨挺进的步伐,拉萨的驻藏大臣将保证他在一年内回内地供职。可是,甘宗坝之行的结果是令人沮丧的。那位傲慢、自负的上校竟然以他"官阶太低"为由,拒绝与他会面。

自从英国人的军队出现在古鲁河谷的那时起,他曾经屡次写信给驻藏大臣,建议朝廷尽快从青海发兵,以便在英国人进入拉萨之前,在江孜平原和英军展开决战。他的建议立刻遭到了驻藏大臣的严词批驳。这件事从一个侧面引发了何文钦一连串不祥的猜测:古老帝国本身似乎也正在经历着一场前所未有的祸乱,原先驻防在青海、四川的军队纷纷内调便是明证。看来,朝廷对西南边陲的统辖实际上已经名存实亡了。

从某种意义上说,国势的倾颓与个人际遇的乖张是一致的。每当牦牛商队经过苍南,西去印度和锡金,一种不可遏制的思乡之情便油然而生。他时常梦见淮扬城外的舟楫桅顶,城内幽深的街巷,一夜风雨送来桂子的芳香。清晨醒来的时候,竟然泪流满面。

傍晚,传教士约翰·纽曼像往常一样笑容可掬地来到客厅里。他看见何文钦先生脸色阴郁地站在一幅地图前,正用一支铅笔在地图上圈圈点点。

"你们的人已经占领了江孜。"何文钦对他说道。

"我们的人?"传教士支吾了一声。他感觉到何文钦先生语调冷漠,心事重重。

"他们在古鲁河谷杀死了一千多名西藏人。"何文钦依然背对着他。

"何先生尽可放心,"约翰·纽曼朝他走了过来,"英国人永远也到不了拉萨。"

"为什么?"

约翰·纽曼正要说些什么,一名穆斯林装束的尼泊尔香客走了进来。他的怀里夹着一个青布包裹。

尼泊尔香客将布包递给何文钦,随后一声不吭地躬身退了出去。

"布包里面是什么东西?"传教士问了一句。

何文钦没有回答,他将布包放在桌子上,小心翼翼地打开它。那是一支簇新的德式手枪。

何文钦熟练地将一发子弹嵌入枪膛,然后转动了一下膛肚,将枪口对着约翰·纽曼。

"何先生,这不是在开玩笑吧?"传教士脸上红一阵,白一阵，笑容显得有些不太自然了。

何文钦面容沉静，但瞳仁中迸射出一股迷乱的浮光："如果你们的基督在天有灵，他会在冥冥之中保佑你的。"

随后，他扣动了扳机。

约翰·纽曼双手遮住面部，像是试图挡住眼前耀眼的光线。

"何先生！"他叫道。

何文钦不紧不慢地打了第二枪，仍然是空膛。他失望地看了看这支手枪，叹了口气，随手将它搁在了桌上。

传教士早已大汗淋漓，他脸上的肌肉不住地抖动着，泪水溢出了眼眶。他惊魂未定地站在屋子中间，显得有些不知所措，过了好一阵，他仿佛才从惊惧中回过神来，这位传教士用一种怪声怪气的语调对何文钦喊道："何先生，我对你的恶作剧一点也不欣赏，一点也不！"

何文钦莞尔一笑，伸手端起了桌上的茶杯。

五

英国远征军在古鲁河谷对藏军的攻击事件很快就传到了藏南的扎什伦布寺。一名转经归来的年轻喇嘛告诉大住持："根据江孜牧羊人的报告，英国军队在古鲁河谷大约杀死了数十名西藏人。"

两天之后，更为详细的消息由一名朝圣者带到了日喀则。在那场残酷的袭击事件之后，江孜一带的牧民一共在碎石遍地的草丛中发现了三百二十一具藏军的尸体（处理这些尸体给江孜地区仅有的两名天葬师带来了空前的难题）。更多的被俘藏军下落不明。

这一消息使扎什伦布寺的大住持极为震惊。虽然大住持在心里对它早有预见，但事情一旦发生，这位一向善于自我克制的大喇嘛还是忍不住潸然泪下。

英国人穿过古鲁河谷、挺进江孜的传闻接踵而至，它迫使大住持将绑架荣赫鹏上校的行动计划大大地提前了。

一千六百名康巴人似乎在一夜之间就汇集到了日喀则，这些人是临时从东南山区的牧羊人中招募来的，他们身材高大，面色茶红，头上戴着盘成箍结的红布帽。

大住持在扎什伦布寺外的一条大路旁接见了他们，并且按照这一带古老的宗教礼仪为他们逐一摩了顶。

按照大住持的命令，这些康巴人组成的突击部队必须在五月三日之前赶到江孜，在五月四日的午夜对英军指挥部所在地发动攻击。进攻一旦得手，他们将挟持荣赫鹏上校进入羊卓雍措湖畔的森林中等待下一道命令。负责指挥这场攻击战的康巴人首领和大住持坐在路旁的沙地上，他们极为详尽地讨论了这一行动计划的种种枝节和补救措施。最后，年轻的康巴人首领向大住持提出了这样一个问题："可是，我们凭什么来辨认我们要抓的那个人？"

"噢,我差一点忘了。"大住持笑了一下,拍了拍自己的脑门,然后从怀里掏出了一张硬纸片递给他。

这是一张荣赫鹏上校的照片,它是那位苏格兰传教士约翰·纽曼在几个月前送给大住持的。

首领接过照片,吃惊地睁大了眼睛。照片上的这个人面容清瘦,嘴角留着一簇浓密的胡须,肩章、胸徽清晰可见,看上去像真人那样栩栩如生。康巴人的首领朝照片瞥了一眼,立刻将它丢在地上,仿佛它像炭火一样烫手。

"你不用害怕,"大住持温和地对他说,"这既不是纸镜,也不是魔鬼,它是银版相片,这种技术是不久前的一位法国人发明的。"

突击部队是在四月二十五日的拂晓从日喀则出发的。大住持一直将他们送出了两道山口。这时,太阳已经升了起来,一条细如羊肠的山路出现在他们的视线之中。大住持将康巴人的首领带到了路旁的一条湍急的河流边。

"这条山路直通江孜,"大住持神情肃穆地嘱咐他,"一旦你们突袭成功,你就在这条江孜河中放下一根圆木,将你头上的红箍带绑在上边,这样,水流会将你们的吉祥带到我这里。"

康巴人的首领点了点头。

在告别的时候,首领忧虑重重地又想起了一件事,他有些迟疑不决地问道:

"万一失败了怎么办?"

"失败?"

"我是说,万一我们的计划失败了,我们怎样给你发信号呢?"

大住持被这个突如其来的问题怔住了。他想了想,用手拍了拍他的肩膀,回答道:

"你们是不会失败的。"

康巴人的队伍在暖烘烘的阳光下消失之后,大住持没有返回扎什伦布寺,而是在那条河道的一座木桥上坐了下来。他像一个瑜伽师那样盘腿静坐,始终保持着同一种姿势。

短短几个月来,纷乱的战事使大住持经历了一生中最不平常的一段时光。他独自决定的对江孜的袭击计划并没有向拉萨方面做出禀报,他担心,他的禀报会在拉萨引起不必要的争议,从而会使这一本来就十分脆弱的行动计划流产。即使拉萨方面批准这一计划,消息也将会泄露出去,使英国人加强防备。未来的袭击事件使大住持更深地卷入了他平常一向厌恶的军事与政治,他无法知晓,冥冥之中的神祇是否会给他的突击部队提供庇护。既然佛祖对于英国人在古鲁河谷的屠杀缄默不语,那么,五月四日午夜的袭击也难免事与愿违。他多年来潜心修行所获得的和谐宁静的内心仿佛一下子被搅乱了,很多问题的复杂程度早已远远地超出了自己想象力的范围。不过,对江孜的突袭如能阻止英国人进入圣地拉萨,这一冒险举动无论如何还是值得的。

河水静谧无声地流淌着,水流荡涤着河道两岸的浮草,在桥桩四周形成一轮一轮的涡圈。乳白色的毛茛花和委陵菜花开遍了山野。

河道的对岸是一座不大的藏族村落。那些低矮、黑色的房顶上堆满了干草,一朵朵洁白的云彩在房舍上空压得很低。五颜六色的经幡像网络一样将房舍连接起来,从一家到另一家。有些经幡和布条甚至一直穿过树林,绵延到河边的桥头。又肥又大的一群渡鸦栖息在墙上,还有无数叽叽喳喳的山雀在树林深处啁啾不已。

晌午时分,大住持看见几个妇女从他身边的木桥上侧身而过。她们背上背着藤篓,里面装着干马粪以及刚刚从山上采集来的冰块。巨大的冰块在背篓里钻石一样闪闪发光。这些妇女一边往村里走,一边不时回头朝他张望,同时交头接耳地议论着什么。

这一天的傍晚,村中的妇女再一次出现在河边,她们给大住持送来了一些牛肉、糌粑、青稞酒和一条御寒的藏毯,为了不打扰大住持的静修,她们将那些物品放在桥头,就一声不响地离开了。

大住持像尊岩石一样默坐在桥头,冰凉的冷风吹拂着他的面庞,深夜的降霜静静地落在他的身上,他对那些食物和藏毯一直无动于衷。到了第二天早上,食物又源源不断地送来,她们拿走了前一夜的,换上了新的。附近寺庙里的活佛、喇嘛以及一些过路的僧人一个接着一个来到了大住持的身边。他们虽然不知道受人尊敬的大住持为何选择这样一个地方静坐修行,

相遇

但依然默默地围坐在他的周围，敲鼓诵经。到了晚上，那些喇嘛和僧侣便悄悄地靠近大住持，用他们的身体挡住五月料峭的寒风。

六

约翰·纽曼抵达苍南后的第四天，一名化装成藏民的英国士兵从江孜悄悄来到了这里。他在何文钦的住宅里见到纽曼之后，将一封荣赫鹏上校的亲笔信交给了他。荣赫鹏在这封信里命令传教士立即赶往江孜，但并没有说明具体的缘由。

何文钦先生一大早就出去了，女仆看见他扛着一杆双筒猎枪朝月亮森林的方向走去，看上去好像是去打猎。

约翰·纽曼为了向何文钦先生道别，在住宅外的一条溪流边一直等到太阳落山，依然没有看见何文钦的踪迹。傍晚时分，在那名英国士兵的不断催促下，他惘然若失地踏上了前往江孜的路途。

传教士是在第二天早晨抵达江孜的。在营帐外迎接他的是军需官布雷瑟顿少校。这位年轻的军官看上去比在甘宗坝时更黑更疲惫了，水土不服和失眠症在他的脸上留下了阴郁的痕迹。

布雷瑟顿告诉他，随着英国军队在西藏腹地越陷越深，战争也将越来越惨烈，士兵的伤亡必将随之增加，在未来的二十个月，荣赫鹏上校希望他留在军营中担任随军牧师。

约翰·纽曼对于这一决定感到不可思议。他告诉布雷瑟顿少校，自己是一名神职人员，一名自由的传教士，除了来自国内教会方面的指令之外，他没有任何理由和兴趣承担别的义务。"更何况——"约翰·纽曼解释说，"我也闻不了血腥味。"

布雷瑟顿少校很有耐心地朝他笑了笑："纽曼先生，你现在是在荣赫鹏上校的战地指挥所里，而不是在苏格兰乡间的修道院，你闻不了血腥味也许是值得同情的，但是如果荣赫鹏上校现在命令你将一盆羊血喝下去，我想你恐怕也不会拒绝吧？"

布雷瑟顿少校这样一说，苏格兰传教士似乎已没有任何讨价还价的余地了。

早在一七八五年，由于某种原因，天主教耶稣会在西藏自行解散了。它所设立的教区后由法国的辣匝禄会接管。无论是耶稣会，还是巴黎辣匝禄会，他们在中国西藏地区的传教并没有取得多大的进展，传教士们在西藏的种种遭遇是意味深长的。他们对于在西藏的传教活动往往感到悲观失望，进而得出了"西藏的原始宗教是完美无缺的"这样一个结论。

约翰·纽曼在中国长江流域传教十余年之后，曾一度返回苏格兰。教会方面在西藏地区的失败激起了他对这一神秘区域强烈的好奇心。在约翰·纽曼看来，他在中国内地积累起来的丰富的传教经验也一定适用于西藏，要想使西藏人在一夜之间全部变成基督教徒显然是不可能的，但至少，他可以使基督教的信仰在那里打开一个缺口。

一八九四年的夏天,他跟随着一批边贸商人,穿过克什米尔盆地、印度西北部的山区,只身来到了西藏。他随身带来了一些西方文明的最新成果,并希望以此来打动那些蛰居山野的西藏人。这些物品包括一架摄影机、一架望远镜、几只显微镜和打火机,以及十余册版画。经过几年的传教,约翰·纽曼差一点取得了成功,如果不是一场天花夺去了三名藏民的生命,他深信这些藏民最终是会成为基督徒的。后来,当约翰·纽曼在苍南温泉与清朝驻藏官员何文钦邂逅之后,这位幽默的中国人曾经开玩笑地对他说:"倘若你能够将西方的天花疫苗带入西藏,你在这一带的教徒将会像拉萨的放生羊一样多。"

和内地的许多中国人一样,何文钦先生对基督教并不反感。这位年轻的驻藏官员身材颀长,皮肤白皙,梳着一条油黑发亮的长辫,优雅的举止和华丽的锦缎绸袍使他看上去更像一个女人。约翰·纽曼在苍南见到他的那一刻,便深深地为他的仪表所吸引。在他们朝夕相处的那段日子里,他们几乎天天形影不离。一同喝茶,谈论中国的古代诗词;一同骑马远足,去月亮森林打猎;前往藏北那曲参加赛马大会……久而久之,从约翰·纽曼内心隐晦的意图来看,劝说何文钦皈依基督教的意义已经远远超出宗教职责的范围。

在江孜的日子是枯燥乏味的。这个季节正好是江孜一带的多雨天气,蒙蒙细雨从每天中午开始,一直下到日暮时分。约翰·纽曼的住处被安排在白居寺附近的一块山坡上,几顶土耳其式的帐篷在青稞地里围成了一圈。四周光秃秃的,看不到什么树林和植物。

英国远征军处于焦急的等待之中。古鲁河谷的袭击事件使国内议会的争执变得空前的激烈。约翰·纽曼注意到，这些天来，荣赫鹏上校一直忧虑重重，愁眉不展，在潮湿、阴冷的雨季，仿佛军营里所有的人都失去了耐心。

荣赫鹏上校在一次散步时不无颓丧地向纽曼谈道：即使国会立即批准他向拉萨进军的计划，从战略上考虑，进攻时间也至少要等到雨季结束之后；如果在雨天进攻，英军漫长而脆弱的后勤供给线将面临被藏军切断的危险。

和荣赫鹏上校相比，布雷瑟顿显得比较容易接近。他常常在饭后来到约翰·纽曼的帐篷里聊天。布雷瑟顿早年曾在神学院读过几年的宗教史，但他对宗教的兴趣仅仅局限于知识和考证的领域，从不涉及信仰。和国内教会的某些神秘主义教士的猜测一样，布雷瑟顿以为耶稣确有其人。他告诉约翰·纽曼，他几年前在加德满都任职时，曾在印度和克什米尔地区做过一段实地考察，他感觉到，在那些佛教盛行地区，"甚至空气中都飘浮着耶稣的幽灵"。在印度南部，有人曾带他参观过一间阴晦的密室。据当地的佛教徒暗示，耶稣在被钉上十字架之后，并未马上死去。他依靠自己深湛的瑜伽功侥幸活了下来，晚年一直在印度的这间密室里潜心修行，并且活到了八十一岁高龄。

"克什米尔的情形也颇为蹊跷，"布雷瑟顿脸色肃穆地对纽曼说道，"《圣经·旧约》中描述过的秀丽、安宁的山川和河谷在这一带随处可见,我觉得,克什米尔就是《圣经》传说中那样一个'流淌着奶与蜜'的地方。"

约翰·纽曼对于布雷瑟顿那些言谈的反应是极为矛盾的,这就好比人们通常所说的对妓女的态度——既鄙视、厌恶,又充满着渴望。

布雷瑟顿是一个充满想象力的人,从某种程度上说,也是一个善良的人,这位在泰晤士河畔长大的年轻人进藏以后,显然被这里诡秘的神宠吓坏了,整天被一些荒唐的臆想和预感所缠绕。在江孜的这段时间里,他曾不止一次地对纽曼提及:"一场巨大的灾难已经悄悄地临近了。"

五月二日的上午,阴云密布的天空终于出现了转晴的迹象,湿漉漉的草地上雨水未干,一些英军官兵便在泥泞不堪的山坡上踢起了足球。另一些士兵则来到江孜河边,与那些正在洗衣服的藏族妇女搭上了话头。这些女人好像并不在意士兵们温和的玩笑,但一旦谈话超越了某种范围,她们就赶紧抽身从河边离开了。

这天午后,几名游走四方的托钵僧在途经江孜城堡的时候,受到了英国士兵严密的盘查。这些托钵僧给约翰·纽曼带来了一个惊人的消息:在来时的路上,他们遇到了进藏以来最大的一次佛事活动。近千名喇嘛和活佛围坐在一条河道的两岸,他们的诵经之声在几里之外的地方就可以听到。

约翰·纽曼在这天夜里悄悄溜出江孜,赶往集会地点。当时,他并不知道,扎什伦布寺的大住持已经在那条河边默坐了七天，饥饿和寒冷已使他奄奄一息。

七

在江孜的那段淫雨霏霏的日子里，英国远征军在遥无尽期的等待中陷入了深深的绝望之中。荣赫鹏上校接二连三地得到报告：一些士兵渐渐丧失了自我约束力，他们频频袭击白居寺和江孜的古董市场，抢掠珍宝，骚扰妇女。而江孜的藏民已不像先前那样柔顺温和，他们极为隐秘的报复致使两名英军低级军官在江孜河畔永远地失踪了。

最坏的消息依然来自英国国内，在印度的寇松总督突然被解职，接替他的是衰老不堪的阿普西尔勋爵。这似乎意味着，在荣赫鹏进军拉萨的途中，他失去了最后一个保护伞。四月中旬，荣赫鹏接到一封来自伦敦的电报，一位政府高级官员在电文中竟然以委婉的语气劝他辞职。

另一方面，拉萨的西藏官员已彻底放弃了与英国人谈判的希望。从康区汇集来的军队正源源不断地开入江孜以北的山区，在卡罗山的南麓构筑工事和防御墙。那些刚刚汇集来的军队配备了较为先进的武器，其中金格尔枪的射程在两千码之外。荣赫鹏上校曾经命令先遣队朝藏军的阵地发动了一次尝试性的进攻，但遭到了西藏人顽强的抵抗。

五月三日凌晨，一夜未睡的荣赫鹏上校终于做出了一个大胆的决定。他命令在江孜驻扎的大部分军队由布郎德少校率领突袭卡罗山。荣赫鹏似乎预感到，如果不在西藏人的工事修筑好之前给予他们致命的打击，那么这座绵延数里的防护墙迟早会成为英国人向拉萨进军途中难以逾越的障碍。

这一计划受到了布雷瑟顿少校的竭力反对。他的理由是，随着英军主力北去卡罗山，远征军在江孜的指挥部将会面临极大的危险。一旦藏军获取我军的情报攻入江孜，英国军团的指挥中枢必将被一网打尽。

布雷瑟顿的忧虑尽管不无道理，但还是激怒了荣赫鹏上校。他声色俱厉地提醒少校："要知道，我们的对手并不是拿破仑麾下的法国军团，而是一群高原原始部族的牧羊人。"

这天傍晚，在英军主力撤离江孜七个小时之后，不祥的征兆终于出现了。

原先在英军医疗所治伤的数十名藏军俘虏突然神秘地失踪了。远征军雇用的几名藏族女仆和搬运工也同时不辞而别。另外，根据侦察兵的报告，距离指挥部所在地二十英里外的平原上出现了一支来历不明的牦牛队。他们借助暮色的掩护，悄悄进入了江孜河对岸的一处茂密的森林里。

荣赫鹏上校并未将这些可疑的迹象放在眼里。他像往常一样，在晚饭后照例来到了布雷瑟顿的住处，和少校下了一盘厄尔鲁特棋。他也许意识到白天对布雷瑟顿的当众训斥使他们多年来的友谊受到了伤害，因此，双方心平气和地下盘棋，所有的不快便会烟消云散。

到了午夜时分，天空再一次下起了大雨。雷声一刻不停地轰鸣起来，狂风将帐篷刮得哗啦啦作响。这些天来，荣赫鹏上校毕竟感到有些累了，那盘棋刚刚下到一半，他就在一张藤椅上昏昏沉沉地睡着了。

凌晨两点，由一千六百名康巴人组成的突击队在呼呼的风声中悄无声息地推进到了使团营地的附近。英国人对这场袭击看来毫无防备，营地的灯火早早地熄灭了，四周一片漆黑。几只鹊鸭和布谷鸟在营地外的灌木丛中不安地鸣叫着。

一名新征入伍的印度籍士兵对藏区的酥油食物一时无法适应，整整一个晚上，口渴和腹痛使他难以入眠。当他第三次来到帐篷外解手的时候，他突然发现有几个人影在驻地外的围墙附近晃动了一下。随后，在闪电的光亮中，他看见一支支滑膛枪从围墙的垛口伸了进来……这名新兵显然被一种难以承受的巨大恐惧吓坏了，他在稠密的雨幕中足足僵立了四五分钟之久，才回过神来鸣枪报警。

枪声立刻惊动了布雷瑟顿少校。他迅速将沉睡之中的荣赫鹏唤醒，随后跟着几名警卫冲到了营帐外的院子里。

荣赫鹏上校一时无法判定外面究竟发生了什么事情。他身穿睡衣，慌慌张张地来到营帐外的时候，西藏人密集的枪弹噼噼啪啪地响了起来。他看见院内的几十名廓尔喀人漫无目的地窜来窜去，使团内的一位年老的军医穿着白短裤在场地中央瑟瑟打抖。

在一阵忙乱之后，负责营地安全的默里少校带领警卫连的士兵赶到了荣赫鹏身边，他们簇拥着上校撤退到营地外的一片亚麻地里。

负责这次袭击任务的西藏部队虽然行踪神秘，但对于围攻战术几乎一无所知。在袭击开始的时候，如果他们越过围墙攻入英军驻地，那么远征军的指挥部就将全军覆没；而眼下，他们趴在围墙上盲目的射击为英军组织有效的反攻争取了时间。

随着黎明的光线在黑暗中升起，围墙上的突击部队完全暴露在英国人马克沁机枪的火力之下。这场袭击持续到早上五点钟，战局出现了根本性的逆转。驻地左侧的藏军在围墙附近留下了百余具尸体之后，开始沿着江孜河朝西南方败退，在营地的右侧，大约有三十名左右的康巴人退到了一间马厩里，尽管默里少校认为可以将他们一举俘获，但惊魂未定的荣赫鹏还是下令在马厩前架起了机枪。

在一连串疯狂的扫射之后，扎什伦布寺的住持酝酿数月之久的袭击计划终于流产。

这场袭击给英国军队造成的损失是极为有限的，在战斗中，英军仅有五名官兵阵亡，其中包括一名骑兵上尉。

弗朗西斯科·荣赫鹏在战后所做的第一件事就是将战地记者亨利·纳拉叫到了自己的指挥所里。按照荣赫鹏上校的命令，他必须将一封由荣赫鹏口授的战报迅速发往国内，这篇战报对英军在江孜袭击事件中所受的损失做了夸大其词的说明，这样一来，部队的阵亡数字一下子提高到了六十三名。

"西藏人做梦都没有想到，他们愚蠢的夜袭实际上帮了我的大忙。"在前往医疗所的路上，荣赫鹏上校对布雷瑟顿这样说道。

"你认为国会会马上批准你的计划吗?"

"事实上,我们现在就已经走在了前往拉萨的路上。"荣赫鹏点燃了一支雪茄,"这场袭击好像是特意为我们准备的一把钥匙,要不了多久,我们就能用它打开布达拉宫的大门。"

布雷瑟顿似乎想说什么,但立即又改变了主意。免于灾难的侥幸并未使他闷闷不乐的心情变得愉快起来。

"你打算什么时候发动总攻击?"过了一会儿布雷瑟顿问道。

"明天,"荣赫鹏上校加快了步伐,"如果不出意外,我们下个星期就能攻占哲蚌寺。"

战地医疗所的棚屋里、草地上到处都躺满了受伤的士兵。医生和护士们在里面紧张地忙碌着。布雷瑟顿注意到,一名藏族伤兵对于没有麻醉的截肢手术竟毫无畏惧,他脸上流露出来的令人难以置信的镇定和英国伤员痛苦的叫喊形成了强烈的对照。

布雷瑟顿走近他。通过翻译,他第一次和一名藏人进行了交谈。

"医生将我的腿锯掉并不是一件坏事。"那名藏兵对他说。

"为什么?"

"因为下次打仗的时候,我就无法逃跑了。"

他的这一回答使站在一边的荣赫鹏上校也忍不住笑出声来。

八

天黑以后,何文钦才从月亮森林回来。正在院中给鸢尾花浇水的女仆告诉他,约翰·纽曼先生已于傍晚时分离开了苍南。这位传教士为了向他告别,在屋外河边的沙地上一直等到了太阳落山。"看起来,他好像有什么话要对你说。"

何文钦没有说话,他将马上驮着的一只藏羚和几只雪鸡扔在地上,便径自朝后院走去。尽管何文钦现在越来越不喜欢那位传教士,可是纽曼的突然离去还是给他留下了一片空空落落的孤寂。

随着英国远征军朝卡罗山要塞逼近,苍南一带的藏民和商人都在纷纷离去。这个距离江孜只有几十里之遥的村落即使不是未来的战场,至少也已处在了战争的边缘。每天都有大批的藏兵经过这里,他们赶着牦牛车,沿着玛索河谷朝卡罗山进发。这些藏兵由于营养不良和长途跋涉显得疲惫不堪。他们在栗树掩蔽的峡谷中走得很慢,看上去好像并不是开赴战场,而是去藏北草原参加一年一度的赛马会。

一九〇四年五月二十一日,一名汉人信使翻过贡巴拉山脉,来到了何文钦的住宅前。他将一封来自拉萨的驻藏大臣亲笔信交给了何文钦先生。

驻藏大臣在这封措辞严厉的信中指责何文钦"延误时机,谈判不力",指责他暗中与英国传教士过从甚密,致使英国军队长驱直入,打通了前往拉萨的道路。

"什么官阶太低?"驻藏大臣在信的末尾这样写道,"你是大清帝国堂堂钦差,他荣赫鹏只不过是一名上校而已……"

鉴于何文钦的严重渎职辜负了皇帝陛下的恩宠,驻藏大臣命令他闭门思过,听候处置。

这天晚间,天空再一次下起了瓢泼大雨。密集的雨点敲打着纸窗,一缕缕潮湿的夜气从门扉中袭入书屋,带来了树脂凉森森的气息。何文钦坐在酥油灯下,注视着屋檐流苏般的水帘,度过了一个不眠之夜。

在古城扬州,多雨的天气一般出现在梅子黄熟的时节。连绵不断的雨水使槐花和栀子花吐露出诱人的芳香,将树木淋得一片青绿。每当夜深人静的晚上,何文钦常常独处小楼,在幽幽的灯光下谛听一夜风雨……

现在,那里的一切离他毕竟十分遥远了。重叠的花枝和遍地的珠帘在回忆中显得那样呆板、沉寂、毫无生气。虽然驻藏大臣在来信中并未说明正在遭受内乱外困的皇帝将如何处置他,但何文钦却从字里行间看清了自己的命运:随着魂萦梦回的归乡之路悄然中断,纷乱的时间已经将他远远地撇下了。

翌日黄昏,何文钦跨上一匹那曲产的黄鬃马,独自一人走出了住宅,走入了河边那片长满橡树和栗树的森林。他在昏昏沉沉的酒意中看见女仆从院子里跑出来,拽住了马的缰绳。女仆泪流满面,喧嚣的声音在他耳边震荡不已,但他听不清女仆向他说了些什么。稀疏的枪声越过贡巴拉山的山脊,朝这边隐隐传过来,听上去很不真切。何文钦抖动了一下马缰,那匹矮种马便撒开四蹄在碎石遍地的树林中奔跑起来。他看见女仆在河边的身影越来越小，何文钦回过头来不经意地笑了一下，朝着她挥了挥手。

温暖的阳光懒洋洋地依附在河道弯曲的水线之上，成群的渡鸦和马鸡在河边的岩石上跳跃着。何文钦策马急驰，奔流的河水和大片盛开的蝴蝶花丛从他眼前急速掠过。何文钦并不知道自己此刻要走向何处，但暖烘烘的阳光和扑面的冷风使他感到了一种从来未有过的惬意和舒畅。他忍不住冲着远处峰峦叠嶂的雪山亮开嗓门吼叫了一声，遥远而虚幻的回声很快就在寂静的山谷中重重叠叠地响了起来。

天色渐渐黯淡下来，玛索河谷在拉龙附近突然改变了走向。顺着那条折入东北的晦暗林莽，何文钦终于看见了卡罗山顶那一带银灰色的雪线。

西藏军队的营地屯扎在卡罗山口以北的一片宽阔的芥菜地里。营地的篝火早早地点燃了，空气中到处都飘满了马粪和孜然香料的气味，一簇簇藏兵怀抱着火绳枪围绕火堆坐着，他们神色黯淡、面无表情。在卡罗山隘口的一座蓝色宗堡前，几个怀抱六弦琴的士兵正在拨弦唱歌。在何文钦的记忆中，士兵的歌谣和水乡船夫的眠曲极为相像：低沉、粗犷、缺乏节奏，但却充满了忧伤。

何文钦骑着马从这些士兵中间缓缓走过，当他来到营地外围的一道防护墙边时，一位拉萨代本的侍从官挡住了他的去路。

"你不能再往前走了，"侍从官用不很流利的汉话对他说，"在防护墙以南不到三百码的地方，驻扎着英国人的第三十二先遣团。"

何文钦像是没有听见他所说的话。他策马跃下隘口的一道低缓的山坡，稠密的黑暗很快就将他吞没了。

"英国人的机枪会把你打成肉饼的。"那位侍从官在背后朝他吼了一声。

何文钦不知道他为什么要到英国人的营地去。同样，他也不知道，那匹疲弱的那曲马最终会把他带往何处。

事实上，清朝驻藏官员何文钦最后并未来到英国军队的营地——在卡罗山南侧的大片泥泞荒野中，横亘着一洼洼幽亮的沼泽地，那匹识路的矮种马小心翼翼地绕开了它，在距离英国军营不到一百码左右的地方拐入了羊卓雍措湖畔的一处茂密的森林。这时，酒醉之后的何文钦已伏在马背上不知不觉地睡着了。

第二天黎明，当何文钦从清晨的冷风中醒来的时候，他感到自己躺在一条溪流边，身上积落了一层厚厚的霜冻。马匹喷着响鼻，正在河道边饮水。

在河道的对岸，何文钦看见一簇猩红的头饰在树篱中时隐时现。一个身材高大的康巴人正在河边砍树。"囊囊"的伐木之声在森林里空空地回荡着。何文钦牵着马蹚水过河，来到了那位康巴人的身边。

这个年轻人好像是刚刚从战场上撤退下来的士兵，他的腿上受了枪伤，走起路来一瘸一拐的。何文钦帮助他将那棵桦树砍倒之后，两个人在河边的沙地上坐了下来。

"你是刚从卡罗山要塞逃出来的吗？"何文钦问道。

康巴人摇了摇头："我从江孜来。五月四日凌晨，我们袭击了英国人在江孜的司令部，但没有成功。英国人将我们逼到了一座马厩里，架起机枪朝里面扫射，可我没有被打死，挨到天黑就逃了出来。"

"你在这儿砍树干什么？"

"是这样，"康巴人说道，"我必须给扎什伦布寺的大住持发一个信号，因为他嘱咐我，如果我们成功了，就在江孜河里放一根圆木并且将我头上的箍带绑在上面，可是，我们的计划失败了……"

"那么你就发一个失败的信号。"何文钦不假思索地对他说。

"问题是我们并没有想到会失败。"

何文钦皱了皱眉头，似乎明白了康巴人的难题。

"你打算怎么办呢？"他问道。

"我想让你把我杀了，"年轻人神色黯淡地对他说，"你将我的尸体绑在圆木上，这样，大住持就会明白一切的。"

"我知道你的意思，"何文钦同情地看着他，"不过，我不会杀死你，你再慢慢想一些别的法子吧。"

何文钦说完就站起身来，准备离去。这时，太阳已经升了起来。在灿烂的阳光之下，无数的白色蝴蝶在河边的丛林里翩翩飞动。何文钦牵过马来，正准备考虑一下朝哪个方向走，康巴人手握一把尖刀已经悄悄地走到了他的身后。何文钦突然感到一阵冰冷的寒气袭入他的腰部，很快流遍了全身……

当康巴人将何文钦的身体拽向河边的时候，他并未完全死去。纷乱的光线刺得他睁不开双眼,但他能同时感受到植物清新的芳香和阳光的温暖。

不一会儿,何文钦感觉到自己的身体顺着水流朝下游漂去,凉飕飕的河水漫过了他的脸庞……

九

扎什伦布寺的大住持在江孜河畔守望了十天之后,依然没有看到预示着吉祥的桦木从上游漂来。这似乎在某种程度上证实了几年前布达拉宫的大祭司所做的预言。

苏格兰传教士约翰·纽曼赶到这里的时候,大住持已处于生命垂危的弥留之际。临终之前,这位长年蛰居日喀则寺院的大喇嘛留下了两道遗嘱。其中之一涉及了他一生经历的风风雨雨、对佛经的参悟与理解以及他死后的葬仪安排等等,它由两名资深的活佛草草记录下来。而另一道遗嘱则和藏传佛教中最大的秘闻有关。作为唯一的听众,约翰·纽曼仿佛感觉到,大住持在决定向他讲述这段秘闻之前,一直犹豫不决。

在遥远的古代,一位名叫伊萨的以色列少年历经重重艰险,只身来到了喜马拉雅山山脚,在一座寺院中潜心修行,研习佛经。他天生聪慧,悟性出众,不到几年便修成正果。印度、西藏与克什米尔地区的几位经师对他极为赏识,他们似乎预感到了这位少年在未来的非凡成就,竭力劝说他留在喜马拉雅山区传道，但这位以色列少年却在一个月光皎洁的夜晚悄悄踏上了返回耶路撒冷的茫茫旅程。

"这位名叫伊萨的少年就是耶稣基督，"大住持对约翰·纽曼说，"这段史实即使在西藏也鲜为人知，记载这件事的两道经卷至今还保留在拉萨大昭寺的一间密室里。"

扎什伦布寺的住持是在这天午夜寂然辞世的。人们为了纪念他的功绩和品德，在他坐化的地方修建了一座佛塔。

在这座佛塔行将完成的一天早晨，清朝驻藏官员何文钦的尸体终于漂到这里，江孜河中的鱼类和丛林中的鸟兽将他身上的腐肉噬食一空。按照汉族的丧葬习惯，约翰·纽曼和当地的藏人将他的遗骸从河中捞起来之后，没有为他举行天葬仪式，而是将他埋在佛塔旁的一块罂粟花地里，并在他的坟头栽种了一棵橘树。

传教士约翰·纽曼在何文钦安葬后不久就离开了西藏。他雇用了一辆马车经由藏南的亚东返回苏格兰。他随身带走了一只转经筒和一条油亮的发辫，这条发辫是清朝官员何文钦在一年前赠送给他的。在寂寞而荒凉的旅途中，约翰·纽曼不时察看着它，不禁泪流满面：这条发辫即使在离开了人体的滋养之后仍在暗暗生长……

约翰·纽曼的马车在经过亚东附近的一座驿站时，一位英国情报人员告诉他，荣赫鹏上校率领的远征军已在数日之前占领了拉萨。

这天晚上，苏格兰传教士在客栈幽暗的灯光下久久不能入睡。他随手翻开了床头的那本《圣经》，一枚风干的树叶从夹缝中掉落在地上。约翰·纽曼用一把镊子捡起它，放到显微镜下反复观瞧：这枚从神树上采撷下来的叶片看上去和其他普通的树叶并无不同，原先栩栩如生的佛像图案早已不复存在……

一九〇四年七月三十日，荣赫鹏上校率领的英国军队抵达距离拉萨二十英里之外的雅鲁藏布江边。

布雷瑟顿少校未能看到布达拉宫像火焰一般闪闪发亮的金顶，他入藏以来所产生的不祥的预感终于变成了现实：英国军队在横渡急流澎湃的雅鲁藏布江时，布雷瑟顿少校和另外两名廓尔喀人落水身亡。

三天之后，荣赫鹏上校率军进入拉萨。尽管拉萨的喇嘛派出了各种身份的谈判代表，企图阻止英国军队进入布达拉宫，但荣赫鹏上校还是强行闯入了这座壮丽、神秘、金碧辉煌的圣殿。

布雷瑟顿的遇难以及进入拉萨后的种种不适使荣赫鹏上校感到了一种前所未有的心灰意冷。九月七日，在没有得到英国政府任何指令的情况下，他胆大妄为地与西藏人签订了一份具有国际意义、令人啼笑皆非的协议书。

事后不久，一封由印度事务大臣布罗德里克签发的书信送到了原印度总督寇松的手中。布罗德里克在信中指责荣赫鹏是一个粗俗、没有教养的人："他在西藏的所作所为证明，他对于二十世纪欧洲及亚洲的政治格局缺乏足够的理解。为了国家的荣誉，在某种程度上抛弃荣赫鹏上校看来已经不可避免……"

在漫长的西藏之旅即将结束的前夕，荣赫鹏上校独自一人骑马来到了纳木错湖边,在念青唐古拉山的雪峰之下,荣赫鹏上校一度忘了自己置身于何处。他仿佛感觉到自己的许多根深蒂固的观念,甚至包括时间本身在进入西藏以后都发生了不可思议的变化。他的耳畔再一次回响起扎什伦布寺的大住持那种衰老不堪的声音。当时是在甘宗坝,他与大住持在指挥所的营帐里为一些地理常识发生激烈的争吵。大住持以一种令人难以置信的固执告诉他:

地球并不是圆的,而是三角形,就像羊的肩胛骨一样。

蒙娜丽莎的微笑

一

在我们班上，有一个名叫胡惟丐的奇人。他的年龄比我们大个四五岁，好谶纬之术，落拓不羁，一副名士派头。"丐"这个字不算冷僻，老师在点名时常将它读成"丐"，从而引发哄堂大笑。因此，尽管这个人沉默寡言、独来独往，我们很早就注意到了他的存在。由于早早白了头发，班上的女生都叫他白头翁。他听说后似乎也不以为意，用《列子》中"不斑白，不知道"一类的古训来自我解嘲。博识通人邓海云为了卖弄学识，叫他怀特海（white head），实际上不过是白头翁的英文翻译，并无多少新意。

也有人叫他"蒙娜丽莎"的。开始我们都有些不明所指，可时间一长，就渐渐知道了这个绰号的奥妙所在。原来，胡惟丐不论何时,脸上总洋溢着一种既暧昧又神秘的笑容:雾非雾,花非花,似喜若嗔,似有若无。简单地来说,由于嘴型的特殊,他没法不笑,即便是生气的时候也是如此。久而久之,我们的心里都有了这样一个疑问:要是胡惟丐真的笑起来,那会是什么样子呢?可惜,一直等到毕业离校,我们都难得一见。

我们刚进大学的那会儿,七七、七八级的同学尚未离校。这些年龄比我们大上一倍的大哥、大姐们,非常擅长于用傲慢和自负来打击我们脆弱的自信。他们常常主动造访我们的寝室,以长辈的口吻向我们传授他们的学习心得,不无戏谑地拨弄我们的脑袋,并亲热地称呼我们为"小赤佬"。从他们口中蹦出来的名词和术语,没有一个是我们能够明白的:什么普鲁塔克呀,什么澹台灭明呀,什么奥伏赫变呀,再有,就是什么"美是没有目的的,却是符合目的性的"等一类谁也听不懂的鬼话。到了晚上,这些名词和概念都变成了面目狰狞的鬼怪,伴着初秋的绵绵细雨让我们噩梦不断。他们大多插过队,当过知青。有人在省级文工团弹过琵琶,有人在云南思茅割过橡胶,有人在木兰围场的三北防护林种过树,有人在青海的果洛当过兽医,还有人据说是在殡仪馆当过焚尸工。他们当然不会将我们这些不谙世事的"小赤佬"放在眼里。可是他们对惟丐却另眼相看,十分敬慕,甚至多少还夹杂着一些谦卑,一度令我们大感不解。

到了周末,高年级的同学常常会举办一些小型的学术沙龙。由于那个年代特有的政治氛围,也由于举办者的矜持和傲慢,沙龙带有隐秘的性质,并非人人都有资格参加。为了挤进这个学术圈子,我和邓海云合伙买了一条光荣牌香烟来贿赂主持人,才得以一个端茶倒水的杂役的名分混迹其间。可惟丐就不一样了。他通常总是在聚会进行到一半的时候突然到场,静静地在某个角落里坐一会儿,不到结束往往就会提前离去。我记得他总是斜挎着一个洗得发白的旧书包,他来的时候有人会给他让座,走的时候讨论甚至会暂时中断。不过他总是笑眯眯地来,笑眯眯地离开,几乎从不发表个人意见。即便主持人出于对他的尊重,临时打断了某位同学不得要领的长篇大论,请惟丐"发表高见",他也总是连连摆手,不置一词。

有一次,我记得他们是在讨论什么"双向同构"一类的问题,主持人恳请再三,与会者热烈鼓掌,惟丐这才红着脸站起身来,说了一通"胡话"。说来也奇怪,惟丐说出的每个字、每个句子,我都能听得懂,似乎无甚高明之处,可是把这些字词、这些句子连成一大段话,我立刻就不懂了,把脑子想穿了,也不知道他说的是什么意思。他在说话时,眼睛看着天花板,不时陷入停顿,有时声音低得让人听不见,大部分时间都在自言自语。好不容易等他说完,大家面面相觑,会场里鸦雀无声,似乎大多数人都没听懂。主持人当然是听懂了的,为了便于大家对惟丐提出的问题展开讨论,他用自己富有逻辑性的语言把惟丐刚才的发言又复述了一遍。

他还没说完,惟丐就情绪激动地站了起来,突兀地打断了他的话:"话是这么说,可我不是这个意思。"

这么一来,主持人立刻面红耳赤,有些下不来台了。但他毕竟见多识广，善于变通，立刻又改了口，将刚才的那一番话又反过来说了一遍，希望以此来取悦对方。

不料，胡惟丐再次站起身来，急道："是这个意思，可话却不能那么说。"

话音刚落，大家全都笑了，主持人也只得讪讪地笑了笑，宣布散会。从这件事情上，也能够看出胡惟丐对人情世故全然不通的一面。从那以后，沙龙的时间、地点都改了，我们再也没有在周末的讨论会上见到过他。

惟丐虽是上海人，据说他的家学源于绩溪胡氏，而母系一族则是赫赫有名的钱塘杭氏。其学问来历斑斑可考。惟丐幼受庭训，于章黄之学多有所窥，英文、德文皆有根底，加之博闻强记、过目成诵的天资，他在我们年级显得卓尔不群，就不难理解了。曾有好事者登门拜访他，问他的祖上与同出绩溪的胡适有什么瓜葛，惟丐也是微微颔首，未置可否。

做学问追及祖先出身，多少有点挟古人以自重的意思，为有学之士所不取。可当时在我们系里，确已蔚然成了风气。海云自称是漳州邓氏，曹尚全自称是泉州曹氏，而黄光辉自然就是莆田黄氏了——三人合称，则是"闽中三杰"。至于什么上虞罗氏、扬州汪氏、湖州窦氏更是不一而足，难以记述。我那时少不更事，自忖出身寒微，本想攀附一下"丹徒刘氏"，后来一查家谱，才知道自己的祖上与写《老残游记》的刘铁云八竿子也打不着，只得悻悻作罢。

惟丐开始还和我们一起上课，后来有些课他就不来了，最后就只剩下一门训诂学，可自从主讲这门课的唐教授不小心把"稼穑"读成"稼墙"之后，这门课他也不来了。老师们也不以为忤。不管他缺多少课，到了期末，只要他肯来参加考试，成绩一律全优。他几乎是十分自然地包揽了各类奖学金有限的名额。另外他每月还从《古文字诂林》编辑部领取九元的编辑补贴（在那个时代，九元钱几乎就是我们全部生活费的一半了）。那个年代还没什么人读研究生，不过据说汉语史专业的董教授和解教授因为都争着让惟丐给自己当助手，最后闹得反目成仇，形同路人。此事听上去有些夸张，毕竟不知真假。

　　七七、七八级的同学离校后，我们发现校园里突然空寂了许多。我们的心里也是空落落的。七九、八〇级的学长们终于熬出了头，可他们对于讲座、报告会、学术沙龙一类的事没有什么特别的兴趣，倒是比较热衷于"黑灯舞会"（他们称之为"钓鱼"）之类的见不得人的勾当。我们班除了几个自甘堕落的女生之外，大都不屑于和他们往来。学习上有了疑难，我们就去找惟丐。他照例是来者不拒、有教无类，一时就有"小导师"之称。可惜好景不长，从第二个学年的下半学期开始，惟丐就不怎么在学校住了，有时一连几个月都见不到他的人影。久而久之，我们只有在学校图书馆的借记卡上发现他的名字时，才会猛然想起班上还有这么一个人。

　　我们寝室的魏挺据说会看相。据他说，惟丐看上去不像是尘世中人，不过是一个 ghost，某个并不存在的事物所留下的一道魅影而已。他就像一片云，远远地飘过来，但还没下雨就飘走了。或者说,他是一滴朝露,只在黑暗中存活,一缕阳光就可以让他化迹于无形。用老魏的话来说,"这个人迟早会出事的"。我们都认为这是老魏出于对惟丏的妒忌而发出的恶毒的诅咒,并没有留意他的话中所可能暗含的真知灼见。

他的家住在静安寺附近一幢名为"漱石公寓"的花园洋房里。整栋洋房据说都是他们家的私产,五十年代被政府没收,"文革"后落实政策,只还给他们二楼的一个舞厅和一个化妆间。有人说,他们家那房子,袁克文曾住过三个月;也有人说,白崇禧在指挥上海战役时,曾在花园里亲手枪毙了一位临阵脱逃的少将副师长,因此那房子时常有闹鬼的传闻。

邓海云曾陪班长王燕去找惟丏算过命。至于她为何要专门去找人算命,胡惟丏又跟她说了什么,是否灵验,我们都不得而知。海云回来后也守口如瓶,只是提及惟丏用来打卦的那三枚康熙通宝是如何的锃光瓦亮。他说惟丏举止有点乖张,最近和几个搞奇门遁甲的异人过从甚密。什么是"异人",我们所知甚少,对奇门遁甲的了解也仅限于《聊斋志异》中那个可怜道士不成功的法术。不过,他对于惟丏住处的描述则让我们大开眼界。他提到花园里的裸体天使雕像,提到一台老式唱机、一张锯短了腿的小木桌、停摆的挂钟、一名看上去多少有点阴鸷的仆人……

我曾写过一篇小说,苦于没有人指导,就通过《古文字诂林》编辑部的一位老师转给了惟丏。过了差不多三个月,稿件再次通过那位老师回到了我的手中。几乎所有的错别字他都替我改正了，可对于这篇习作的评价只有短短的四个字：

　　过犹不及。

　　这是我第一次和惟丏打交道。收到稿件后，我给惟丏去过一封信，对他的指导表示感谢，也请他坦率地对我的作品谈一点具体而详尽的看法。很快我就收到了他的回信。他的冷漠和自负让人吃惊，因为，除了陈腐的客套之外，他对作品的具体意见仅仅多了几个字而已：

　　不及者，未及也。
　　然过犹不及。

　　不久之后，惟丏回学校参加身份普查，我在文史楼的厕所里见过他一面。他不认识我，当然不会主动跟我打招呼。我犹豫再三，也想不出如何与他搭话。很快，他就抖了抖裤子，转身走了。

二

　　我们寝室有一个名叫宋建军的河南人。他在全年级年龄最小，个子也最小，为人既迂执又可爱，大家都叫他"憨憨"。此人对胡惟丐的崇拜已经发展到了对后者亦步亦趋的刻意模仿。除了自己头发不能变白之外，他无时无刻不在复制着惟丐的一举一动。人家逃课，他也逃课。人家逃课是为了有更多的时间去图书馆用功，而憨憨逃课，只是一个人成天在校园里瞎晃悠。每天晚上，大家晚自习结束回到寝室，憨憨总要向我们神秘兮兮地报告他一天的见闻：

"猜猜看，今天我碰见了谁？"

我们都知道他一成不变的答案，大多与惟丐有关。谁都懒得搭理他。憨憨倒也不笨，后来他就摒弃了这种吃力不讨好的疑问句式，而将它改为强制性的陈述句：

"我今天又碰见蒙娜丽莎了。"

或者：

"我在图书馆遇见惟丐了。他在还一本书，是斯宾诺莎的《伦理学》。"

要么：

"惟丐和一个和尚坐在夏雨岛的凉亭里说话。他为啥与和尚交往呢？"

我们照例不理他。他也总是讪讪地笑，似乎对这样的待遇早已习以为常了。有一天晚上，我们差不多都已经睡着了，憨憨在床上长叹了一声，道：

"我今天去十二百货买席子，看见蒙娜丽莎从楼上下来，他不仅主动和我说话，还请我吃了，吃了……"

"冰激凌，对不对？"

"不是的，"宋建军似乎来了劲，"再猜。"

"猜你娘个大头鬼！憨憨，你再不闭嘴，我就把你从窗口扔出去！"有人骂道。

这时，我们看见火光一闪，老魏点着了一支烟，对睡在上铺的建军道："你刚才说，在哪儿碰见蒙娜丽莎来着？"

"十二百货呀。"憨憨道。

"这就怪了。"老魏讶异道。

一听老魏话中有话，立刻有几个人把脑袋从帐子里伸了出来，问他有什么可奇怪的。

老魏静静地吸着烟，半天才道："真是见鬼了。我每次碰见胡惟丐，也都是在十二百货的门口。而且全都是星期六。这是怎么闹的？"

原来，每周六下午老魏都要去十二百货西侧的梅龙新村，给街道办事处组织的书画班上课。当他讲完课回来经过十二百货的时候，常常都会碰见胡惟丐。上一周他刚从梅龙新村出来，就下起了大雨，他和惟丐在十二百货门前的花坛边迎面相遇。那天雨下得很大，胡惟丐面色苍白，头发被雨水淋得一绺一绺的，耷拉在脑门上。在风雨交加之中，惟丐走起路来仍然显得不慌不忙。其实他本可以找个地方避一避，等雨停了再走。老魏有心将自己的雨伞借给他，可一连叫了他好几声，对方却没有任何反应。也许他根本就没听见。

这件事的确有点儿蹊跷。惟丐的家远在静安寺，他为何总是在周六下午出现在十二百货商店的门口呢？寝室里的几个人全都没有了睡意，随后就七嘴八舌地议论开了。最后倒是老魏没了兴致，他把烟头在墙上按灭，打了个哈欠，道："睡吧，也许仅仅是巧合。再说了，也许人家有什么特别的事吧。我们犯不着去胡乱瞎猜。"老魏的话往往就是命令，经他这一说，大家就全都睡了。

这种事毕竟是耳食之谈，除了宋建军之外谁都不会把它当回事，一觉醒来它早已被忘得一干二净。如果不是两个月之后发生的一件事使它再度沉渣泛起，谁都不会想到胡惟丐如此频繁地造访十二百货，还真的有一段不为人知的隐秘。

我们班的桂冠诗人曹尚全在《诗刊》上发表了两首献给维罗妮卡的十四行诗。消息一经传出，立刻轰动了整个校园。系主任亲自出面为他举行了一个小型的诗歌研讨会以表示庆祝，学校的夏雨诗社也邀请他做公开演讲，并安排了十几场专场朗诵会。我们班的每个人都可以把这两首诗倒背如流了，可还是不知道维罗妮卡到底是谁。有一种意见比较倾向于认为是他的表妹。突如其来的荣誉让曹尚全的虚荣心极度膨胀，尽管他已有十多门功课不及格，还是不免得陇望蜀，对学期末的奖学金评选想入非非。而让自己获奖的捷径之一，按照老魏老谋深算的推断，就是要扫除掉胡惟丐这块绊脚石，而把蒙娜丽莎彻底搞臭的最好的办法就是贴他的大字报。曹尚全犹豫再三，没有采取这种极端的办法。他给学校的党委书记写了一封匿名信。

这封匿名信指控胡惟丐一贯孤芳自赏，资产阶级自由化倾向严重。他和社会上一些不三不四的人过从甚密，说不定正在暗中串联，组建反动会道门。他还时常去十二百货商店的文具柜台，频繁地骚扰一位如花似玉、娇艳欲滴的女售货员，害得对方一度精神失常……

这封信几经转手，很快就落到了辅导员郦学义的手中。郦学义本来就是做古文字出身，对惟丐十分敬重，加上他对匿名信一类的勾当极为反感，本想置之不理，又碍于领导的层层批示，怎么也要敷衍一下。他找来班长王燕，将匿名信交她看过，吩咐她找个时间去十二百货商店侧面了解一下情况。王燕自然不敢怠慢。她约上老搭档学习委员邓海云，当天下午就风风火火地赶往十二百货调查情况去了。

用邓海云的话来说，那位女售货员的容貌，望之令人心碎："芙蓉如面，秋水为神。目如寒潭，齿若编贝。体格风骚，赋性温柔。比花花解语，比玉玉生香。回眸一笑百媚生，六宫粉黛无颜色。兼有钗黛之美，实为可卿再世……"

海云一激动，就把他能想到的形容词都用上了，害得我们班的那帮男生一个个直咽口水，恨不得连夜赶过去看个究竟。

第二天一早，我们上邸亚平教授的《红楼梦研究》课。可容纳一百五十人的大教室里只稀稀拉拉地来了二十几个人。邸教授满脸不高兴。她接下来的一段话表明，该教授虽然深居简出，对于校园里的各类新闻倒也消息灵通：

"怎么搞的？才来了这么几个人！人都到哪儿去了？难道全都到十二百货看秦可卿去了吗？"

那位被称作"秦可卿"的售货员名叫叶晓梅，老家在江苏的宿迁。她是顶父亲的职,被安排来上海工作的。她的文具摊位在二楼,紧挨着一个修钟表、配钥匙的小铺子。那段时间,二楼的大部分店面正在装修,粉尘扑面,油漆味刺鼻,光顾的人并不多。晓梅回忆说,一天下午,她正在打毛线衣,看见一个穿中山装的人在她的柜台前直愣愣地看着她笑。(王燕向晓梅反复解释说:"他不是冲着你笑,而是长相如此。他平时挺严肃的,从来不笑。")这个人一头白发,可年纪看上去并不大。他的眉头皱得紧紧的,可脸上居然还带着傻傻的笑容。她心里有些怀疑他的神经不太正常,就多看了他两眼。他问晓梅有没有印泥,晓梅说没有,他就转身走了。走到楼梯口的时候,不知为什么,他又回过头来朝她瞥了一眼。没想到晓梅也在看他,他似乎吓了一跳,差一点崴了脚。

这是她和胡惟丏的第一次见面。

差不多一个星期之后,晓梅再次见到了他。那天下午二楼的装修队歇了工,修钟表的老头也趴在桌子上酣睡,大厅里有一种懒洋洋的岑寂。她一眼就认出了他。惟丏低着头来到她的柜台前,买了一只卷笔刀之后,没有马上离开,而是试图与她搭话。他唐突地问她是不是上海人,一下就刺中了她心中苏北人身份的隐痛。她板起脸来,瞪了他一眼。惟丏脸一红,灰溜溜地走了。

从那以后,他几乎每个星期都会来,时间却固定在星期六,差不多下午三四点钟。有时,他从她那儿买上一些铅笔、橡皮;有时则是塑料封皮的工作日记簿、牛皮信封、墨水什么的。

一个顾客,每周一次,在固定时间到她的柜台来购买文具,这多少有点奇怪。要了解其中的缘由,显然是超出了她的智力范围。这就像是一个深奥难解的谜语,引诱她去猜它的谜底。时间一长,自己反而被绕了进去。

有一次,惟丐在她那儿买了一把旅行小剪刀,转身刚要走,晓梅把他叫住了。她没话找话地问他,买这么多的文具有什么用。惟丐的回答略带嘲讽:"这让我怎么说呢?不同的文具,自有不同的用处。"

"比如说,这把小剪刀……"晓梅不依不饶。

"噢,我用它来剪鼻毛。"

这次该轮到晓梅脸红了。她记得那天下着小雪,大厅里光线黯淡。修钟表的老师傅回家过年去了。隔着柜台,两个人又说了会儿别的话。临走时,惟丐问晓梅,可不可以认识她。她愣了一下,怯生生地望着他。晓梅是个乡下姑娘,有些不太明白他的意思。可她不经意的回答却像真正的上海人一样老到和时髦:

"嗨,我们不是已经认识了吗?"

每到星期六下午,他都会来找她聊天。有时星期三也来。晓梅还专门给他准备了一个小马扎。她知道他是大学生,态度自然就不一样了。在那个年代,大学生多少还受人敬重,对于晓梅这样一个来自小镇的姑娘,也许还觉得有点神秘。她问他能不能借给她一些书看。惟丐随手就从帆布书包里抽出一本尼采的《查拉图斯特拉如是说》,递给了她。她花了整整一个月来钻研这本书，其后果是她早年治愈的头痛病又犯了……

事后，王燕将她的调查结果向辅导员做了详细汇报。辅导员听了也没多说什么，只是嘿嘿地笑。王燕也提出了她的调查结论：种种迹象表明，他们是在谈恋爱，而且非常纯洁，根本谈不上什么骚扰。辅导员引用了两句古诗，高屋建瓴地为这件事做了最后的定性：

　　一洼死水全无浪，
　　也有春风摆动时。

三

后来，叶晓梅与王燕结成了深厚的姐妹情谊。她在上海单身一人，举目无亲，就认王燕做了姐姐。她常常来学校找王燕玩。有时候，时间晚了，王燕就让她留在自己的寝室，抵足而眠。她们几乎无话不谈。令王燕感到奇怪的是，她们之间的话题总会有意无意地回到胡惟丏身上，可当王燕旁敲侧击地问起他们最近的进展时，晓梅的口风很紧，总是托腮含笑不语。

到了周末，王燕也会带她去参加河东食堂的舞会。可是有一天，一个"谢了顶、长得很老相"的同学邀请她跳舞，她犹豫了半天，最后不好意思地答应了。那秃驴将她带到灯光昏暗的角落，悄悄地往她手里塞了一团什么东西，嘴里还不断道：

"小意思，一点小意思……"晓梅当时不好意思看，就揣在了裤兜里。她心慌意乱地找到王燕，拉着她就往外跑。到了路灯底下，晓梅将那东西掏出来一看，原来是一沓人民币，整整二百元。从那以后，晓梅再也不敢去跳舞了。

匿名信事件之后，惟丐开始频繁地在校园里出没。他从头到脚都像是换了一个人。他的头发剪短了，而且染得乌黑，不经意中还真能把人吓一跳。他换上了一套粗毛呢的花格子西装，皮鞋擦得铮亮。与人打交道，也没什么架子，甚至还主动帮寝室里的同学修改学年论文，介绍发表的刊物。他还破例参加了学校一年一度的春季运动会。他报的项目是链球，居然还得了个第四。王燕用晓梅在舞会上得来的那二百元钱，组织了一次去淀山湖的郊游，惟丐不仅欣然参加，并且在大家的怂恿下高歌一曲。不过，他唱得实在不怎么样，我们班的女生笑得差点昏死过去。

看到惟丐的可喜变化，对他的精神状况一直忧心忡忡的辅导员，终于长长地松了一口气。老魏也一针见血地指出：蒙娜丽莎近来颇有得色，说明他和十二百货的那个漂亮的小娘儿们正打得火热。我们都认为他说得很对。因为不久之后，我们寝室的宋建军又开始不断地向我们报告"惟丐他们"的行踪了。大家都知道他所说的"他们"的"们"字指的是谁。为了表明自己不是在跟踪盯梢，憨憨不得不在自己的叙事中用"恰好碰到""偶遇""巧遇"一类词汇来加以修饰。

有一天晚上，他从图书馆出来，"恰巧看见"胡惟丐和叶晓梅在校医院附近散步。很快，两人朝四周望了望，鬼鬼祟祟地钻进了一片杂草丛生的小树林。当他经过校医院时，朝那片小树林"投去了漫不经心的一瞥"，忽然听见那女的哼哼唧唧地说……

"说什么呀？"大家听到这儿，都觉得有戏，呼啦一下，全都围过来了。

宋建军这小子平常傻里傻气的，可到了节骨眼上一点都不糊涂。他见大伙来了兴致，眼睛里冒出精光来，便故意吞吞吐吐、拿腔拿调地摇了摇头，叹道："唉，这事儿，不说也罢……"

大家又少不得去央求他。最后，憨憨提出了他的要求："你们请我吃夜宵。"

大伙只得掏出饭菜票，七拼八凑，派人飞奔去了食堂，买回来一堆肉包子。憨憨吃完了包子，抹了抹小油嘴，这才压低了声音道："我听见那女的说：我爱你白个头发黑个肉。"

"惟丐怎么回答？"

"那还用问？自然是，我爱你黑个头发白个肉了。"建军一脸坏笑地站起来，上床睡觉去了。

这多半是出于宋建军的杜撰。这段话是对众所周知的钱牧斋和柳如是艳闻的拙劣仿制，当然不足为信。相比之下，从王燕那边传来的消息则要准确得多。

王燕曾对"闽中三杰"之一的黄光辉提及，惟丐似乎在男女之事方面不太开窍。"你们男生最好找个人去点拨他一下。这么下去,我看着都有点悬。"

黄光辉知道王燕正和地理系的一个青年教师打得火热,笑道:"点拨个鬼呀,我们自己都在水深火热中受着煎熬。看得见,摸不着,心如刀绞。拿什么去点拨他?除非您老人家亲自出马。"

一席话说得王燕杏眼圆睁,一扬手,把杯中喝剩的水泼了他一脸。

据王燕说,惟丏虽然频频和晓梅约会,可光打雷不下雨,说来说去不是什么波罗蜜,就是什么维特根,说得全不着调。说来也奇怪,约会的地点也是一成不变,基本上是围着学校附近的一座空军雷达站转圈子。最后,连雷达站的哨兵都开始怀疑他俩的身份,居然要查看他俩的学生证。有一天,他们在雷达站外的一块稻田边上坐了一个晚上,惟丏一直在说一个名叫李叔同的人。相识这么长时间,他们连手都没有拉过,晓梅渐渐就失去了耐心。

有一次,王燕带她去河西浴室洗澡,在路上,她突然拉住王燕道:"王姐,你说惟丏这个人,他的脑子会不会有什么毛病呢?"

王燕一听,就知道他们的进展不太顺利,晓梅似乎已萌生退意,便假装把脸一板,严肃地批评晓梅道:"你瞎扯什么呀,惟丏可是咱们系的大才子!有的老师说,像他这样的人才两百年才能出一个。系里已经内定他留校了,前些日子复旦那边还来了一个副校长,专门请他毕业后去那边教书呢。这样的人脑子怎么会有毛病?"

"那他一定是瞧不起我。他说的话有时我连一句都听不懂，这不是成心气我吗？成天虎着个脸，就像别人欠了他三百吊似的。我是乡下来的没错，难道说他脑袋顶上的一头白发都是拌了糖的？"

晓梅越说越委屈，最后索性蹲在地上哭了起来。

"怎么会呢？"王燕也只得蹲下来劝她，"有才华的人都是这个样子。你好歹还和他散过步，他要是在路上遇见我们，眼睛望着天，连话都不会和我们说一句。既然他把你当作神仙一样供着，你呢，就得主动点儿。"

到了五一节前夕，晓梅下了班就兴冲冲地跑到了学校，一见到王燕就喜滋滋地向她报告："惟丐约我五一去他家，还要请我在红房子吃饭。我们还要去普陀山进香。"

这天晚上，晓梅和王燕在学校空旷的体育场上一直聊到深夜，王燕少不得向她传授一些笼络男人的诀窍。两个人畅谈未来，就连结婚后是否比邻而居这一类的细节都反复商讨。

五一那一天，他们在红房子西餐厅吃饭。惟丐脸上的表情和以往没有任何不同，既不热情，也说不上冷漠。他耐心地教晓梅如何使用刀叉，告诉她西餐的必要礼仪。除此之外，就没有多余的话了。那天的牛排又老又硬，晓梅咬了一口就搁下了。饭后，惟丐只给自己要了一杯咖啡，晓梅问他："你为什么不给我要一杯？"惟丐道："这东西挺苦的，你能喝得惯吗？"他随后也给晓梅要了一杯。为了显示自己完全懂得咖啡的醇美，晓梅闭上眼睛，一口就将它喝光了，烫得舌头上都起了一个泡。

他们俩从西餐厅出来,外面忽然下起了雨。晓梅是带了伞的,可她故意没有拿出来。于是,他们只好共用惟丐的那把伞。惟丐用伞罩着晓梅,自己的身体却被雨水打得透湿。一路上,晓梅不断地偷偷拽他的衣角,可惟丐却丝毫不为所动。那时的静安寺一带灯光昏暗,街道幽深,他们俩在阴湿而又狭窄的弄堂里七拐八拐,最后,走进了一扇石砌大门,由一条旋转木梯上到二楼。

房间里漆黑一片,散发出一阵浓烈的霉湿味。好在窗帘没有拉上,微微透出些屋外昏暗的光亮。惟丐将她领到沙发上坐下。她问惟丐为什么不开灯,惟丐说,他家的电灯两年前就坏了,一直没有请人来修。反正他已经习惯了用蜡烛来照明。在黑暗中,她听见惟丐在划火柴,大概是蜡烛芯受了潮,怎么也点不着。惟丐问她介不介意在黑暗中坐一会儿,可还没等晓梅答话,他又接着道,他平常若不看书,很少点灯。只有在黑暗中,人的灵魂才会安逸。

晓梅怎么也没想到,在喧闹繁华的闹市区,竟然还有这么一个静谧的地方。她的耳膜随之变得十分敏感,似乎有无数的人在她耳边说话。房间宽且高,好像大得没有边际。由于光线太暗,她几乎什么也看不见。雨倒是越下越大了。马路上偶有车过,溅起哗哗的水声。车灯的光柱掠过花园,照亮了窗外宽大的露台和香樟树。

等到她的心稍稍平静下来,就听见楼上有人在弹钢琴。那琴声很微弱,却颇有些幽怨,曲调也是似曾相识的。有一阵子,琴声被飒飒的雨声完全遮住了。这时,惟丏已经从里屋给她端来了一杯茶。看着他在黑咕隆咚的房间里往来穿梭,毫无妨碍,晓梅不觉暗暗称奇。

在晓梅的反复坚持下,惟丏才不知从哪儿弄来了一盏美孚油灯。大概是玻璃灯罩上有了太多的裂纹,上面贴满了橡皮膏。她看见沙发后边上矗立着一个蒙着红绸布的什么东西,看上去就像身后站着一位羞涩的新娘。她用手摸了摸,丝绸凉凉的,滑滑的。

惟丏告诉她,那是一面落地的大穿衣镜。前几天,家里来了一个懂奇门遁甲的朋友,说这房子里有一股阴森之气,而镜子当然会使阴气加重,让他用一块红绸布遮住避邪。

晓梅不由得一愣,嘲讽道:"你还真的信他的话呀?"

"那当然,世上没有什么东西是无缘无故的。"惟丏一本正经地道。

"那我能不能掀开绸布看看?"晓梅伸手就要将绸布揭开。

惟丏脸上的表情陡然就有几分阴郁,急道:"你最好不要动它。"

晓梅吓得吐了吐舌头,只好把手缩了回来。她不安地想到,自己若是嫁给他,每天住在这么一个房子里,倒也有点吓人。

随后她又听见了楼上传来的钢琴声。惟丏说,六楼住着一个因小儿麻痹症而瘫痪的孩子。她每天晚上都会在楼上弹琴,直到午夜两点。奇怪的是,她每次都弹同一个曲子,到现在,这琴声已经持续了十二年。楼中的住户不堪其扰,多次提出抗议，甚至还报告了派出所。可派出所对一个残疾的孩子有什么办法呢？他记得以前曾见过她一次。那时她才六七岁，还能挂着双拐走路，后来就不怎么下楼了。

"她现在大概也有你这么大了吧，可我一直记住的是她幼时的样子。她虽然在弹同一首曲子，可只要仔细听，每次都大不一样。有时候，我觉得她是在为我一个人弹的，她也知道我在听……"

听他唠叨着那些不相干的事，晓梅心中怏怏不乐。她知道惟丐已经沉浸到他自己的世界中去了，而这个世界，她现在还无从触碰。

惟丐靠在沙发上，说话的声音越来越微弱。渐渐地，就变成了临睡前的喃喃自语。他大概是太累了，不一会儿就进入了梦乡。窗户玻璃上雨泻如注，看上去就像一张泪眼模糊的脸。很快，楼上的钢琴声也停了，四周一片寂静。

晓梅一个人坐在灯下，百无聊赖地翻看茶几上搁着的一摞书籍，可那些书都是繁体字的竖排本，没有一册是她能看懂的。她看见地上杂乱地放着一堆唱片，就帮他稍稍理了理。最后，当她转过身来，看见沙发后面的那面蒙着红绸布的穿衣镜时，她的好奇心又来了。她回头看了惟丐一眼：他张着嘴，鼾声如雷，脸上似笑非笑。她不由得心中暗想：我若是偷偷地揭开那块红绸布看一眼，大概也没什么要紧……

那不过是一面普通的镜子，与她小时候在外婆家见过的也没有多大不同，只是木制镶边和镜架的雕工更为细致一点而已。

她看见镜子中的自己头发蓬乱,目光骇异,心中不由得暗暗奇怪:怎么这个人看上去一点也不像我?她为什么会那样害怕?她拔下发卡,衔在嘴里,从提包里取出一把梳子,准备梳头。为了给自己壮胆,她咧开嘴笑了一下,这一笑,她的嘴唇黏在牙床上,怎么也下不来了。因为她看见镜子中还有另一张脸。这是一张老人布满褐斑的脸。她的心猛地一抖,就像一脚踩空似的……

顺着镜子反射的方向,晓梅慢慢地转过身来。通向里屋的门开着,一个身穿屎黄色军装的老人,正扶着门框,朝她微笑。

接下来晓梅所能做的,就是双手蒙着脸,尽其所能发出持续的尖叫。她在自己的尖叫声中逃离了这个房间,跌跌滚滚地冲下楼梯,发了疯似的在雨中狂奔。当她终于跑到弄堂的尽头,才听见惟丐在她身后大叫:

"不要怕,不要紧的,他是我舅舅……"

"去他娘的舅舅!让他的舅舅见鬼去吧!"这天凌晨,晓梅一身泥水来到王燕的寝室,依然惊魂未定。本来她和惟丐约好了第二天要去普陀山进香的,可她当着王燕的面将船票撕得粉碎。

一个星期后,晓梅将惟丐借给她的那些书,放在尼龙网兜中,一股脑儿地提了过来,让王燕代为转交。事情到了这个地步,王燕知道已经无可挽回了。后来,她一提起这件事,总是叹惋不已:"惟丐也真是的,他和舅舅住在一起,也不提前告诉晓梅一声。你说,这大半夜的,屋里突然冒出一个人来,吓人不吓人?"

经人介绍,晓梅很快就找到了一位新男友。他是一位丧偶的刑警。这个经验老到的中年人在与晓梅的第一次约会中,就让她怀了孕。我记得毕业典礼之后,全班同学来到文史楼前拍集体照,晓梅来看王燕,她的孩子已经在草坪上满地乱爬了。

四

转眼间就到了毕业分配的前夕。当我们在校园里再次看到胡惟丏的时候,他已经蓄起了胡子,奇怪的是,他的胡子却是黑色的。他比以往更瘦了,脸色憔悴,目光惊恐,脸上那一成不变的笑容似乎也变得更为灰暗。听邓海云说,有一次他在接待一位来自英国伦敦的学者时,大概说了什么不该说的话,第二天就被市局的便衣捉去训话,他的精神似乎受到很大刺激。从那以后,他的举止变得更为颓唐,后来一度传出他要绝食的消息。当时,择业的焦虑使我们无暇他顾,事情到底如何,毕竟已经没有什么人去关心了。

五月初的一天,我从图书馆还书出来,刚走到丽娃河的彩虹桥上,一辆自行车疾驰而来,吱的一声停在了我的面前。我抬头一看,发现惟丏正笑眯眯地看着我。我知道他不是真笑,便认真地问他有什么事。他说起我不久前发表在学报上的一篇有关尼采的论文,并表示他完全不能同意我的观点。我们站在桥头讨论了两个多小时，天就渐渐地暗了。

惟丐看了看表，对我道："我得赶紧走了。我的被子还晒在宿舍楼下，一会儿要下大雨了。"

我看了看天，心中暗笑：天上晚霞绚烂，清风徐至，哪来的什么雨？

"我请你吃饭怎么样？"他不断地抚弄着书包带子，"我们可以好好聊聊。"

"什么时候？"

他想了一下，像背书似的对我道："两个星期之后的星期五。这个星期不算，再过两个星期，第三个星期的星期五。下午四点，你到静安寺来，记住了吗？"

我完全被他弄糊涂了，只得含混地答应了一声。他就骑着自行车晃晃荡荡地走了。

不一会儿，天空突然乌云翻滚，梧桐狂摆，树叶乱飞。我刚刚来得及跑回第一宿舍的屋檐下，大雨追赶而至，在校园里腾起了一股白烟。

惟丐的严正守时是出了名的，不过，这样的约定对我这样一个懒散惯了的人来说，也过于夸张了。由于担心错过两个星期后的那个约会，我不仅每天在日记中提醒自己，甚至在手边的每一本书里都夹了备忘的纸条。我还嘱咐宋建军和向国忠帮我记着这件事，到时候别忘了提醒我。（事实证明，他们无一例外把它忘得干干净净）即便如此，这两个星期我每天都是在难挨的失眠中度过的。

要想计算出两个礼拜后的星期五是五月二十一号,这还并不难,问题是惟丏并没有告诉我他家的地址。随着约定见面日期的临近,经人指点,我只得去楼上向邓海云打听。

邓海云独自一人坐在棋盘边,一边抠着脚丫子,一边打谱。我说明了来意,他连看都不看我一眼,就冷冰冰地长嘘了一口气,道:

"不清楚。"

"你不是去过他家吗?"

"是去过,不过早忘了。"

说完他就站起身来,从墙角抓过两只水壶去食堂打开水去了。

他们寝室的人告诉我,海云与惟丏不久前已经绝了交,平时最不愿意别人提起惟丏这个人。事情的起因据说是源于不久前的毕业动员大会。邓海云是刚入党的新党员,辅导员让他代表全系毕业生在大会上做一个发言。邓海云用了差不多一个月的时间准备了发言稿,题目是《从存在主义者到马克思主义者》,披露了他是如何从一名绝望而虚无的存在主义信徒成长为坚定的马克思主义者的心路历程。这篇报告全文分三次发表于校刊上。

不久以后,他就收到了惟丏给他寄来的绝交信。信中到底写了什么,众说纷纭。但邓海云精神上无疑受到了极大的打击。据知道内情的同学介绍说,这封信的措辞出人意料的严厉。大致的意思是说,邓海云这样无法连续思考六十秒以上的人,既不懂存在主义，也不懂什么马克思主义……

后来，老魏提醒我说，想要惟丏的地址倒也不难，不妨去找一下系办公室的孔梨初老师，他那儿有所有学生的学籍档案。老孔是一位仁厚长者，他的身上还残留着旧社会过来的办事员所特有的谦卑和严谨。他不仅工工整整地从学籍卡上替我抄录了惟丏家的详细住址，还顺手替我画了一幅交通图，并标明了所有换乘公共汽车的班次和地点。

到了五月二十一号这一天，我比预定时间提前了三个小时挤上六十七路公共汽车，向静安寺进发。即便有了老孔的那张地图，当我找到那个名叫"漱石公寓"的花园洋房时，还是迟到了十五分钟。无数狭窄阴湿的小弄堂盘根错节，让人头晕目眩。每一条小路都极为相似，我有好几次发现自己绕了一个大圈，又回到了原点。当我沿着吱吱作响的楼梯上到二楼，忽然看见一个穿着旧军装的老头正在楼梯口阴沉沉地看着我。和晓梅的描述一样，老头军装的颜色是屎黄色的，我似乎只在抗美援朝的电影中见到过。他详细盘问了我的姓名和来意之后，忽然咧开嘴笑了一下，轻轻地推了一下旁边的一扇门，道：

"那么，请进。"

我注意到楼梯的窗户上镶嵌着彩色玻璃，就像教堂的彩绘一样。房间里光线昏暗，乱七八糟地堆满了书。老头让我在沙发上坐下，就到里屋倒茶去了。沙发宽大松软，茶几却很狭小。仔细一看，原来是一张小课桌。那是一张小学生用来上课的课桌，只是腿被锯短了一些。我一进门就发现天花板上垂下的一个电灯头，结满了蛛网，没有灯泡。墙上的一面挂钟早已停摆，指针指向了八点一刻。

我坐在沙发边，看着小课桌上烧剩的半截蜡烛，感到头皮发麻，很不自在。老头给我端来了一杯茶，茶杯的内壁积满了污垢，可以看出杯子很久没有洗过了，只是杯壁上古旧的人物肖像依稀可辨，一看就是百十年以上历史的旧物。

我问他惟丏怎么不在家，老头笑了一下，徐徐道："今天一早，忽然说有急事，走了。"

"去了什么地方？"

"不知道。"老头冷冷地道，"也许是去九华山了吧。"

"可是，是他约我来这与他见面的……"我惊愕地问道。

"没错，你不用着急。"老头递给我一个大牛皮纸信封，"你看看这个，他临走前让我把这个交给你。"

信封没有封口，我随即打开它。除了一封信之外，里面还有一幅国画。这封信是写在宣纸上的，用的当然是毛笔，可写的却是英文。翻成汉语的大致意思是：

抱歉！我目前的心情不适合与任何人见面。

事情来得太突然，来不及与你告别。

为了弥补我失约的愧疚，特备小礼物一件，以作永久纪念。

"永久"二字，让我的心猛地往下一沉：难道是诀别信？再想到信中"来不及与你告别"一句,似乎也别有所指,于是心里惶惶不安。我又赶紧拿过那幅画来,细细观瞧。画上画的是一些兰花和怪石,我知道惟丐平常喜欢画些国画、水彩什么的,也就没怎么留意。

"他不会出什么事吧?"

"不会的。"老头蛮有把握地对我说道,"他早晨天不亮就起床,把我叫醒了。也有可能他一夜没睡。他说他要出去一趟。我问他要去哪里,他说他与九华山什么白莲寺的一个住持很要好,他要去那儿的禅房住几天,静静心。"

"您是他舅舅吗?"

我这么一问,不知为何,老头立刻就有点不高兴,白了我一眼,目光像惟丐一样严厉,似乎我这个问题有点不太礼貌。随后,令我感到吃惊的是,他竟然顺手拿过一个蒙着白绸的绷子,翘起兰花指,低下头开始绣起花来。他的手指白皙细长,骨节毕现,中指上带着一枚铜质的顶针。看着他熟练地穿针引线,我愈加感到不安。

房间里一切的陈设都显得杂乱而陌生。高大的墙壁朝东的方向有一扇小门通往里屋,不过门是关着的。门框的四周镶有马赛克饰纹,门边原有一块花窗,后来用水泥封上了。紧挨着挂钟的墙角摆着一个铸铁的花架,不过上面并没有放上些名花异草,而是晾着一条蓝色的平角短裤。南玻璃窗又宽又大,通向碧绿的花园。我看见院中的紫藤已经开了。窗边墙上的木钉上挂着一块油腻腻的腊肉。腊肉旁边是一幅古画。

我很难断定那幅画是真迹还是赝品,不过,"吴江晴雪图"几个字却还隐约可辨。当然我也注意到了那台老式的留声机,就在沙发边上,几乎伸手可触,一大堆唱片乱七八糟地搁在地板上。留声机旁有一个木架,上面覆盖着一块红绸布,的确如晓梅所说,看上去就像一位羞涩的新娘。我想,这大概就是让女售货员"午夜惊魂"的那面穿衣镜了。

我略坐了几分钟,就起身告辞。那老头也不挽留,停下手里的活儿,站起身来,一迭声地对我道:"真是不巧,害你白跑一趟。"

我走到门边,看见墙边有一排柚木的书架,书架上有个草编的篮子,里边搁满了橡皮、铅笔、小刀、信封一类的物件。作为惟丏令人匪夷所思的爱情的见证,上面早已覆盖上了一层厚厚的灰土。

我回到学校以后,已经是晚上七八点钟了,寝室里只有老魏和他的女友王曼君。王曼君自从被李家杰抛弃之后,为了报复,开始疯狂地更换男友。据说她曾偷偷地打过两次胎,她希望通过糟践自己的办法,来使铁石心肠的李家杰回心转意,这当然是徒劳无功的。在大学毕业前夕,这位留下一身伤痛的前上海市跳远冠军终于决定弃暗投明,投向了老头子魏挺的怀抱。老魏也迅速地与在乡下的老婆离了婚,并成功地迫使法院把三个孩子都判到了老婆的名下。

我们寝室有一个不成文的规矩,只要王曼君来,大伙儿全都会在两分钟之内自动消失,将寝室留给他们单独享用。从这件事上,也可以看出魏挺的显赫权威。

我一进屋,就看见王曼君正用小刀往脚盆里削着生姜片,准备让老魏泡脚。

我对老魏说了说惟丏去九华山的事,并给他看了信。老魏的英文不大好,稍稍迟疑了一下,就将信件递给王曼君,道:"翻。"

老魏对惟丏送给我的那幅画赞不绝口,对于惟丏的突然出走并没有表示出什么兴趣。

"你的意思是说,他会自杀吗?"老魏坐在脚盆边,已经脱去了鞋袜,高挽起了裤腿,一双大脚已被体贴周到的王曼君按在了脚盆里。他飞快地看了我一眼,又转向王曼君:"不行不行,君君,水还是太凉了。你怎么搞的?"

随后,他把那封信扔过一边,又拿起那幅画上上下下看了起来,眉头越皱越紧。过了好一会儿,他突然问我:"这幅画你能不能借我用几天?我想拿去临摹一下。"

我知道老魏兼着学校书画协会的会长,平时就爱写写画画的,就随口道:"你要是喜欢,就留下它好了,反正我也没有什么用。"

第二天,我在文史楼前碰到了辅导员,就将这件事向他做了汇报。辅导员正被毕业分配的事搞得焦头烂额。几乎所有的人都指责他暗中操控,营私舞弊。两个分别来自内蒙古和河南的同学同时威胁要用啤酒瓶捅死他。我话还没说完,他就支支吾吾地哼了一声,转身走了。

倒是邓海云在得知这一最新情况后，专门找我详细询问了事情的来龙去脉。他严肃的表情证实了我的担心不是杞人忧天："不行，我得赶去九华山一趟。"

当时，邓海云在毕业前无事可干，已经答应跟着李家杰去烟台贩苹果了。现在临时变卦去九华山，弄得李家杰很不高兴。

海云这个人，不管怎么说，虽然做人圆滑，但天性纯良。在惟丐与他公开绝交的情况下，仍然决定去九华山找他，赢得了我们班全体女生的一致赞誉。一个名叫赵欣的云南女孩为他的行为所感动，自愿报名与他一同前往，邓海云当然慨然允诺。没人知道他们的九华山之行有没有见到惟丐，不过，当他们从那儿回来之后，两个人居然手拉手，公然在校园内出双入对。邓海云更是张口"欣欣"，闭口"欣欣"，叫得让人心里直发颤。

毕业前夕的惟丐，在学校的声誉和影响力早已今非昔比。此前，尽管系里的三位主任曾轮番出面请他吃饭，劝他留校任教，可无一例外地遭到了惟丐坚决的拒绝。后来，辅导员谈起他来，语调已隐约有些不悦："他这个人，学问没的说，就是做人爱钻牛角尖。难道他就不知道大观园中也有'过洁世同嫌'这样的告诫吗……"

五

李家杰病故以后，留下了一封遗嘱，有一笔数额不明的款项（后来我知道是二十五万）指定赠予胡惟丏。据遗嘱执行人之一的曹尚全透露，胡惟丏是全年级唯一一个让李家杰感到自卑的人，他想通过这笔赠款表达对胡惟丏的尊敬。在这封文情并茂的遗嘱中，李家杰这样写道：

> 这笔钱赠予胡惟丏，就是赠予我自己。因为胡惟丏的道路，就是我自己想走而未得的道路。我在欲望的泥淖中陷得越深，惟丏那超凡脱俗、卓尔不群的形象就会愈加清晰。他这一类人的存在，证明了我们这个世界还有希望。

问题是，在毕业十多年后，要想确定胡惟丏的准确行踪已非易事。中国社会重新大洗牌，使我们都有了两世为人的颓唐和伤感。在偶尔举行的同学会上，胡惟丏这个名字已经多少有一点陌生感了。有人甚至断然否认我们班曾经有过一个名叫胡惟丏的人。曹尚全想尽了一切办法来追查这个白发隐士的行踪，结果一无所获。有人说他去了安徽老家，承包了五十亩的棉花地，养了无数的蜜蜂，并办了一个书院；有人说他出国去了印度，在德里大学潜心研修梵文；当然，还有一种说法，听起来似乎更为可信：惟丏实际上哪儿都没去，他就在自己家附近的静安区图书馆当管理员。

到了二〇〇三年的春节，在恭贺新禧的手机短信中，突然传来了惟丏自杀身亡的消息。他从漱石公寓的顶层跳到了自家的露台上。由于大雪一直下个不停，他的遗体很快为积雪所覆盖，一个星期后才被水暖工发现。类似的短信接踵而至，让我在尖锐的惊愕中不能抱有任何的侥幸。王燕在给我发来的短信中只有一句话，却恰如其分地宣告了一个时代的终结：

世间已无胡惟丐

二〇〇五年盛夏，我在拉萨讲学半年之后，准备返回北京。我托人订了一张由贡嘎机场直飞北京的空军联航机票，这样不仅可以省掉在成都转机的不便，还可以节省大约一半的费用。联航的飞机差不多半个月一班。西藏大学的一位副校长建议我利用回京前的这段闲暇，去藏北的那曲看看，或者去藏南的日喀则游览扎什伦布寺。我假意应承下来，可实际上哪儿都没去。

我搬出西藏大学的宿舍，借住西郊的一位朋友家。他和妻子去了德钦，我正好帮他们看家。那是一片山前的开阔地，长满了齐人高的茅草，乌鸦云集，蜻蜓乱飞，看上去有些荒凉。接下来的日子既闲适，又寂寞。我晨昏颠倒地打发着一天天的光阴，很快就忘记了时间。白天里酷热难当，我成天酣睡；到了晚上，暴雨如期而至，天气变得十分凉爽，我就在灯下阅读《左传》，有时也看看电视。

一天，我正在午睡，我楼下的邻居，一个藏族小姑娘带着她的大狼狗，给我送来一封信。我因为害怕那条凶猛的牧羊犬，正犹豫着要不要开门，那小姑娘调皮地笑了笑，将信从窗户里丢了进来。

实际上，那不过是一张明信片。它是一个名叫"旺堆"的人寄来的，只有寥寥数字。他说，直到最近才在互联网上看到我来拉萨讲学的消息，问我是否有兴趣"在适当时间"去热振寺做客。

我知道拉萨有很多名叫"旺堆"的人，可惜的是我一个也不认识。况且，这个人既然在寺庙修行，说明是个喇嘛，可他居然还能浏览互联网，确实有点怪怪的。

可是当我把这张明信片翻过来，看到它正面的那张达·芬奇的著名油画时，冷不防出现的蒙娜丽莎的诡异笑容吓了我一跳。我的心像是被什么锋利的东西割了一下：莫非，这个署名旺堆的人就是胡惟丐？

这当然是不可能的。胡惟丐在两年前的一个大雪之夜自杀身亡，至少十多个同学赶往龙华殡仪馆，向他的遗体告别。据说，他的遗体因被积雪覆盖，一个星期后才被人发现……我拿着那张明信片，呆呆地站在那儿，看着窗外又高又远的蓝天，心中突然感到了一种从未有过的阒寂和虚幻。

我决定当晚就前往热振寺。

我的行程并不怎么顺利。我在尘土飞扬的大街上走了很远，也没看见一辆出租车。天快黑的时候，在罗布林卡的附近，我总算找到了一辆电动三轮车。司机倒是去过热振寺，可向我提出了一个高得离谱的价格，我看了看暮色四合的街道，也只得答应下来。

电动三轮车带着我，嘀嘀地叫着，很快就到了拉萨河边。

我们顺着河边高高的堤坝一路往北,不一会儿就出了拉萨市区。沿途所见,无非是成群结队的牦牛、大片的青稞地、夕阳中翡翠般的沼泽地、一座又一座的玛尼石堆、树枝上挂满的缤纷的经幡……

我们抵达热振寺外的时候,月亮已经升得很高了。红白相间的寺庙建造在湖边的山坳里。湖水湛蓝,岸边长着茂密的芦苇。我能够看见湖面四周的雪山和树木倒映在水中,奇怪的是,树木是红色的。天上的繁星和月光平铺在水面上,波光闪烁,就像有人向湖中撒下了无数的金币。

在寺庙门前,我说出了旺堆的名字。一个来自康巴的喇嘛领着我,绕过正殿前数不清的酥油灯,穿过配殿的游廊,走上了一条石砌的山道。一群放生的小狗欢叫着,一路跟着我们。这个喇嘛将我带到一个幽暗的破旧僧房里,四下看了看,然后对我说:"旺堆喇嘛或许正在经堂讲经,我这就去告诉他。"随后他就走了。

僧房里有一股淡淡的藏红花的香气。墙上挂着一幅唐卡。眼中所见,陈设十分简陋,不过一床、一桌、一凳、一灯而已。当然,由于灯光晦暗,我看到的不过是一个局部。

很快我就听见了说话声。一个身穿深红袈裟的喇嘛,身后跟着一个八九岁的提灯小童,正朝这边走过来。

"我知道你会来的,可没想到这么快。"他来到近前,望着我,似笑非笑,"我们有二十年不见了吧?"

他的声音听上去显得非常虚弱。他身后的那名小童向我吐了吐舌头,灯影一晃,就消失不见了。

说实话,直到这时,我仍然不敢相信他就是惟丙。他的身上散发着僧侣特有的气息,虽然满头的白发被剃掉了,可高原上的紫外线使他的那张脸看上去更为苍老。

"我是该叫你惟丙呢?还是旺堆喇嘛?"我试探着与他寒暄。

"随你好了。"他招呼我在桌边坐下,他自己则坐在床沿,"你大概还没吃过饭吧?"

那个小童又不知从哪儿晃了回来。他给我弄来了一些糌粑,几块奶渣,一块牛肉,还有一只陶钵。糌粑有点难以下咽,奶渣有一股膻腥气,我本以为陶钵里盛的是酥油茶,尝了一口,才知道原来不过是一钵清水。

他静静地看着我吃饭,让我说说"那边"的情况。我听见他嘴里说出"那边"这个词,还是吓得出了一身冷汗。由于"那边"的事情过于纷乱,我一时不知从何说起,就首先提起了传说中他的死,同时悄悄地观察他的脸色。和我预料的一样,他没有表现出任何吃惊的神态,而是用他那惯常的暧昧语调对我说:

"如果他真的死了,那么你现在见到的就是另外一个人。"

他就像条泥鳅一样滑,你根本就抓不住他。

我很快就提到了李家杰。我问他还记不记得班上一个名叫李家杰的人。他点了点头:"怎么不记得?读书的时候,他好像一直在忙着谈恋爱,先是王曼君,然后是苏眉,你说的是不是这个人？后来我听说他做生意发了大财。"

我告诉他，李家杰如今也已经不在了。他死于糖尿病所引发的肾脏衰竭。我还说起李家杰死前指名要留给他的那笔遗产。我把那份遗书一字不落地背给他听。他的脸在油灯的光影中忽明忽暗，叹息良久之后，忽然对我道：

"这听上去就像一个讽刺。"

我吃惊地望着他："我不太明白你的意思。不管你是否愿意接受那笔遗产，可人家毕竟还是善意的。"

他悲哀地看了我一眼，接着道："我知道他指定将那笔钱给我，是出于善意。不过，这件事本身仍然是一个天大的讽刺。他在遗书中说，他想过我的生活，可是他大概不会想到，我做梦都想过他的生活。你知道，我本可以留校，随便找个什么人结婚，从此过上碌碌无为的日子。没有什么希望，但也不至于绝望。为了达到这个目标，我几乎耗尽了心血。也许，我们每个人在心底里都想过别人的日子，这就是这个世界的根本悖谬所在。"

他说话的声音很低，最后变成了含混不清的自言自语，就像从窗下吹过的一阵山风。不久，他就提到了毕业前夕我对他的那次拜访。

"其实，我没有去九华山。当时，我就在房间里。我躺在里屋的凉席上，听着你和舅舅说话。我虽然已打定主意与这个世界告别，可任何决定都是可以改变的。任何时候改变决定都还来得及。有时候，只要向前跨上一步，就可以进入另一个世界。

比方说，我只要从床上爬起来，走到外面的客厅里，大大方方地向你道歉，告诉你这不过是一个玩笑。然后我们两个人可以到街上随便找个馆子喝酒畅谈。如果喝醉了，还可以说几句脏话。我只要从床上蹦起来，走出去，事情就解决了。甚至，当我听见你下了楼，走到外面的弄堂里，我还在犹豫着要不要请舅舅追出去，把你喊回来。可我知道我不配。我躺在凉席上一动不动，最后出了一身大汗。"

说到这儿，他忽然想起了一件什么事，转过身来对我说："我送给你的那幅画还在不在？"

"什么画？"

"金农的《兰石图》。我把它装在一只大信封里，让舅舅交给你的。"

我的眼前突然浮现出他那个穿军装、会绣花的舅舅来。他的确曾交给我一个大信封。至于里面的那幅画，我以为是惟丏本人的习作，后来被魏挺借去临摹，就留在了他那儿。我把这些细节原原本本地跟他说了一遍。他的脸上并无任何惊讶的表情，过了一会儿才淡淡地道："也许那幅画本来就该归魏挺，不过是借了你的手。"

接下来我们又聊了会儿别的事。他提出为我摩顶，我答应了。到了午夜，他又问我是否介意在他的寺庙里住一宿，我也欣然同意。他在地上铺了一条藏毯，却坚持让我睡他的床。

临睡前，我半开玩笑地对他说："会不会，我一觉醒来，发现自己已经来到了另一个世界？"

他吹灭了灯,在黑暗中对我道:"试试看吧,反正你迟早会醒来的。"

我很快就醒了。楼下的那条大狼狗还在汪汪地叫着。白花花的太阳依然高挂在天空。我从床上起来,感到头痛欲裂。我终于想起来,刚才楼下的藏族小姑娘给我送来了一封信,它就搁在窗下一只大花瓶的边上。

我拆开那封信,里面是一张联合航空公司派人送来的机票。

飞机在北京西郊机场上空降落的时候,不知怎么,我忽然又想起在拉萨做过的那个奇怪的梦来。看着窗外肮脏、昏暗的大地,我的眼泪止不住地流了下来。我的确有些疑心,我们班是否真的有过一个名叫胡惟丏的人。他和我们同学四年,却似乎真的从来就没有存在过。他在一个大雪纷飞的夜晚悄悄告别了这个世界,什么痕迹都没有留下来。我甚至已记不得他长什么样了。唯一还能想得起来的,就是他脸上暧昧而古怪的笑容。

它是一种矜持的嘲讽,也含着温暖的鼓励,鼓励我们在这个他既渴望又不屑的尘世中得过且过,苟安偷生。